U0557556

国家社科人文基金一般项目（16BWW069）

浙江越秀外国语学院非洲大湖区研究中心
委托课题（2023FZDHQ01）

刘成富 著

法国前殖民地法语文学研究

Studies about Francophone Literature of Ex-French Colonies

南京大学出版社

图书在版编目(CIP)数据

法国前殖民地法语文学研究 / 刘成富著. -- 南京 : 南京大学出版社，2024.5

ISBN 978-7-305-27728-3

Ⅰ. ①法… Ⅱ. ①刘… Ⅲ. ①法语-文学研究-世界 Ⅳ. ①I106

中国国家版本馆 CIP 数据核字(2024)第 033410 号

出版发行 南京大学出版社
社　　址 南京市汉口路 22 号　　　　邮　编 210093

书　　名 法国前殖民地法语文学研究
FAGUO QIAN ZHIMINDI FAYU WENXUE YANJIU
著　　者 刘成富
责任编辑 张　静

照　　排 南京南琳图文制作有限公司
印　　刷 南京爱德印刷有限公司
开　　本 635 mm×965 mm 1/16 开 印张 15.5 字数 220 千
版　　次 2024 年 5 月第 1 版　　印次 2024 年 5 月第 1 次印刷
ISBN 978-7-305-27728-3
定　　价 65.00 元

网址：http://www.njupco.com
官方微博：http://weibo.com/njupco
官方微信号：njupress
销售咨询热线：(025) 83594756

目　录

引　言

众所周知，撒哈拉沙漠以南的非洲没有文字记载的传统，早期的文学主要是口口相传的英雄史诗，如：古马里史诗《松迪亚塔》(SUNDIATA)、乌闪巴拉族史诗《姆比盖的传说》、斯瓦希里族史诗《富莫·李昂戈史诗》以及刚果伊昂加族史诗《姆温都史诗》。二十世纪中后期，这些史诗被整理出来并译成多国文字。作为民族文化的符号，撒哈拉沙漠以南的史诗让我们领略到了非洲黑人独特的精神气质。

本项目研究的对象不是上述这些史诗，而是法国前殖民地法语文学，更具体地说，是非洲法语文学以及被贩卖到加勒比地区黑人后裔的文学创作。从某种意义上来说，法国前殖民地法语文学也叫作“法国海外文学”(littérature française d'outre-mer)，是法国文学(littérature française)的一部分。这一特殊类别的文学有其特殊的生成原因。众所周知，法国在世界各地曾经拥有广阔的殖民地，尤其在非洲和加勒比地区。第二次世界大战后，尽管法兰西帝国不复存在，但是，法国在大西洋、印度洋和太平洋仍然拥有一些海外省(瓜特罗普、圭亚那、马提尼克和留尼汪)和海外领地(新喀里多尼亚、波利尼西亚、瓦利斯群岛和富图纳群岛)。法国殖民强盗疯狂的掠夺、无情的践踏与蹂躏给殖民地人民带来了空前的灾难，但同时也催生了一大批举世闻名的法语作家。值得注意的是，这里所说的“法语作家”，指的是法国本土以外讲法语的作家(écrivain francophone)。他们拥有法国国籍，在殖民地长大。法国前殖民地法语文学不包括法国作家(écrivain français)，或者说白人作家，也不包括民族独立之后成长起来的、用法语创作的外国作家。近年来，法语地区文学（littérature francophone）蓬勃发展，引起学界的高度重视，有人甚至用“法语文学”来合称法国文学（littérature française）和法国本土以外的法语地区文学（littérature francophone）。在这部论著中，我们主要聚焦北非（马格里布）、西非以及加勒比地区的著名作家，就这一特殊文学的成因、本质、作用和价值展开思考和研究，旨在揭示种族主义、殖民主义、后殖民主义、法国中心主义对法国前殖民地人民所造成的伤害，与此同时，进一步凸显被殖民地人民的文化诉求，尤其是文化身份的认同与构建。

1921 年，凭借《巴图阿拉》（*Batouala*），法属圭亚那作家热内·马朗（René Maran）一举获得了享誉世界的法国龚古尔奖。从此，法国前殖民地法语文学进入广大读者的视野，尤其是库辛（J. H. J. Coussin）的《欧仁·德塞西尔或加勒比海人》（*Eugène de Cerceil ou les Caraïbes*，1824 年）、勒雷尔·卢克斯（J. Levil-Loux）的《克里奥尔人或安的列斯的生活》（*Les Créoles ou la vie aux Antilles*，1835 年）以及德克伊赫（Louis de Maynard de Queihe）的《海外》（*Outre-mer*，1835 年）。二十世纪三十年代，塞泽尔（Aimé Césaire）、桑戈尔（Léopold Sédar Senghor）、达马斯（Léon Damas）、法农（Frantz Fanon）等一批在法国深造的青年黑人留学生脱颖而出。他们扛起反殖民主义大旗，发起了影响深远的“黑人特质”（négritude，又译“黑人性”）运动。1937 年，达马斯的《色素》（*Pigments*）问世。1939 年，塞泽尔的长诗《返乡笔记》与读者见面。1945 年，桑戈尔出版诗集《阴影之歌》（*Chants d'ombre*）。二十世纪中叶，法国前殖民地法语小说开始引起法国文坛的高度关注。其中包括马提尼克作家约瑟夫·佐贝尔（Joseph Zobel）的《黑人茅屋街》（*La rue Cases-Nègres*，1950 年），北非作家穆卢·费劳恩（Mouloud Feraoun）的《穷人之子》（*Le fils du pauvre*，1953 年）以及撒哈拉沙漠以南的科特迪瓦作家卡马拉·莱伊（Camara Laye）的《黑孩子》（*L'Enfant noir*，1953 年）。二十世纪六十年代，随着世界范围内反殖民主义浪潮的兴起，黑人国家纷纷独立，民族文化开始复兴，法国前殖民地文学迎来了前所未有的发展机遇。1969 年，杨波·欧罗格姆（Yambo Ouologuem）的《暴力的义务》（*Le Devoir de violence*）在巴黎一问世便赢得法国读者的一致好评，获得了当年法国勒诺多文学奖（Le Prix Renaudot）。1987 年，摩洛哥作家塔哈尔·本·杰伦（Tahar Ben Jelloun）的小说《圣夜》（*La Nuit sacrée*）获得法国龚古尔奖。[①] 二十一世纪以来，法国前殖民地法语文学更是一路高歌，在世界文学中占有越来越重要的地位。

从时间上来说，真正意义上的法国前殖民地法语文学只有一百来年的历史。法国著名作家皮埃尔·洛蒂（Pierre Loti）曾写过一部有关非洲风情的小说，但是把黑人作为小说主要人物形象的并不是他，而是热内·马朗。后者可以被视为法国前殖民地法语文学的开山鼻祖。在《巴图阿拉》中，所有人物都是黑人，非洲元素成了最主要的内容。热内·马朗用一种并不属于本民族的语言，尝试了他以前并不擅长的小说创作。当然，热内·马朗在小说创作中没有放弃非洲文学传统，而是保留了黑人民族特有的表达习惯和表达形式。为了表现对非洲语言的热爱，他曾计划撰写一个具有“非洲范式”的故事。其中，“黑人特质”是不可忽视的审美元素。当然，仅仅考虑审美元素还是不够的，必须要有创新。穆罕默杜·凯恩（Mohamadou Kane）指出，非洲小说的原创性要以一种特别的方式加以研究，尤其是要考虑其口头文学属性。

1994 年，博尔达斯出版社推出了一部法国文学词典，里面收录了法国本土以外的法语作家，特别是一些非洲作家。其中有蒙戈·贝蒂（Mongo Beti）、比拉戈·迪奥普（Birago Diop）、穆罕默杜·凯恩（Mohamadou Kane）、阿玛杜·古鲁玛（Amadou Kourouma）、阿凯·罗巴（Aké Loba）、让·马龙加（Jean Malonga）、森贝纳·乌斯曼纳（Sembene Ousmane）、费迪南·奥约诺（Ferdinand Oyono）、奥约诺（M. Oyono）、格纳姆（Olympe B. Quenum）、萨吉（A. Sadji）以及桑戈尔

① 塔哈尔·本·杰隆：《圣夜》，刘琳译，《外国文学》1989 年第 1 期，第 3 页。

(Léopold Sédar Senghor)。他们的作品被视为法国文学的瑰宝。二十世纪七十年代，博尔达斯出版社推出一部题为《1945年以来在法国的文学》(*La Littérature en France depuis 1945*)的教材，里面设立“法语地区文学”单元，用以介绍非洲和安的列斯法语作家。值得注意的是，尽管非洲和安的列斯法语作家被纳入法国作家之列，但是仍然被排除在“法国文学”之外，被刻意安排在所谓“法语地区”(région francophone)栏目。

这种“区别对待”的做法多少有点种族主义思想在作怪。1981年，捷克斯洛伐克作家米兰·昆德拉(Milan Kundera)加入法国国籍，被法国文坛正式公认为法国作家。这在很多人看来无可非议，但令人难以理喻的是，一百多年前《巴图阿拉》就已经问世，热内·马朗至今仍没有得到法国文学史的承认。他一直被视为“法属圭亚那作家”，他的名字在法国也很少被提及。1977年，在阿歇特(Hachette)出版社推出的《文化引领——法语文明与文学》一书中，热内·马朗被列入法国的安的列斯和圭亚那作家之列。不错，热内·马朗是个黑人，但是，在《巴图阿拉》的序言中，作者曾告诉我们，他早就加入法国国籍。正是由于法国公民的身份，他才获得殖民当局一个管理岗位。显然，热内·马朗被排除在法国文学之外跟种族主义脱不了干系。在《定义与标签之间：南方文学的分类问题》中，克泽维尔·卡尼艾(Xavier Garnier)旗帜鲜明地表明了他的立场。他认为，黑人文学、边缘文学、后殖民文学、移民文学、新兴文学，甚至民族文学，所有这些分类或标签都代表一定的意识形态或偏见。

法国前殖民地法语文学是个特殊的文学类别，其中所描绘的神话故事、巫术和祭典礼仪常常把读者带到一个神秘而奇幻的世界。在第一代黑人小说家的笔下，格言、警句、歌曲、名言、箴言比比皆是。这类文学具有丰富的艺术形式，尤其是非洲的鼓声和歌舞音乐为我们营造出一种特殊的文化氛围，为非洲文学增添一种活力四射的动态形象。此外，有一些特殊的词语和表达方式，例如，在《巴图阿拉》中，热内·马朗出于殖民地的社会现实巧妙地使用了一种混合语言，也就是说，将非洲本土语言巧妙地使用在法语文本之中。异域词语在法语中找到对应的或相应的表达之后，法语读者在阅读过程中有收获是不言而喻的。

在法国前殖民地法语文学中，绝大多数作家意识到自己身上的重任。他们试图终结文学创作上的附庸地位，坚信他们的作品将来有一天能够进入世界文学共和国。通过摆脱法语语言的附庸或从属地位，他们希望把本民族的历史牢牢地掌握在自己的手里。然而，这种文学根本无法摆脱宗主国的语言而独立存在。在介绍一位纽约-波多黎各艺术家的时候，霍米·巴巴曾经提及纽约与波多黎各之间的文化融合。在霍米·巴巴的眼里，这位艺术家身份十分混杂，有欧洲的，也有非洲的；有美洲印第安的，也有西班牙的。这些元素与黑人被贩卖且定居在美洲有关。为谁而写？用什么语言写？对于法国前殖民地法语作家来说，这些看似简单的小问题却令他们困惑不已。当然，这些问题本身就是悖论。用一种外来的语言，也就是说，用法语来进行创作的时候，非洲作家笔下所描写的"真实"不打折扣是不可能的。对于那些移居到法国的作家来说，他们首先要面向法国读者，在语言上不得不采取迎合当地读者的叙事策略，比如：刚果（布）作家阿兰·马班克古（Alain Mabanckou）的《非洲心理》（*African Psycho*）、多哥作家康尼·阿莱姆（Kangni Alem）的《可口可乐爵士乐》（*Cola Cola Jazz*）、喀麦隆作家帕特里斯·纳甘（Patrice Nganang）的《鬼天气》（*Temps de chien*）等等。

在法国前殖民地法语文学中，"黑人特质"运动是一个无法绕开的焦点话题。如果说"黑人特质"这一概念是由马提尼克作家塞泽尔通过《黑人学子》提出来的，那么，后来对这一概念进行系统阐述的则是塞内加尔前总统桑戈尔。在桑戈尔的精神世界里，"黑人特质"涵盖非洲最为宝贵的文化遗产，包括社会、政治、经济、文化等方面的价值取向。桑戈尔认为，这种民族特性是全世界所有的黑人都具有的，是一种与生俱来的、有别于其他种族的独特情操。在他看来，身为黑人不是什么耻辱，而是一种发自肺腑的骄傲和自豪。桑戈尔的伟大，不仅在于完美地诠释了“黑人特质”这一概念，而且将这一理念大张旗鼓地付诸塞内加尔的社会实践。第二次世界大战后，“黑人特质”文化运动的主阵地转至塞内加尔作家阿里乌纳·狄奥普(Alioune Diop)主编的杂志《非洲在场》(*Présence africaine*)。这家杂志得到了非洲黑人作家的支持和法国存在主义作家加缪与萨特等的赞助。1949年，狄奥普又创建非洲存在出版社。非洲许多著名作家的作品由这家出版社出版。《非洲在场》杂志及其出版社作为“黑人性”运动的中心，在反殖民主义运动中发挥了巨大作用，多次组织国际性的文艺聚会，1956年在巴黎举行了第一届黑人作家和艺术家代表大会，1959年于罗马召开第二届黑人作家和艺术家代表大会。二十世纪五十年代中期，随着“首届黑人作家和艺术家代表大会”的召开，“黑人特质”的影响进一步扩大，特别是催生了一系列影响深远的诗歌、小说、戏剧和评论。二十一世纪以来，法国前殖民地法语文学引发有关“去殖民”“文化身份”“文化多元”“后殖民主义”等诸多话题。

首先，作为法国前殖民地法语文学的先驱，塞泽尔、桑戈尔、法农等人受到一批后殖民主义者的高度关注，包括萨义德(Edward Said)、斯匹瓦克(Gayatri C. Spivak)、霍米·巴巴(Homi K. Bhabha)。众所周知，自文艺复兴以来，西方列强带着宗教神学闯入有色人种的世界，而且建立了强大的话语霸权。面对西方中心主义视角下的所谓先进与落后、文明与野蛮等的二元对立，以萨义德、斯匹瓦克和霍米·巴巴为代表的一大批后殖民主义理论家旗帜鲜明地站在塞泽尔、桑戈尔、法农的那一边，站在有色人种的那一边，站在弱势族群的那一边。他们把矛头指向了西方的逻各斯中心主义。赛义德以文本与世界的关系为参照，叩问殖民现实境遇中人的救赎、解放以及启蒙等方面的理性和效果，向世人发出了振聋发聩的呐喊。斯匹瓦克则通过整个殖民知识生产过程，也就是与殖民权利话语共谋的文本化过程，深刻揭示了殖民权利的运作机制，以及殖民权利话语在殖民文本和后殖民文本中留下的痕迹。这种“去殖民化”或“去魔化”的理论并不是乌托邦式的启蒙，而是要求人们以积极的批判精神深入后殖民的话语体系之中。

在萨义德的批评中，欧洲文学和文化生产被视为一种意识形态的生产以及与殖民权利共谋的过程。显然，这位后殖民主义理论家在一定程度上受到法国结构主义大师米歇尔·福柯的影响，采用对位阅读法解构了殖民文学与文化文本中所隐含的政治霸权话语，重构了一种发人深省的"反话语"或"反叙事"。萨义德这么做就是为了毫不留情地批判西方人的殖民心理，瓦解其殖民话语，弘扬后殖民语境中一种真正自由和解放的思想。至于斯匹瓦克，他显然受到过德里达解构主义思想的影响。斯匹瓦克巧妙地融合了女权主义、马克思主义和解构主义理论，创造了属于他自己的理论学说。① 他要求我们通过解构文本来解构殖民过程中所隐藏的话语暴力，揭示处在社会最底层的被殖民阶级，尤其是处于弱势地位的妇女，揭示她们被迫沉默的历史真相。霍米·巴巴是斯匹瓦克思想的继承者，但是，他并没有简单地继承，而是在继承中有所发展。相较而言，他对殖民话语进行了更为细致的研究，创造出了一种后殖民政治话语，即"模仿政治"。后来，他又将这一话语上升至具有哲理思辨的高度。通过对第三世界的殖民历史和当今世界的少数族群话语的研究，霍米·巴巴奠定了后殖民理论政治的基本立场。就文化差异、社会权利和政治歧视而言，尤其是因不平等、不均衡而产生的各种社会冲突和心理扭曲，他创造性地提出一系列新概念，譬如：时间差、文化差异、模式化形象、模仿与模仿人、文化认同与融合等。

在以西方为主导的话语体系中，黑人就是"他者"，处于欧洲白人的对立面。但是，加勒比海法语作家格里桑并不以为然，他的文化观和人种观是独特的。他认为，加勒比地区混杂了非洲人、法国人、英国人、西班牙人、土著人以及来自东南亚地区的族群，那里的文化将不同源头的族群融合在一起，形成了一种动态的、混杂型或融合型的文化景观。

---

① Gayatri Chakravorty Spivak, *In other Worlds: Essays in Cultural Politics*, London: Verso, 1987, p. 34.

“克里奥尔人”就是这种混杂文化景观最为集中的体现，而“克里奥尔化”则是加勒比语言和文学的最显著的标识。同样，在霍米·巴巴看来，后殖民主义研究应当以文化混杂的描述和阐释为基础，必须凸显文化混杂的形态，必须要从新的角度来表现新事物、新空间。他的《文化的定位》针对的就是文化混杂的情境，论及国别、种族、阶级、性别等问题。他的这部力作被学界视为跨文学和跨文化研究领域的经典之作。

在国外，法国前殖民地文学研究方兴未艾。蒙彼利埃大学的纪·杜伽斯(Guy Dugas)教授从“黑人特质”的角度通过对桑戈尔在法国的接受，充分肯定了他在法语文学领域的崇高地位。巴黎索邦大学文学教授皮埃尔·布鲁奈尔(Pierre Brunel)通过对桑戈尔作品的深入剖析，把“黑人维纳斯”从历史的耻辱柱上彻底地解放出来，为“黑种女人”注入了全新的诗意。巴黎十二大教授迪奥普(Papa Samba Diop)通过对桑戈尔笔下女性形象的解读，进一步揭示了诗人内心深处对祖国塞内加尔以及对整个非洲大地所怀有的神圣情感。值得一提的是，在《欧洲的世界体系——从殖民化到干涉权》中，伊曼纽尔·沃勒斯坦为我们论述了进入尾声阶段的“伟大时代”。当然，这个时代在他看来用“欧洲的世界体系时代”来形容则更为贴切。这部作品共分四章，主要围绕“黑人特质”思想运动展开深刻的论述。第一章提出了“干涉权属于谁”的问题，着重梳理了“西方话语”的历史。我们知道，自十五世纪起，也就是拉斯·卡萨斯(Las Casas)与塞普尔维达(Sepuvelda)展开激烈论战的那个时代，“西方话语”以普世价值的名义开始冠冕堂皇地行使消灭“野蛮”种族的权利。第二章主要分析了爱德华·萨义德的《东方主义》以及东方主义所带来的严重后果。作者希望我们摆脱东方主义的立场，因为欧洲正是通过这种所谓东方主义臆造了“他者”并将“他者”本质化。因此，在沃勒斯坦的心目中，无论是东方还是非洲，都必须参与文化融合的历史进程，因为这一历史使命能把我们带向新的交融和新的共同体。当然，要达成这一目的并非易事。第三章以欧洲的世界体系权力，即科学的世界体系权力为论述对象，指出建立在“西方话语”之上的权力有悖于法理，其合法性必然遭到人们的质疑。最后一章题为“理念的权力，关于权力的理念”，并用了一个带问号的副标题“给予还是获取?”，对权力进行了形而上的思考和探究。伊曼纽尔·沃勒斯坦对“后欧洲的世界体系时代”进行反思，他将心目中的世界体系描绘成“真正世界的世界体系”。但是，作者并没有明确指出这种世界体系的本质，也没有说明其内容。他声称他只能为我们找到一种方向上的指引。这种指引从某种意义上来说，就是塞内加尔诗人总统桑戈尔在半个世纪前向全世界发出的号召。

新中国成立后，法国前殖民地文学逐渐进入中国读者的视野。二十世纪五六十年代，《世界文学》杂志刊登了非洲诗歌的译文。1983年，曹松豪和吴奈翻译出版了《桑戈尔诗选》[①]，让广大中国读者切身感受到非洲诗歌的意蕴，为中国学人打开了面向非洲法语文学的大门。接着，四川人民出版社推出《非洲诗选》。2003年，《非洲现代诗选》的问世再一次激发了人们阅读和了解非洲诗歌的热情。七年之后，《这里不平静：非洲诗选》的问世使文化身份认同、“去殖民化”等新概念更加深入人心。作为诗人总统的桑戈尔引起中国学者的注意。在《弗罗贝纽斯的非洲学观点及其对桑戈尔黑人精神学说的影响》一文中，中国社会科学院西亚非洲研究所张宏明深刻揭示了桑戈尔的黑人特质学说本质及其由来[②]。在《灵魂的两面》中，北京外国语大学陈树才教授从象征的角度剖析了桑戈尔笔下的黑人女性形象。陈树才把诗人桑戈尔视为“未被同化的同化民”，声称他的诗歌具有“混血”的特性，而且混入了具有辨识度的“桑戈尔式”噪音。在《桑戈尔：直觉地呈示非洲部落的节奏》中，东华理工大学辛禄高从桑戈尔诗歌特有的韵律和节奏出发，从

---

① 桑戈尔：《桑戈尔诗选》，曹松豪、吴奈译，北京：外国文学出版社，1983年。

② 张宏明：《弗罗贝纽斯的非洲学观点及其对桑戈尔黑人精神学说的影响》，《西亚非洲》2005年第5期，第24-30页。

声学和美学视角对桑戈尔诗歌艺术给予了高度评价[①]。在《"黑人性"运动与桑戈尔》中，天津师范大学黎跃进教授充分肯定了桑戈尔等人对黑人民族解放运动作出的巨大贡献[②]。在《被"同化"还是保持了"黑人性"？——试论桑戈尔其人及其诗歌创作》一文中，宁夏大学俞灏东教授以文化身份为切入点，就桑戈尔作品"法国化"的标签问题论述了桑戈尔诗歌创作中的"同化"与"异化"关系。[③] 桑戈尔的头衔很多，无论是政治家还是国家总统、非洲智者……所有这些都无法遮蔽他作为具有人文精神的诗人和作为黑人文化歌颂者的伟大形象。这一形象给他带来了举世瞩目的声望，虽然后来有所褪色，但是至今仍然没有离开他。

中国学界对弗朗兹·法农的研究也掀起过一定的热潮。1999 年，陈永国发表了《纪念法农：自我、心理和殖民状况》，刘象愚发表了《法农与后殖民主义》。这两位学者分别探讨了法农对殖民心理的独特理解，以及后殖民理论家对法农的各自认识。2004 年，于文秀在《文学评论》上发表了《后殖民批评理论先驱法农思想评析》一文，充分肯定了这位黑人斗士在后殖民文化批评中所表现出来的先锋精神。2006 年，徐贲在《中国比较文学》上发表《后殖民文化研究中的经典法农》，认为后殖民主义思想家并没有正确理解伟大的革命家和政治活动家的法农，他们只是根据个人的观点和兴趣进行研究，而且这些研究出现了或多或少的误读。[④] 2010 年，王旭峰在《外国文学》上发表《革命与解放：围绕法农的争论及其意义》与赵稀方在《南京大学学报》上发表的《民族革命

① 辛禄高：《桑戈尔：直觉地呈示非洲部落的节奏》，《大连海事大学学报（社会科学版）》2010 年第 4 期，第 119－122 页。

② 黎跃进：《"黑人性"运动与桑戈尔》，《衡阳师范学院学报》2012 年第 2 期，第 90－93 页。

③ 俞灏东：《被"同化"还是保持了"黑人性"？——试论桑戈尔其人及其诗歌创作》，《宁夏大学学报（社会科学版）》1990 年第 4 期，第 79－85 页。

④ 徐贲：《后殖民文化研究中的经典法农》，《中国比较文学》2006 年第 3 期，第 15－37 页。

与文化身份——马克思主义与反殖民主义传统中的法侬》，就法农的暴力革命进行了较为深入的思考和剖析，就主体的统一性和文化身份的单一性问题进行了大胆的质疑。2014年，陶家俊在《外国文学》上发表《忧郁的法农，忧郁的种族——论法农的种族创伤理论》一文，逐层剖析了当代西方话语对法农的重要影响、法农与欧洲心理分析学之间难解难分的关系，以及法农对弗洛伊德心理分析学的继承与批判等。[①]

法国前殖民地法语文学的历史不长，但是佳作纷呈，群星灿烂。我们的思考重点主要放在下列具有代表性的作家身上：艾梅·塞泽尔(Aimé Césaire)、桑戈尔(Léopold Sédar Senghor)、弗朗茨·法农(Frantz Fanon)、爱德华·格里桑(Edouard Glissant)、卡马拉·莱伊(Camara Laye)、阿尔贝·曼米(Albert Memm)、玛丽斯·孔戴(Maryse Condé)、帕特里克·夏穆瓦佐(Patrick Chamoiseau)、卡泰布·亚辛(Kateb Yacine)、让-玛丽·阿迪亚非(Jean-marie Adiaffi)、玛利亚玛·芭(Mariama Bâ)、热内·马朗(René Maran)等。这些作家来自不同的国家和地区，有的来自塞内加尔，有的来自突尼斯，有的来自阿尔及利亚，有的来自几内亚，有的来自中非，有的来自马提尼克，有的来自瓜德罗普，有的来自法属圭亚那。显然，地理区域的多样性告诉我们，影响每一位作家精神生活的政治条件和文化条件是不同的，而且饱受争议的殖民体制在形式上也会出现明显的差异。再者，殖民地被确立的时间各不相同。1635年，法国就对马提尼克实行殖民统治，征服阿尔及利亚则始于1830年。而对塞内加尔实行全面的殖民统治，到了十九世纪五十年代才得以确立。此外，被殖民者的经历也呈现出不同的形式。尽管土著居民遭遇剥削和压榨，但是，马提尼克似乎至今仍然处在奴隶贩运的后遗症康复过程之中。在法国的马提尼克省(至今依然存在的

① 陶家俊：《忧郁的范农，忧郁的种族——论范农的种族创伤理论》，《外国文学》2014年第5期，第131-139页。

殖民体系形式）、塞内加尔以及阿尔及利亚，“去殖民化”的进程差异很大。就民族独立而言，塞内加尔依靠的是和平谈判，而阿尔及利亚则经历了八年血战。抛开这些差异，本研究项目的首要任务，就是汇集来自不同殖民地的代表人物，以探索法国前殖民地知识分子的民族意识和种族意识，尤其是“去殖民化”这一具有挑战性的话题。

在这部专著中，第一章将以马提尼克作家塞泽尔为研究对象，通过对其生平和文学生涯的梳理，力求从不同的角度揭示“黑人特质”产生的时代背景及其精神实质，并在此基础上，重点论述塞泽尔的诗集《返乡笔记》，以及剧本《一场暴风雨》和《国王克里斯多夫的悲剧》的重要主题和写作特色，深刻剖析塞泽尔笔下的“黑白观”“人种观”“贵贱观”，并对诗人摧毁旧制度、建立新世界的革命理想和美好蓝图给予充分的肯定。

第二章以《阴影之歌》《黑色祭品》《埃塞俄比亚诗集》《夜曲》《热带雨季的信札》等诗歌作品为研究对象，从文学层面对塞内加尔总统诗人桑戈尔给予充分的肯定，揭示其坚定信仰和顽强精神的实质及其影响，凸显其超凡脱俗的聪明才智，尤其是在化解民族矛盾、实现文化融合方面所作出的巨大贡献。

第三章以马提尼克心理学家法农为研究对象，通过对《黑皮肤，白面具》《为了非洲革命》《全世界受苦的人》《阿尔及利亚革命的第五年》等一系列心理学和社会学著作的研究和分析，对法农所倡导的革命政治学进行深入的研究，力图揭示其反殖民主义思想的来源、实质及意义。通过“暴力”“解放”“革命”“面具”等关键词的思考和剖析，从根本上理解和把握这位勇士的思想精髓。

第四章以马提尼克作家格里桑为研究对象，通过《工头的小屋》《一体世界》《一体世界契约》等作品对“安的列斯人特性”“克里奥尔化”“一体世界”等新概念进行研究和思考，对格里桑具有开放性、包容性的“群岛思想”给予高度的评价，强调后殖民主义时代文化融合的重要意义。

第五章以几内亚作家莱伊为研究对象，通过对《黑孩子》的研究和分析，对莱伊的创作倾向给予充分的肯定，指出作家笔下所营造的乌托邦是一种美好的想象，但是悬置了残酷的社会现实。我们不能简单地将之视为一种媚俗行为。通过个人童年记忆的书写，作家从“无根”和“边缘”走向精神上的“独立”和“自主”。神话书写不仅是莱伊本人抗拒现代社会的一种方式，作者通过亦真亦幻的故事赋予非洲文化丰富的内涵：原始、梦幻、野性和活力，展现故土强大的感召力，用诗情画意的笔触引导读者走进梦寐以求的理想世界。

第六章以突尼斯作家曼米为研究对象，在全面观照其文学创作倾向的同时，重点分析《盐柱》中主人公亚历山大文化身份的困惑，揭示曼米在文化冲突中精神上的迷茫和痛苦。在深入探讨这部小说自传成分的同时，我们将分别论述宗教与世俗、传统与现代、同化与认同等诸多主题，旨在揭示一个多民族、多宗教的国度，突尼斯跟北非其他伊斯兰国家一样，少数族裔生存境遇仍然堪忧。

第七章以瓜德罗普女作家孔戴为研究对象，围绕《赫尔马克霍恩》《塞古》等代表性的作品深入探讨个体在异域环境中对自我身份的追寻，对孔戴立足自我、追求本真的思想进行了较为详细的论述，同时充分肯定其独特的创作手法，尤其是采用巫师、乐师以及诗人的不同口吻为我们叙述黑人种族的集体记忆，以及把克里奥尔语、非洲方言以及西班牙语词汇巧妙地融入其作品的技巧。

第八章以马提尼克作家夏穆瓦佐为研究对象，从魔幻现实主义的视角重点论述《梦魔的后代》《得克萨科》《出色的索里波》等小说。接着，围绕《克里奥尔颂》，强调夏穆瓦佐独特的思维模式，肯定其亦真亦幻的写作技巧，揭示其作品中拉丁美洲人的信念和信仰的重要地位，尤其是黑人、印第安人奇特的审视现实的方式。在超自然的、具有魔幻色彩的故事背后，我们发现夏穆瓦佐的作品成功能够折射出黑人文化的思想内涵。

第九章重点评介了阿尔及利亚作家卡泰布·亚辛（Kateb Yacine，1929 年）、科特迪瓦作家让-玛丽·阿迪亚非、塞内加尔女作家玛利亚玛·芭。首先，通过对《内吉马》(Nedjma，1956年)等作品的研究和分析，揭示亚辛笔下阿尔及利亚复杂的社会问题，并对作家本人在革命、文化身份、国家再生等方面的思考给予充分的肯定。接着，通过《智力遇难者》的评介，揭露西非社会所面临的种种罪恶，对让-玛丽·阿迪亚非对西非国家的社会诊断能力给予充分的肯定，对他所采用的阿坎语写作风格给予高度评价。其次，通过《一封如此长的信》的观照，揭示塞内加尔妇女在政治、社会、经济、文化、宗教方面的不幸命运，并对玛利亚玛·芭的女权主义思想进行一定的剖析。然后，我们重点论述马朗的代表作《巴图阿拉》，从这位族长的身上了解中非人民的被殖民历史和不幸遭遇。最后，我们以桑戈尔在《埃塞俄比亚诗集》里的献词来表现马朗对黑人法语文学的贡献，并以此来呼应一百年来法国前殖民地法语文学一脉相承的发展历程。

第一章　艾梅·塞泽尔：法国先贤祠里的马提尼克黑人作家

艾梅·塞泽尔（Aimé Césaire，1913—2008年），20世纪法属马提尼克著名的诗人、作家、政治家。塞泽尔于1913年生于加勒比地区法国殖民地马提尼克，青少年时期，他怀着远大的理想前往法国巴黎留学。二十世纪三十年代，他在巴黎与志同道合的同学和朋友一道发起"黑人特质"运动，从此走上文学之路。二十世纪四十年代，他回到故乡马提尼克，义无反顾地投身解放黑人同胞的政治运动。1946年，他担任制宪议会议员，并一度加入共产党（1946—1956年）。他用充满非洲意象的法语表达了强烈的叛逆精神。塞泽尔一生创作颇丰，几乎所有的创作都立足于他的民族以及"黑人特质"思想。毫不夸张地说，黑人之美、黑色之美、黑色都成了他讴歌的对象。诗歌作品主要有：长篇散文诗《返乡笔记》（*Cahier d'un retour au pays natal*，1939年），诗集《神奇的武器》（*Les Armes miraculeuses*，1946年）等。从二十世纪五十年代起，塞泽尔开始创作戏剧。其中，《沉默的狗》《刚果的一季》《一场暴风雨》《克里斯朵夫国王的悲剧》的影响较大。

这位特立独行的人权斗士对风景有着一种特殊的直觉。这种直觉有时被扩展到整个世界。塞泽尔曾经多次受到南斯拉夫朋友佩塔尔·古布里纳（Petar Guberina）的邀请，但由于经济拮据，他始终未能如愿。后来，他还是鼓足勇气接受邀请，前往达尔玛提亚（Dalmatie）旅行。正是这次南斯拉夫之行催生了他的处女作。他的朋友再一次给他写了信，塞泽尔终于来到了南斯拉夫。他感到心花怒放，那真是一个美丽的国度。当看到达尔玛提亚海岸的时候，他不由自主地联想起勒卡尔贝(Le Carbet)的峭壁。那儿出现了一道奇异的光，全家人都在码头等着他。家人给他安排了一个楼上的房间，他打开窗户自言自语道，多么美丽的风景啊！太神奇了！皮耶罗(Pierrot)，你们是怎么称呼这个岛屿的？——马丁斯卡(Martinska)。马丁斯卡！要是译成法语的话，那就是圣-马丁(Saint-Martin)，那就是马提尼克(Martinique)！来到了南斯拉夫，塞泽尔发现了什么？他发现了马提尼克，五年一直没有回去过的地方。回马提尼克还没有足够的路费，他只是勉强凑够了钱来南斯拉夫的马丁斯卡一游。那天晚上，他在窗前开始创作《返乡笔记》。也就是说，返乡近乎虚构，虽然人在南斯拉夫，但是，他想象已回到马提尼克……《返乡笔记》正是在这种情境之下写出来的。

重新获得自由的黑人萌发出强烈的集体意识。“在孤独与痛苦之中，在备受歧视与屈辱的环境里，法国海外省和海外殖民地的人民进行了形式多样的英勇斗争。”[①]塞泽尔写道：“我是安的列斯人，这就意味着我是个背井离乡、茕茕孑立的人。因此，我更加注重对于身份的追寻。”[②]在他的笔下，非洲成了一切的源头，而且披上了神秘的面纱。显然，通过似曾相识的风景以及与圣-马丁近似的地名，塞泽尔在亚得里亚海依稀见到了自己日夜思念的故乡。在想象中，这与那被消解了，彼与此合二为一，诗人在马丁斯卡与马提尼克之间构建了一种内在的联系。塞泽尔不仅是个伟大的诗人，而且是一个具有彻底革命觉悟的人。在《返乡笔记》中，塞泽尔对他的故乡与法国本土以及与非洲母亲的关系也进行了深刻反思。在他的心目中，与黑奴贩卖的方向(欧洲—非洲—美洲)相反，大洋的洋流把三个大陆(美洲—非洲—欧洲)联系到一

① 刘成富：《文化身份与现当代法国文学》，南京：南京大学出版社，2017年，第18页。

② Jacqueline Leiner, «Négritude et antillanité. » Entretien avec Aimé Césaire, in *Notre librairie*, No. 74, Avril-Juin, 1984, p. 11.

起，把马提尼克与加勒比地区的其他岛屿联系到一起，直至佛罗里达。最终，在阐述他的自我世界时，他不得不承认他的“自我岛屿”面向全世界。那个毫不设防的岛屿在他的内心深处呈现出这样一副模样：

世上所有的风都可以穿透的孔，

世上所有的风都可以吹来博爱的地。①

在《神奇的武器》中，这种“自我—岛屿”意识被塞泽尔进一步扩展至全世界。这个意识成了一个狂热的世界：

随着所有的事物消逝，

我正在，我正在扩张——就像这个世界——我的意识比大海还要广阔！

最后的太阳。

我爆发了。我就是火，我就是海洋。

世界分崩离析，而我就是世界。②

塞泽尔笔下“自我—岛屿”的意识预示着地理空间的重构。这种重构不是简单地让黑人回到非洲，而是引领黑人领略世界各地。首先，题目中的“返乡”不是单向的，不仅指诗人回到马提尼克岛，而且还回到马提尼克人的精神故乡——非洲。在诗的开头，在描写病态的马提尼克景象时，塞泽尔并没有像波德莱尔那样赞美异国风光。他并不满足于简单的返乡。诗歌中间的部分实际上表现了自相矛盾的情感。一方面，诗人渴望诗意的“我”能重返正常的社会；另一方面，诗人迫切希望马提尼克人与外面世界建立联系。诗人对马提尼克既感到失望，同时又不得不接受马提尼克的历史，并向人展现那片令他心潮澎湃的土地。诗中提及贩卖黑奴的历史，尤其是列举了黑奴贸易的港口。在塞泽尔

---

① Jacqueline Leiner, «Négritude et antillanité. » Entretien avec Aimé Césaire, in *Notre librairie*, No. 74, Avril-Juin, 1984, p. 47.

② «*Le pur sang* », *Les Armes miraculeuses*, Paris, éditions Gallimard, 2006, p. 18.

的笔下，黑奴受到了残酷的剥削和压榨，但是在世界地图上留下了自己的痕迹，走出了原始居住地。这样的人口分布意味着在世界的每一个角落都有黑人。回到马提尼克对于塞泽尔来说，不是为了重寻原始的身份，而是为了引发对泛加勒比地区的深思。从这个意义上来说，《返乡笔记》中的非洲并不是特定的某个区域，并不指代黑人的源头身份，而是一个全新的空间。

毋庸置疑，《返乡笔记》是我们打开塞泽尔心扉的第一把钥匙。这部作品充满了民族自豪感。在殖民地国家，在种族主义盛行的时代，白人认为他们才是世界真正的主人，黑人和其他所有的有色人种都被他们视为劣等民族。法农曾一针见血地指出，在西方语境中，黑色总是带有消极的意义。“在欧洲，黑色代表恶。……刽子手身着黑衣，撒旦的形象是黑色的，肮脏的人是黑色的，我们所说的肮脏既可以指身体的肮脏，也可以指精神的肮脏。”[①]但值得注意的是，在《返乡笔记》中，通过对一位海地革命家的死亡场景的描绘，塞泽尔颠覆了这一偏见：

属于我的
是一个被白色囚禁的孤独者
他只身一人向白色死亡的白色叫喊发起了挑战
(杜桑·卢维杜尔)
孤独的人招来了预示白色死亡的鹰
孤零零地在白色贫瘠的沙海里
年迈的黑人站了起来，抗击着滔天的洪水[②]

在这里，塞泽尔提及杜桑·卢维杜尔1803年被关押在汝拉山监狱的事件。杜桑·卢维杜尔(1743—1803年)，拉丁美洲独立运动伟大的革命家、军事家，海地共和国缔造者之一，被海地人民视为国父。1802年，他领导海地军民抗击了拿破仑·波拿巴派来的远征军，后因军事失

① Frantz Fanon, *Peau noire, masques blancs*, Seuil, 1952, p. 152.

② *Cahier d'un retour au pays natal*, *op. cit.*, pp. 25 - 26.

利被迫议和。在与法军谈判时上当受骗而被捕，后被押往法国。在描写“年迈的黑人”之死时，诗人反复使用“白色”一词并赋予其消极意义。塞泽尔把白色与消极意象联系起来，强烈地控诉了白人殖民强盗的罪恶：

> 现在，我们站了起来。我同祖国站在一起，握着拳头，头发随风飘动。此时此刻，力量不在我们之中，而在我们之上。这声音，犹如世界末日黄蜂的狂舞，萦绕在黑夜和听众的上方。这声音说，几个世纪以来，欧洲满嘴谎言，散发着恶臭，因为他们所说的没有一句真话。[①]

这首诗的矛头直指西方殖民强盗。诗人诗兴大发，年轻的塞泽尔仿佛成了一个激情洋溢的演说家，而且近乎狂热。在他的笔下，黑人直接与“他者”、与白人对峙，白人主体与黑人客体的角色被颠倒了过来。“把黑人当小孩”的看法是可笑的，“一个白人在黑人面前，往往就像一个成年人面对着一个孩子”。[②] 白人成了肢体僵硬、行将就木的形象：

> 听这白色的世界，
> 因竭尽全力而疲倦不堪，
> 在沉重的星空下，僵硬的关节吱吱作响。
> 坚硬的蓝色钢铁刺穿了笃信宗教的身躯。
> 听，他的非法胜利实际宣告他的失败。
> 听，他为笨拙的倒下找到了堂而皇之的托词。[③]

在这部作品中，诗人所采用的命令式是耐人寻味的。前两句话是说给白人听的，塞泽尔先把欧洲比作一个垂危的老人。接着，话锋一转，诗人转向对一个身份不明的人继续诉说。这个听他诉说的人有可

---

① *Cahier d'un retour au pays natal*, *op. cit.*, p. 57.

② *Peau noire, masques blancs*, *op. cit.*, p. 24.

③ *Cahier d'un retour au pays natal*, *op. cit.*, p. 48.

能跟他一样，遭遇了被殖民之苦。这一转变是从法语的动词“听”的第二人称单数变位形式表现出来的，动词“听”原本是复数“écoutez”，而现在变成了单数“écoute”。最后，诗人讽刺了殖民强盗洋洋得意的样子，法语单词“宣扬”(trompeter)这个词的发音不禁让人联想到另一个词形和发音十分相近的单词“欺骗”(tromper)。轻蔑的语气让读者觉得殖民者已日薄西山。

在《返乡笔记》中，读者能够感受到诗人关于黑人身份的主张。作为“黑人特质”运动的发起人之一，塞泽尔认为，黑人只有抛弃消极的心态才能真正获得一个值得自豪的身份。他希望通过彻底否定强加在被殖民者身上的枷锁来完成这一构建过程。在这一过程中，黑人的主体意识和话语权不可或缺。欧洲人将自己视为“上帝”，而他们的身份是建立在“他者”基础之上。《帝国》的作者哈特(Michael Hardt)和内格里(Antonio Negri)曾经这样说道：“白人与黑人，欧洲人与东方人，殖民者与被殖民者，这些叫法只有在彼此相互依赖的条件下才有意义。除了外貌的不同，若从自然界、生物学或合理性的角度来看，这些叫法其实并没有什么坚实的基础。殖民主义就是一台生产差异性和不同身份的抽象机器。”[1]确实，殖民者与被殖民者在身份及其差异性方面存在着互为辩证的关系。

在《返乡笔记》中，塞泽尔将黑人塑造成漂泊的、与自然力量关系紧密的主体，并以此来捍卫“黑人特质”。殖民主义成了一种分裂的、束缚人的力量。“黑人特质”这个概念使黑人的主体性不再仅仅局限于一个具体的身份，而成了民族抗争的宣言。诗人肯定了黑人与环境的融合。抵抗白人的时候，黑人的脸迎着太阳和风，仿佛可以从太阳和风那里汲取力量。诗人对殖民者嗤之以鼻，希望狂风的到来将本质主义一扫而光。

---

① Michael Hardt, Antonio Negri, *Empire*, Harvard University Press, 2001, p. 170.

除诗歌以外，塞泽尔的戏剧天赋也十分高超。跟《返乡笔记》中第一人称“我”的视角不同，塞泽尔在戏剧中曾经让统治者与被统治者直接对话。让我们先来读一读他的剧作《一场暴风雨》(*Une tempête*，1969 年)。这部作品由莎士比亚的《暴风雨》(*La Tempête*，1611 年)改编而来，是《返乡笔记》问世三十年后的另一部重要作品。作者采用了后殖民主义和反殖民主义视角。该剧在突尼斯戏剧节被首次搬上舞台后，在巴黎、阿维尼翁陆续上演。塞泽尔借用了原作中的所有人物，例如：白人主人普洛斯帕罗(Prospéro)、混血儿艾利尔(Ariel)、黑人奴隶卡力班(Caliban)。剧本围绕这三个人物凸显了种族概念、权利和“去殖民化”等一系列问题。值得注意的是，《一场暴风雨》的情节并不是对莎剧的简单模仿。在普洛斯帕罗和他的女儿米兰达(Miranda)到来之前，该岛上的原居民卡力班和艾利尔是岛屿的真正主人，只是普洛斯帕罗来了之后才成了失去自由的奴隶。面对同样的生存境遇，卡力班和艾利尔作出了不同的反应。卡力班进行了英勇的抗争，抛弃了普洛斯帕罗用白人的语言给他起的名字并加以诅咒。而艾利尔则希望采用非暴力的方式，让普洛斯帕罗还他自由。剧末，普洛斯帕罗恢复了艾利尔的自由，但没有放弃对卡力班和岛屿的控制权。这与莎翁原剧的结尾有很大出入。在原剧中，普洛斯帕罗带着女儿和船上的遇难者离开了荒岛。

从生态的角度来说，《一场暴风雨》是塞泽尔创作的新起点，即生态想象不仅要考虑某一个国家或某一个种族，也包括惨遭蹂躏的大自然。艾利尔只有获得解放，才能获得真正的自由，才能真正重新融入大自然，成为大自然的一部分。《一场暴风雨》不再是莎士比亚笔下的《暴风雨》，而是我们这个时代的暴风雨，是一场能够颠覆人类中心主义的暴风雨。在塞泽尔的笔下，卡力班是个与源头相连的人。他与自然界的联系是无法割裂的。在聆听荒岛上各种天籁之音的时候，他与大自然是融为一体的。荒岛上到处是悦耳的声音，到处是美妙的音乐。卡力班才是这个岛上真正的主人，其他人都是入侵者。普洛斯帕罗对那个岛屿没有情感，只有控制和霸占的欲望而已。在这部剧作中，普洛斯帕罗是反自然的，他希望永远留在这个岛上并维持“文明状态”。但遗憾的是，一旦失去了魔法，普洛斯帕罗就再也无法控制与大自然浑然一体的艾利尔和卡力班。

《一场暴风雨》可以被视为塞泽尔身份的宣言书：“我现在是黑人，而且永远都是。”当然，要了解这部戏剧的意义和作用，了解创作的时代背景是必要的。二十世纪六十年代末，随着大多数被殖民国家的纷纷独立，“黑人特质”运动曾一度出现曲高和寡的态势。但是，塞泽尔的剧作得到了美国黑人民权运动的大力支持。塞泽尔曾告诉我们：“我当时最焦虑的就是写作，这样的焦虑很正常。那个时候，我想写一部有关美国的戏剧，所有的参照都免不了与美国相关。”①

应该说，《一场暴风雨》产生的效果超越了人们的想象。除了当时的政治环境，塞泽尔通过这部剧作解构了西方的文学经典。作者借鉴了莎翁的作品，而且副标题也直言不讳地指出了这一关联：“由莎士比亚《暴风雨》改编而成的黑人版戏剧。”②在这部作品中，塞泽尔大胆地使用了带有贬义的“黑鬼”(nègre)一词，用改编的形式来对抗西方文学的经典。他的第一个尝试就是把美洲的社会结构挪到剧作中的两个主要人物身上，一个是由原本的精灵变成黑白混血儿的艾利尔(Ariel)③，另一个是由原本的怪物变成黑人奴隶的卡力班(Caliban)。显然，塞泽尔向伊丽莎白时代伟大的剧作家发起挑战。在《影响的焦虑》(*The Anxiety of Influence*，1973年)中，美国“耶鲁学派”评论家哈罗德·布鲁姆(Harold Bloom，1930—2019年)对塞泽尔的改编给予了充分肯定。他认为对莎士比亚的戏剧进行改写不仅是合情合理的，而且也是必要的。④

---

① Lilyan Kesteloot, *Aimé Césaire : L'homme et l'œuvre*, Paris, Présence Africaine, 1993, p. 169.

② *Une tempête*, Paris, Seuil, 1969, p. 5.

③ 文中有关《暴风雨》的选段翻译参照了朱生豪的译本，南京：译林出版社，2018年。

④ 哈罗德·布鲁姆(Harold Bloom，1930—2019)，当代美国著名文学教授、“耶鲁学派”批评家、文学理论家。

先驱诗人是那个时代的权威，后来所有的诗人都或多或少地受到了影响，并陷入了难以抑制的精神焦虑。在布鲁姆的心目中，一部伟大的作品可以是对另一部经典作品的误读。[①] 在诗学的演进过程中，“诗的误读”意义不容小觑，因为历史是由一代代伟大的诗人创造的。他们敢于误读前人的诗，从而为自己开辟出一片令人耳目一新的精神世界。[②] 因此，布鲁姆认为一首被改写了的好诗足以引发文学运动中的对立态势，而这种对立态势正是塞泽尔试图通过《一场暴风雨》来构建的。[③] 再者，从创作时间来看，一部诞生于 1611 年，另一部则问世于 1969 年，两部剧作相隔三个多世纪。我们究竟如何来对待这一时间跨度呢？显然，塞泽尔不会与莎翁一比高低，而是希望站在伟人的肩膀上，通过改写剧情来引发“黑人”文化与“白人”经典之间的正面交锋。也就是说，这位马提尼克诗人所要质疑的是莎士比亚是否合乎教规，而根本不是伊丽莎白时代伟大的剧作家本人，或者说，塞泽尔所要叩问的是支撑莎士比亚权威的西方文化。

追根溯源，莎士比亚的《暴风雨》有可能与加勒比海有关，因为这位伊丽莎白时代剧作家的戏剧背景跟发现新大陆有关。英国文学批评家弗兰克·克默德(Frank Kermode，1919—2010 年)找到了有力的证据，因为《百慕大小册子》(*Bermuda Pamphlets*)里面提及一艘英国船在前往殖民地弗吉尼亚途中所遭遇的海难。1609 年 7 月，“海上探险号”轮船在美洲大陆海岸遭遇了暴风雨，并在百慕大群岛附近搁浅。失事者在那里生活了 10 个月左右，一直到 1610 年 5 月才回到英国。[④] 从这一沉船事件中，人们可以了解发生暴风雨以及沉船的原因。当时，法国人文主义思想家蒙田的《论食人部落》已译成英文。在这部作品中，蒙

---

① *The Anxiety of Influence: A Theory of Poetry*, 2nd edition, New York/Oxford, Oxford University Press, 1997, p. xix.

② *Ibid.*, p. 5.

③ *Idem.*

④ «Introduction», *The Tempest*, London, Metheun. 1954, p. XXXIV.

田将新世界里的印第安人描绘成了未开化的、高尚的民族。但是,莎士比亚读了《论食人部落》之后,将印第安人塑造成了一个丑陋的、充满野性的形象。这与蒙田笔下的印第安人形象相去甚远。① 事实上,"卡力班"(Caliban)的名字很有可能由"食人族"(Canibal)一词重构而来,而"Canibal"则是加勒比海原住民(Caribe)的衍生词。② "食人族"(cannibale)和"加勒比"(Caraïbe)这两个词很容易产生混淆。在1492年12月11日的航行日志中,哥伦布说明了这两个词在拼写方面的相似性。哥伦布听原住民说在伊斯帕尼奥拉岛(Hispañola)以外的岛屿上有食人族:"他们还说,波希奥岛(Bohio)比胡安娜岛(Juana)——他们称之为古巴——面积更大。而且,这座岛周围没有水域,看起来似乎是一块封闭的土地。这座岛就在伊斯帕尼奥拉岛——他们称之为卡里塔巴(Caritaba)——后面。他们非常害怕那里的卡尼巴人(Caniba)。"可以看出,这片广袤的土地"卡里塔巴"与食人族"卡尼巴"似乎混淆了。字母"r"和"n"可能在誊写过程中产生了笔误。

如果卡力班的形象是根据美洲印第安人塑造出来的,那么他就不该是个黑人。奥尔登·沃恩(Alden T. Vaughan)和弗吉尼亚·梅森·沃恩(Virginia Mason Vaughan)指出,在二十世纪初的戏剧中,卡力班这个角色通常是由黑人来扮演的。③ 当然,这个"怪物"的角色没有绝对统一的外表。他的外形受到各个时代主流思想的影响,有各种不同的呈现。十八世纪,由于受到启蒙思想的影响,卡力班被看成野人,或者说像个原始人。十九世纪下半叶至二十世纪初,他又被表现为类人猿或猿人的长相,即达尔文进化论中所缺失的那个环节。或者说,从他人对这个"怪物"的咒骂声中,观众能推断出他的长相。每个艺术家都

---

① «Introduction», *The Tempest*, London, Metheun. 1954, p. XXXVI.

② Roberto Fernández Retamar, *Caliban cannibal*, trad. J.-F. Bonaldi, Paris: Maspero, 1973, p. 19.

③ Alden T. Vaughan, Virginia Mason Vaughan, *Shakespeare's Caliban: A Cultural History*, Cambridge, Cambridge University Press, 1991, p. 189.

会根据自己的理解演绎出一个半人半兽的“怪物”，可能是半人半龟：“出来，你这个乌龟！”[①]或者是半人半鱼：“究竟是一个人还是一条鱼呢？……他的气味很像一条鱼。”[②]又或，是半人半犬：“这个长着狗头的怪物。”[③]二十世纪中叶，卡力班被塑造成被殖民者的代表。他与主人普洛斯帕罗的关系让人联想起殖民者与被殖民者之间势不两立的矛盾。一边是白人主人普洛斯帕罗，另一边是黑人奴隶卡力班，双方目光的交汇引发对“黑与白”的双重解读。在白人的眼里，这出戏是由黑人来诠释的，而在黑人的眼里，普洛斯帕罗并不是个温和的贤士，而是个粗暴的殖民者。塞泽尔清楚地记得第一次阅读时的深切感受：

> 我最感兴趣的就是卡力班这个人物……普洛斯帕罗是个宽恕者，全剧最后以宽容的姿态落下帷幕。看了这出戏，我被普洛斯帕罗先生的粗暴和极度傲慢的行为促动了。普洛斯帕罗这个可怕的统治者，因机缘巧合来到一座孤岛，接着便试图征服那片土地。在我看来，这绝对就是欧洲人典型的心理表现。[④]

在《一场暴风雨》中，塞泽尔想要表现的主题，就是奴隶为了赢得身份上的承认而进行的抗争。我们知道，法属安的列斯群岛有这么一个特殊的历史，1848 年出现了奴隶解放运动。但是，这次解放是别人赋予的，而并不是像海地那样是黑人通过自己的武装斗争而获得的。在解放与麻木这一问题上，可参照一个类似的情形，即 1848 年奴隶制废除时期。在约瑟夫·佐贝尔（Joseph Zobel）的一部小说里，小小年纪的主人公何塞（José）跟年迈的老朋友梅杜兹（Médouze）谈天说地。何塞

---

① *The Tempest/La Tempête*, trad. Pierre Leyris, Paris: Flammnarion, 1991, I-2, p. 77.

② *Ibid.*, II-2, p. 146.

③ *Ibid.*, II-2, p. 161.

④ Lilyan Kesteloot, *Aimé Césaire: L'homme et l'œuvre*, Paris: Présence Africaine, 1993, p. 169.

的父亲是个奴隶，经历过奴隶的解放。以下是他父亲讲述的何塞童年时期奴隶制废除的见证："每次我（何塞）父亲讲述他的一生时都会说道：'我有一个哥哥叫奥斯曼（Ousmane），一个妹妹叫索赫娜（Sokhna），她是年龄最小的。'这时他紧紧闭上眼睛，突然沉默不语（……）然后，我父亲继续说道，'我那时还年轻，所有的黑人都从种植园逃走了，因为大家都说奴隶制已经结束。'我也一样，欢天喜地跳着，跑遍了整个马提尼克。长期以来，我很想逃跑，很想拯救自己。可是，当我从自由的眩晕中回过神的时候，才明白什么也没有改变，对于那些饱受奴役之苦的同伴也一样。"①

在这里，我们也可以引用帕特里克·夏穆尔佐的一段描绘："他们（那些解放了的奴隶）在草原上迈着沉重的脚步，在河边打着呵欠，喝着泉水。成群结队的追随者来自波多黎各，一步步地走在颤动的铁轨两旁。他们不知该如何生活，如何吃饭，也不求有一份较为简单的工作。穷苦百姓啊，自由确实是你们所希望的全部，但自由却意味着没有了饭碗。白人与黑人之间不存在对抗。总有一天不需任何对抗，白人主人就会主动承认黑人的身份，因为曾为奴隶的群体想得到承认。"②在《暴风雨》里，两个主要人物的冲突中，读者可以发现为追求自由而进行的斗争。黑人的抗争虽以失败而告终，但从黑格尔的主仆辩证法来看，抗争行为本身使得人们对抗争有了更为清醒的认识。塞泽尔将原作中的抗争进行了改写，将卡力班的反抗塑造成为真正意义上的、为追求承认而进行的抗争。

在黑格尔看来，一种自我意识的获得必须通过另一种自我意识的存在，也就是说，要得到另一个人的承认。但是，世上没有人能承认他人的本质，也不愿意在他人那里找到自己的存在。③ 为了得到承认（为

---

① Joseph Zobel, *La rue Cases-Nègre*, Paris, Présence Africaine, 1950, p. 57.

② Frantz Fanon, *Peau noire*, *masques blancs*, Paris, Seuil, 1952, p. 176.

③ *Phénoménologie de l'Esprit*, trad. Bernard Bourgeois, Paris: Vrin, 2006, p. 201.

了使他人承认)，剧作中的两个主要人物自始至终进行着一场毫不妥协的斗争。[1] 由于不能享受自己的生活，且受到别人的奴役，奴隶只能为主人劳作，而后者得益于仆人的劳作，坐享其成，在享受中得到自我满足。[2] 从黑格尔对莎士比亚作品的解读视角来看，黑格尔眼中的卡力班面对这样一种处境，担心受罚的他不敢反抗他的主人普洛斯帕罗。为了生活，他必须为主人卖命。主仆在高低等级上所处的位置不言而喻。普洛斯帕罗之所以可以自诩合理地活着，就是因为他的活法是建立在损害奴隶利益基础之上的。塞泽尔将卡力班从各种负面的品质中解放了出来，但同时也对其奴性进行了严肃的批评。乔治·莱明(George Lamming)认为“无意识”(inconscience)是奴隶的基本特性。[3] 莎士比亚笔下的卡力班就是个有力的明证。这个人物从来不思考，缺乏主体意识：“卡力班根本没法讲究什么尊严，因为他本人的自我塑造来源于他对各种处境的反应。”[4]如果说奴役的必要条件是奴隶的自我无意识，那么，塞泽尔笔下的卡力班也就成了一个对自己有着清醒认识的人。这与莎士比亚笔下的卡力班有着本质的区别。他不听任普洛斯帕罗的摆布，而后者对他谈起所谓的依赖关系：“没有我，你算个什么？”主人质问道。卡力班宣扬自由，并且主张在荒岛上的权利，他反驳道：“没有你？那很简单！我就是国王！荒岛之王！吾岛之王，这个王位是从我的母亲西考拉克斯那里继承而来的。”[5]在轮到奴隶向主人提问时，他思路清晰，话语缜密：“在这块人迹罕至的地方，要是没有了我，你还能做什么？”[6]面对这个质问，普洛斯帕罗目瞪口呆，哑口无言。角色

---

① *Phénoménologie de l'Esprit*, trad. Bernard Bourgeois, Paris: Vrin, 2006, p. 204.

② *Ibid.*, p. 207. 译文引用自《精神现象学》，贺麟、王玖兴译，北京：商务印书馆，1979 年版，第 199 页。

③ George Lamming, *The Pleasures of Exil*, London: Allison & Busby, 1960, p. 13.

④ *Ibid.*, p. 107.

⑤ Aimé Césaire, *Une tempête*, Paris, Seuil, 1969, p. 25.

⑥ *Ibid.*, I-2, p. 26.

的反转就这样完美地体现了出来。在塞泽尔的笔下，失掉自我意识的是主人普洛斯帕罗，而不是奴隶卡力班。

黑格尔认为，主人的意识在于对于他者的奴役意识。但是，奴隶不再是仆人，主人所认为的自我存在也就十分虚空。卡力班的质问体现了主人相对于奴隶的他律。没有了卡力班，普洛斯帕罗究竟该如何自处(即否定自为存在的意识)？面对这个问题，普洛斯帕罗缄默了。显然，普洛斯帕罗个人的自我是没有价值的。恐惧迫使奴隶不得不被奴役，这是莎士比亚笔下的卡力班所遭遇的，而塞泽尔笔下的卡力班则是一个顽强的抗争者，下定决心要站起来抗争："与其受到侮辱和遭遇不公，倒不如英勇就义……"①这一有关"自由"的口号曾被美国革命家帕特里克·亨利(Patrick Henry)引用为"要么给我自由，要么让我去死"(Give me liberty or give me death)，这个口号展现的是黑人活动家在为自由而进行的殊死抗争中所持有的态度。从二十世纪六十年代的政治来看，塞泽尔特意选择将笔下的人物与暴力极端主义者马尔科姆·艾克斯联系在一起，而非选择非暴力活动家马丁·路德·金(Martin Luther King)，其目的在于使反对黑格尔学说的思想焕发生机。在《一场暴风雨》中，身为奴仆的卡力班已然下定为自由献出生命的决心。由此可见，塞泽尔试图消解的是这两个主要人物之间的支配与被支配的关系。

就身份而言，黑格尔认为本质是主人强加给奴隶的。普洛斯帕罗坚信他的公爵头衔具有普遍的合理性："因为普洛斯帕罗是米兰公爵，所以他能对卡力班拥有权威，能征服自然，统领世界。在这里，殖民的范围越大，荒岛世界的未来就越美好。"②在塞泽尔的《一场暴风雨》剧作中，这样一种自负是通过另一种形式来呈现的。开化的使命使普洛斯帕罗有理由对普遍的合理性怀有极大的信心。但同时，这样一种使

---

① Aimé Césaire, *Une tempête*, *op. cit.*, II - 1, p. 38.

② Édouard Glissant, *Poétique de la Relation*, Paris, Gallimard, 1990, p. 66.

命也不过是流亡公爵的说辞而已。一个虚假的本质就体现在他的身上，他自己本来就是个篡位者、殖民者。无论是目的还是方法，就普洛斯帕罗而言，开化—殖民最终让他重新成为米兰公爵。卸下殖民枷锁的卡力班揭露了主人的伪善行为，曾经强加给奴隶的花招竟然用在主人身上。卡力班试图刺激他去美化他所谓的“开化使命”，并予以反击：

> 我很确定你不会离去！
> 你的“使命”让我捧腹大笑，
> 你的“使命”！
> 你的使命就是给我添麻烦！
> 这就是为什么你要待在这里，
> 就像那些殖民者，
> 换到别处他们就根本无法活下去，
> 一个老朽的瘾君子，就是你。①

陷阱已经准备就绪，但是，普洛斯帕罗并没有察觉。他依旧沉浸在自己所塑造的假象之中。他担当要职，成了开化者—殖民者，甚至放弃了米兰公爵之爵位：

> 请理解我
> 在这一点上我并非平庸之辈，
> 我是主人，正如这野人所认为的那样。
> 我是这宏大乐章的指挥
> ……没有我，这里的所有人
> 还能听懂音乐吗？
> 没有我，这座荒岛就是一片死寂。
> 因此在这里，我的责任

---

① Aimé Césaire, *Une tempête*, *op. cit.*, III-5, p. 89.

就是留在这里。[1]

在这出戏的最后一场中，塞泽尔留下了这两个人物，目的就是体现统治与奴役之间的反转效果。最终，普洛斯帕罗在与卡力班的依赖关系中迷失了自己。他发现没有奴隶自己也就得不到承认："好吧，我的老卡力班，这座岛今后就只有我俩，只有你和我。你和我！你—我！我—你！但是什么关系呢?!"[2]相反，卡力班并没有出现在舞台，而是为了激怒他的主人唱起了迎接胜利的凯歌："自由啊，自由!"[3]塞泽尔对最后一场的戏剧性变化曾这样解释："我改编了莎士比亚剧本的结局，因为在我看来，美洲大陆的悲剧实际上就是黑人与白人之间那种难舍难分的关系。他们彼此联系，犹如一条绳子上的两个蚂蚱，或一对孪生兄弟，相爱相杀的两个兄弟。"[4]塞泽尔的《一场暴风雨》体现的就是主仆之间的辩证关系。这部作品为奴隶提供了黑格尔所倡导的实现自由的途径，即劳动。黑格尔认为，奴隶一旦被奴役，也就失去殊死反抗的机会，但是，他可以通过劳动来实现自我的解放。就身份而言，奴隶的劳动意味着反抗。他们会逐渐懂得克服自己的天性，怀着对主人的恐惧心理而勤奋劳作，在伺候主人的同时最终摆脱顺向态度。甚至，奴隶对事物能够施加影响，从而塑造客体和他们自己。亚历山大·科耶夫认为："劳动就是塑型（德语：Bildung），这句话有两方面的意思：一方面，世界因劳动得以成形并变化，在迈向人性化的同时也更加适应于人类社会；另一方面，人类因劳动有了变化，经历了成长并获得教育，在使人类走向人性化的同时，也使其更加符合人类本身所设想的样子。一开始，这是个抽象的想法，同时也是一个理想。"[5]

---

① Aimé Césaire, *Une tempête*, *op. cit.*, III－5, p. 90.

② *Ibid.*, p. 92.

③ *Idem.*

④ Lilyan Kesteloot, *Aimé Césaire: l'homme et l'œuvre*, *op. cit.*, p. 174.

⑤ Alexandre Kojè, In *troduction à la lecture de Hegel*, Paris, Gallimard, 1980, pp. 179－180.

在殖民的大背景之下，劳动这个概念常常使人联想起奴役。正如莱明所说："奴隶乃动力之源，是用来开发大自然的物件。"①作为殖民地的作家，塞泽尔从事了什么劳动？如果他劳动，就一定要借助语言。他的劳动一定与语言相关。得益于法语这个工具，他在文学语言和诗歌创作方面脱颖而出。创作（客体的塑造）使得他获得了相对于开化—殖民的自由。亚历山大·科耶夫曾经说过："创造一个非自然的、技术性的和人性化的世界，创造一个符合人类期望的世界，这一切都有赖于劳动。"②如果说塞泽尔有意"扭曲法语并使之变形"，那是因为他想让自己与法语有个深度的融合，以便创造出属于他自己的语言。他凭借语言不仅征服了一切，还展现了他的独特之处，而且让这种独特之处得到了人们的认可。让-保罗·萨特在他的诗歌中发现了一种语言上的创造："整个世界都被征服了，但更为魔幻的是，这一切都是在静默和宁静之中实现的……黑人先是在自己的心里埋下种子，进而感染他人，最终征服自然。"③

奥克塔夫·马诺尼（Octave Mannoni，1899—1989 年）根据莎士比亚的戏剧写了一部《殖民心理学》（*Psychologie de la colonisation*，1950 年）。他论证了法国人与马达加斯加人在心理层面上的相互依存关系，并为法国人对这座岛屿的统治行为进行辩护。随后，马诺尼阐释了殖民者与被殖民者的先天心理倾向，设想出家庭结构中的依赖情结（心理学家将之命名为卡力班情结）和强权情结（普洛斯帕罗情结）。也就是说，土著人在孩童时期过于依恋母亲，并未真正经历过与父亲对抗的阶段，而西方殖民者一般都在家庭中经历过俄狄浦斯式的命运旋涡。这一经历为他将来成为一家之主以及争权夺利的心理倾向奠定了坚实的基础。土著居民身上没有俄狄浦斯情结，一直处于儿童期精神状态的被殖民者屈从于殖民者的强权。有着强权情结的欧洲人与有着依赖情

---

① George Lamming, *op. cit.*, p. 12.

② Alexandre Kojève, *op. cit.*, p. 171.

③ Jean-Paul Sartre, «Orphée noir», *op. cit.*, pp. XXX－XXXI.

结的土著居民“自然地”结合在一起，专横的殖民者理所当然地控制着寻求依赖关系的土著居民。马诺尼举例说明了普洛斯帕罗与卡力班两人之间的主宰与被主宰的关系。卡力班陷入了被遗弃的危机之中，对主人恨之入骨，以此来补偿心理上的痛苦。为了进一步表现这种精神状态，心理学家引用了剧中卡力班的一句话：“你以前对我很好，那时我确实喜欢过你。”①在马诺尼看来，这个奴隶想要表达的意思是，他喜欢普洛斯帕罗过去曾经带给自己的强权和依赖感。但是，被主人抛弃后，他觉得遭遇了背叛，从而陷入自卑的情结之中，心理上极度困扰。归根结底，激怒卡力班的既不是剥削也不是奴役，他的痛苦源自心理创伤，普洛斯帕罗过去的强权让他体会到了依赖和安全感，可是现在所有这些都已不复存在。

在《一场暴风雨》中，塞泽尔把艾利尔刻画成了一个奴颜婢膝的混血儿，而把卡力班描绘成一个具有反叛精神、渴望自由的黑人形象。塞泽尔对艾利尔这个人物着墨不多，戏剧的主要内容也只是发生在主人与奴隶之间，或者说，是在白人殖民者与黑人被殖民者之间展开的。此外，塞泽尔在剧作中还引入了新的有关反殖民主义的内容。总之，卡力班的形象是由外在因素决定的，取决于时代的主流意识以及对作品的接受度。

普洛斯帕罗原来是个地位显赫的米兰公爵，后来被他的弟弟伙同那不勒斯王篡夺了权力，流落到一座荒岛。岛上只有一个叫卡力班的土著人。戏剧的最后，米兰达（Miranda）和弗尔迪南（Ferdinand）最终走进婚姻的殿堂，普洛斯帕罗也恢复了爵位。这出剧看起来结局十分完美。但是，值得注意的是，这位公爵在流亡期间把控制孤岛看成一件理所当然的事。我们不禁要问占领这座岛屿的合法性究竟是什么？卡力班是否就像马诺尼所说的是心甘情愿被控制的人呢？难道普洛斯帕罗是米兰的合法公爵就可以对卡力班进行控制吗？这难道是大自然和

---

① William Shakespeare, *The Tempest/La Tempête*, *op. cit.*, I-2, p. 79.

宇宙的逻辑吗？在《关系的诗学》(*Poétique de la Relation*)中，格里桑(Édouard Glissant，1928—2011)曾对这一逻辑表示过极大的怀疑。[1]这种所谓的普遍正当性是不成立的。普洛斯帕罗为了证明控制岛屿以及岛上居民的合法性，列举了自己相较于卡力班的诸多优越之处，尤其是其高贵的血统。普洛斯帕罗集三种美德于一身，这三种美德是：真(学识)、善(宽宏大度)、美(遗传给女儿米兰达)，这就是他自认为优越之处。尽管他把自己看成了具有上述三种美德的“上帝”，但是他的优越感从本质上来说也是相对的，相对于“他者”，而且要取决于“他者”。卡力班的消极面在很大程度上映衬出他的积极面。这场积极与消极、优越与自卑的博弈，在普洛斯帕罗与奴隶的亡母西考拉克斯(Sycorax)之间的关系中表现得淋漓尽致。

在《暴风雨》中，当生性恭顺的艾利尔向主人普洛斯帕罗请求最终解放的时候，他不由得想起自己的前主人西考拉克斯，一个因做尽坏事、丧尽天良而被家乡阿尔及尔驱逐出去的女巫。艾利尔因不愿受驱使去行恶，女巫便愤怒地惩罚了他，将其囚禁在松树的树干里。女巫去世后，艾利尔继续在树干里接受惩罚。他被关了整整十二年，直到普洛斯帕罗把他从囚禁中解救出来。[2] 普洛斯帕罗的专横与女巫其实并无二致，但他却自视为一个好主人，是把这个可怜的精灵解救出来的好人。因此，西考拉克斯的巫术被认为是一种行恶的魔法，专门用来做那些丧尽天良的事。相反，普洛斯帕罗的魔法则被视作行善的魔法，主要用来助人为乐。艾利尔见证了普洛斯帕罗的善良以及与之截然相反的女巫的邪恶。卡力班与女巫西考拉克斯血脉相承，而且他的恶行应该是《暴风雨》情节中一个重要的组成部分，其中有个强奸的情节足以证明被统治和被奴役的合法性。面对苛刻无比的主人，卡力班忍不住怨声载道，并宣称自己在岛上享有原始的合法性及其自由：

---

① Édouard Glissant, *Poétique de la Relation*, *op. cit.*, p. 66.

② William Shakespeare, *The Tempest*/*La Tempête*, op. cit., I-2, pp. 71-73.

我的妈妈西考拉克斯将这座岛屿传给了我，

可是被你抢占[……]

我原本是多么的自由自在，现在竟成了你唯一的奴仆；

你把我囚禁在岩石间，

整个岛屿由你一人享用。[①]

卡力班声称自己一生下来就对这片土地享有自然的权利。面对他的诉求，普洛斯帕罗回忆起卡力班差点对自己女儿犯下的强奸罪，并以此来捍卫自己的威严：

> 满嘴谎言的贱奴！好心并不能使你感恩，只有鞭子才能使你长记性！
>
> 虽然你这样的肮脏，但我还是那么真心地对你，
>
> 让你住在我的洞穴里，
>
> 谁叫你想玷污我女儿的贞操！[②]

在《暴风雨》中，这个强奸未遂的情节起到了双重效果。一是这桩丑闻证明卡力班粗野无比，与有文化、有教养的普洛斯帕罗大相径庭。二是米兰达在性侵面前勇敢自卫的表现足以证明她的贞洁和素养。我们知道米兰达自三岁起就流落到这个荒岛，按理说，她的品性应该介于“野蛮人”卡力班与“文明人”普洛斯帕罗之间。但是，在塞泽尔的笔下，米兰达身上确实有一种令人捉摸不定的特质。被父亲叫作公主时，她回答道：“父亲，你说笑了。我这样的野孩子过得多自在啊！”[③]为了让自己配得上未来的丈夫、那不勒斯王子弗迪南德，米兰达就必须证明自己高贵的公主气质。卡力班的性侵行为恰恰体现米兰达身上未开化的与有教养的完美结合。既有涉世未深的年轻女孩的纯洁，也有作为贵族小姐的美德。这样的品德与篡位者安东尼奥(Antonio)的丑陋行为

① William Shakespeare, *The Tempest/La Tempête*, op. cit., I-2, p. 79.

② *Ibid.*, I-2, pp. 79-81.

③ Aimé Césaire, *Une tempête*, *op. cit.*, I-1, pp. 19-20.

形成鲜明的对比。因此，卡力班的粗野行为成了这出戏的重要组成部分。善与恶、教化与天性、年轻貌美的优雅女孩与面目可憎的卑鄙怪物相对应，文明教养与野蛮无知相对应。毋庸置疑，莎士比亚的戏剧是建立在一系列对比之上：与西考拉克斯血脉相连的坏品性（普洛斯帕罗咒骂道，“下流坯子”以及“妖妇的贱种”[①]）与米兰达血统所象征的好品性形成鲜明的对比。来自血统上的优越以及文明国度竟成了征服岛屿的合法理由。换言之，文明与野蛮的对立决定了殖民行径的合法性。正是因为这一点，卡力班在某种程度上成了《暴风雨》整个故事的关键人物。在《流放的快乐》（*The Pleasures of Exile*，1960 年）中，乔治·拉明（George Lamming）论及了西印度群岛的政治、种族和文化，强调了自我与“他者”之间的关系。这位西印度群岛的散文家这样写道：“没有卡力班，就没有普洛斯帕罗！没有普洛斯帕罗，就没有米兰达！没有米兰达，就没有婚姻！没有婚姻，就没有暴风雨！”[②]迈克尔·达什（Michael Dash）也认为，就精神层面而言，“他者”对于孤独的主角是不可或缺的，能够让他建立自信，就好比“星期五”之于鲁滨孙，或是卡力班之于普洛斯帕罗。孤独的主体需要“他者”，这既是为了验证自我，也是为了让现实本身变得可以理喻。“他者”的存在能纠正对自我的怀疑。如果一个主体连确定自身的存在都成问题，那么“他者”就必须提供一面让人心安理得的镜子。从舞台人物的位置来看，普洛斯帕罗总是位于舞台的中央，但是，支撑起整部戏剧结构的却是一个没有身份和地位的“野人”。没有了奴隶，主人也就不复存在。所以，普洛斯帕罗的存在要归功于卡力班，而后者作为一个自由人，其实根本就不需要他的统治。

除了对白人高高在上以及对殖民地进行“合法的统治”嗤之以鼻，作为“黑人特质”运动的伟大思想家，塞泽尔对黑人国家独立之后的政

---

① William Skakespeare, *The Tempest*/*La Tempête*, *op. cit.*, I-2, p. 81.

② George Lamming, *The Pleasures of Exile*, London, Allison & Busby, 1960, p. 108.

权表现了极度的担忧。1804 年,海地宣布独立,加勒比海第一个黑人国家终于站了起来。[①] 然而独立之后,海地的社会现实与原来的革命理想相距甚远,上流社会与平民阶层之间出现了严重的两极分化。塞泽尔希望从海地严重的社会问题中吸取更多的经验和教训:

> 在海地,我看到了不该发生的事。作为一个已获得独立的国家,我看到了海地比法国的殖民地马提尼克更为悲惨的现象。知识分子崇尚“智慧至上”,撰写诗歌,在各种问题上表明自己的立场。但是所有这些与人民并没有什么关系,这太可悲了。这些问题很可能出现在我们马提尼克的人身上。[②]

1963 年,《国王克里斯朵夫的悲剧》(*La tragédie du roi Christophe*)问世,第二年便被成功地搬上舞台。这一时间节点恰逢亚洲和撒哈拉以南非洲国家的独立浪潮。塞泽尔切身感受到新政权有可能假借“独立”“解放”之名向专制政权转变。众所周知,海地革命曾为黑人历史谱写辉煌篇章,为第二次世界大战后争取民族独立的非洲国家树立典范。但是,独立一个多世纪之后,弗朗索瓦·杜瓦利埃(François Duvalier)的上台使海地重新回到了专制统治时代。在《国王克里斯朵夫的悲剧》中,塞泽尔笔下的主要人物是独裁者亨利·克里斯朵夫(Henri Christophe),而不是革命者杜桑·卢维杜尔(Toussaint Louverture),也不是海地的创建者德萨林(Dessalines)。这部作品反映的不是安的列斯的一段真实的历史,而是一则有关“去殖民化”进程的寓言。作品寓意深刻,塞泽尔曾直言不讳地告诉我们:

> 为什么要选择一个小国的国王呢?首先,这是我的内心驱动,内心深处有一种想谈论海地的需要;同时,海地能够回应非洲国家的独立(……)“自由”是个好东西,获得自由很重

---

① *Achier d'un retour au pays natal*, *op. cit.*, p. 24.

② Françoise Vergès, *Nègre je suis, nègre je resterai*, *op. cit.*, p. 56.

要。可是，当我们对自由进行思考的时候，就会发现获得自由是那么的简单，只需要有一点勇气而已。自由一旦获得，就必须明白我们究竟要做些什么。解放是一件动人心魄的事，而明天则是悲剧性的。这个问题一直萦绕在我的脑际，挥之不去。所以，我打算把黑人饱受独立斗争摧残的问题聚焦在海地这个国家。①

克里斯朵夫的悲剧在于他所承受的重负最终压垮了他自己。在这部作品中，塞泽尔采用历史现实主义的手法为我们展现了一个暴君的惨败以及他所承受的社会责任。1959年，在第二届黑人作家和艺术家大会上，塞泽尔口中的“责任”一词出现的频率很高。对于那些“独立了的”或正在进行“去殖民化”的国家而言，“责任”一词成了那个时代备受关注的对象：

因为在殖民社会的内部，让人民去尝试自由的应该是知识分子。知识分子、作家、诗人、艺术家要让他们社会的人民去尝试，因为在被殖民的情境之下，创造性的文化活动总是走在具体的、集体性活动之前，因为这种创造性文化活动已是一种对于自由的尝试。②

塞泽尔采用了一种大众化的戏剧艺术，寓教于乐。“桑戈尔和我本人始终认为，要与大众对话，但是应怎样与他们进行对话呢？肯定不能拿着诗歌跟疯子对话。我心里想：‘我要创作剧作来揭露社会问题，要把我们的历史搬上舞台，让所有的人都能理解。’”③塞泽尔希望通过传

---

① David L. Dunn, *Interview with Aimé Césaire on a new approach to La Tragédie du Roi Christophe and Une Saison au Congo*, in *Cahier césairien*, Vol 4, August 1974, p. 9.

② *L'homme de culture et ses responsabilités* in *Présence Africaine*, No. 24 - 25, février-mai 1959, p. 120.

③ Françoise Vergès, *Nègre je suis, nègre je resterai*, Paris, Albin Michel, p. 63.

统的戏剧形式来跟大众对话。把历史搬上舞台就是对人民的一种教育实践,通过戏剧的方式,塞泽尔不仅要给人民上课,而且要给即将取得人民政权的执政者上课。相较于第一部剧作《沉默的狗》,在《国王克里斯朵夫的悲剧》中,塞泽尔摒弃了合唱的形式,通过一种粗俗的人物形象将底层人民的声音融入其中。人民的声音被安排在两个插曲里。这两个插曲将全剧分成了三幕剧,人民的声音不再用合唱的方式加以表现。通过宫廷与农村场景的分离,平民与贵族的对立自然也被分开了。就舞台空间而言,这与《沉默的狗》中的巨大的监狱场面形成了鲜明的对照。对于海地南方的共和国来说,北方克里斯朵夫的黑人王国已然是一块被分离的土地。当然,同样的分离也表现在语言层面。《沉默的狗》采用的是同一种语言,《国王克里斯朵夫的悲剧》则采用的是几种不同的语言。农民们说的是克里奥尔语,宫廷里说的是法语。不仅如此,法语又被分成两种,一种是克里斯朵夫说的较为粗俗的法语,另一种则是朝臣们说的较为礼貌的法语。不同语言的出现意味着北方王朝内部出现了分裂。但是,在塞泽尔诗集《神奇的武器》中,那种想象力丰富的语言并没有在反叛人物麦特鲁斯的话语中存在。更有趣的是,这个人物很快就被清除,在第一幕中就已判处了死刑。

克里斯朵夫想肩负起民族独立之后建设祖国的重任,并把这份责任视为"自由"的另一面。因此,他不肯接受参议院代表佩蒂翁(Pétion)向他建议的共和制:"我不是个要字斟句酌的混血儿。我是个兵,一个剑术教官的老助手。我直接跟你说吧。(……)佩蒂翁,你以共和国的名义为我提供的,是一种既没有面包皮,也没有面包心的权力。"[①]他对佩蒂翁抱怨道:"经历了艰难困苦之后,议员们到现在还没有理解这个国家以及那些应被保护的、被教化的、被教育的人民究竟最需要什么。"[②]克里斯朵夫所寻求的是一种需要被塑造的"自由",一种

---

① *La tragédie du roi Christophe*, *op. cit.*, I-1, p. 20.

② *Ibid.*, p. 23.

“自治”。这与通过解放所获得的纯自由并不是一回事：

> 自由是毫无疑问的，但绝非轻而易举的自由！一定要有国家政权的存在。是的，我的哲学先生，就是想要有某种东西。有了这种东西，移民们才能慢慢生根，发芽，开花，向世界散发芬芳，并结出累累硕果。①

在第二届黑人作家和艺术家大会上，塞泽尔提及“自由”二字。针对亚莱克西斯·托克维尔(Alexis de Tocqueville)所说的十九世纪安的列斯奴隶解放一事，塞泽尔说道，1848 年以前，在法国君权统治下的时代，奴隶制肆虐，但同时涌现了一个又一个英雄豪杰。在这里，他想到的是法国历史学家托克维尔。这位史学家赞同奴隶解放原则，但同时对该原则进行了修正。因为，他觉得如果一夜之间我们将黑奴置于自由的境地，那将是一场灾难，而且对于黑奴本人来说也是一场灾难。在托克维尔的内心深处，奴隶必须要有一个尝试自由的时间，必须要使他们处在一种具备将来有一天获得自由的心理状态。② 在国王克里斯朵夫的眼里，人民对于“自由”的考虑还不够成熟，甚至处在一种对自由麻木不仁的状态。他认为，那些遭遇长期摧残的奴隶一旦获得解放，就会游手好闲，自由也就成了辛勤劳作的对立面。克里斯朵夫为此感到无比气愤：

> 看吧！听吧！黑夜里是达姆达姆鼓的响声……是我的子民们在欢舞……日复一日……在每一个夜晚……野猫在灌木丛里，夜间出没的坏蛋到了家门口，猎人隐匿在暗处，带着猎枪、网、嘴套；陷阱已布好，迫害者的罪恶近在咫尺，而我的子民们却仍然在欢舞！③

---

① *La tragédie du roi Christophe*, *op. cit.*, I-1, p. 23.

② *L'homme de culture et ses responsabilités*, in *Présence Afrcaine*, *op. cit.*, p. 119.

③ *La tragédie du roi Christophe*, *op. cit.*, I-7, p. 60.

值得注意的是，安的列斯的一个历史学家认为舞蹈是奴隶们的一种反抗形式："舞蹈对于他们来说是一种方式，有了这种方式他们才能一起逃离日常生活，忘记被奴役的命运。(……)起初，这是一种'被动'的反抗，因为这是在少数白人以及法律所允许的合法地界内进行的，至少表面上，不会一下子就允许殖民地的人都跳起舞来。但是，自从奴隶超越了上层政权想要施加给他们的或者希望禁锢他们的界限之后，舞蹈不再是一种'被动的'反抗，而成了一种'主动的'反抗。"①国王克里斯朵夫为独立后毫无忧患意识、缺乏远见的子民们感到痛心，对于自己的责任更是焦虑不已："啊！这是个多么神圣的要职啊！要肩负起鞭策人民的责任！我在这里就像个小学老师，举着戒尺吓唬着一个懒惰笨拙的民族！"②如果说国王克里斯朵夫肩负了教育民众的义务，那么他的义务实际上就是对后奴隶制时代的担忧。他充分肯定教育民众的必要性："就国民意识而言，只会捕风捉影的乌合之众算是什么子民啊！海地的人民啊，比法国人更可怕的是海地本身。这个国家的敌人，是民众的麻木，民众的厚颜无耻，民众对于纪律的憎恶，民众一心享乐、心灵麻木的思想意识。"③这位理想主义的国王之所以最后变成绝望的暴君，就是由于暴躁的性格，因为他是个军人，是个纪律严明、爱憎分明的人。他凭借这种身份和性格轻而易举地登上国王的宝座。但是，在周围人的眼里，他的要求过分，他似乎是想重建一种新的奴隶秩序。在剧作中，塞泽尔让女眷们纷纷发声，从而映衬国王过于严厉的程度。从前的奴隶能像自由闲散的主人一样生活吗？一种悖论由此出现。有人认为，消极怠工就是一种对奴隶制的抗争，喝了酒，胆子大了，奴隶就不能有效地完成奴隶主所要求的工作。消极怠工意味着他根本就不想完成任务。除了懒惰，就是试图抢夺自由懒散的奴隶主的地盘。克里斯朵

① Gabriel Entiope, *Nègres, danse et résistance*, Paris, L'Harmattan, 1996, p. 250.

② *La tragédie du roi Christophe*, *op. cit.*, II-3, p. 86.

③ *Ibid.*, I-2, p. 29.

夫对此感到极为愤慨，“这些黑人认为革命就是抢占白人的地盘，然后在这个地盘上像白人踩在黑人的背上一样，成为白人一样的奴隶主。这些黑人该醒醒了！”[①]弗朗兹·法农(Frantz Fanon)曾经指出过殖民地人民的欲望。各种各样的占有方式都有，比如，想坐在殖民者的桌子旁，想睡在殖民者的床上，而且如果有可能的话，想与妻子睡在一起。殖民地居民嫉妒心很强，殖民者不敢再无视他们的存在，他们注意到了殖民地人民恶意的目光，始终保持警惕：“他们想要占领我们的地盘。确实是这样，任何一个殖民地人民至少每天一次想占领殖民者的地盘。”[②]

在堕落为暴君之前，国王克里斯朵夫并不是很明智。他的身高、他的古怪性格直接导致了他的悲剧命运。在这个人物的身上，塞泽尔看到了一种资产阶级贵族的性格。[③] 在剧本的开头，严肃中夹杂着滑稽：“戏剧的第一幕就是以一种滑稽可笑的风格来表现的，因而严肃性和悲剧性就像穿过裂缝光线突然出现在读者面前。”[④]塞泽尔游历海地角的时候，也就是游历克里斯朵夫王国首府的时候，道听途说，给出了国王的第一印象：

> 人们告诉我，克里斯朵夫是个荒谬的人，一个每天花大量时间拙劣效仿法国人的人。人们反复强调这一点，这是真的。我也是黑人，我们黑人都有这一面，就是“效仿”。其实，这也不是什么效仿，而是发自内心深处的一种顾虑，一种真实存在的焦虑，我想通过荒诞来表现这样的悲剧。《国王克里斯朵夫的悲剧》不是一出喜剧，而是一出极为真实的悲剧，也是我们黑人的一出悲剧。究竟是什么让克里斯朵夫变成今天这副模样的呢？他建立君主制度，他想要效仿法国国王，像法国国王那样身边被公爵、侯爵簇拥，生活在宫廷里。所有这一切很荒

---

① *La tragédie du roi Christophe*, *op. cit.*, II-3, p. 94.

② «De la violence», *Damnés de la terre*, Paris, La Découverte, 2002, p. 43.

③ Nicole Zand, *Entretien avec Aimé Césaire* in *Le Monde*, le 7 octobre 1967.

④ *La tragédie du roi Christophe*, *op. cit.*, I-1, p. 18.

诞。这种排场的背后，在这个国王的背后，其实是一出悲剧。这出悲剧揭示了文明碰撞的一个深刻道理，那些把欧洲奉为典范的人遭遇了欧洲人的疯狂嘲笑。这就是证据。[①]

在《国王克里斯朵夫的悲剧》这出荒诞的悲剧中，塞泽尔为我们揭示了一种被殖民的国家有意或无意地从殖民文化那里保留下来的罪恶。扬·科特(Jan Kott)以《李尔王》(*Roi Lear*)的例子揭示了荒诞与悲剧之间的相近性："悲剧的世界与荒诞的世界有一种相似的结构，荒诞采用的是悲剧呈现方式，而且涉及悲剧的基本问题。(……)悲剧是教士的戏剧，而荒诞剧则是小丑的戏剧。"[②]塞泽尔对文化融合持有怀疑的态度，认为一种文化一定会凌驾于另一种文化之上。[③] 剧作中，有关海地宫殿的设计、对法国宫殿的模仿就充分展现了国王克里斯朵夫的虚荣心，凸显了他身上颇具讽刺意味的一面。法国贵族的头衔被借过来并用于某些地名的命名，这些都真实地出现在海地，因而产生了一些荒唐可笑的专用名词。塞泽尔对欧洲文明的拙劣模仿嗤之以鼻。国王的秘书瓦斯蒂说道："我亲爱的国王，形式就是这样，这就是文明！人类处在形式之下！试想一下！试想一下！形式是万物之母，万物生灵从中而生，人类也如此。"[④]塞泽尔对于形式的贬低，在克里斯朵夫国王即位仪式的那一幕达到了顶峰。塞泽尔通过颂诗滑稽可笑的场面影射了海地围绕诗歌所展开的大讨论。塞泽尔给国王安排的台词是："是的，我不讨厌任何奴性的模仿……司仪先生，我认为要将人民的水平提升到文明程度(我认为在文明这一点上，除了我，没有人能够做得到)，就必须让我们国家的天才发声。"[⑤]虽然说这是国王的理想，但是克里

---

① Vergès, *Nègre je suis, nègre je resterai*, *op. cit.*, pp. 57 - 58.

② *Shakespeare notre contemporain*, trad. Anna Posner, Paris, Payot, 1978, p. 119.

③ *Culture et colonisation*, in *Présence Africaine*, *op. cit.*, p. 200.

④ *Ibid.*, I - 3, p. 32.

⑤ *Ibid.*, I - 7, p. 53.

斯朵夫对于荒诞的现实则很盲目。他并没有看出“国家天才”阿谀奉承的嘴脸：

尚拉特(CHANLATTE)

英勇善战！热爱国家！爱国激情！
陛下，这就是我的诗神。
随时待命。从头好到脚。
这就是达荷美国王的巾帼战士。

克里斯朵夫(CHRISTOPHE)

太好了！这是一张精美绝伦的名片。

尚拉特(CHANLATTE)(朗诵)

美妙的声音一下子在我耳边响起！多么和谐，多么令人激动，
这美好的天气是以怎样美妙的奇迹变得如此美丽的呢？
梦幻的过错或悦耳的谎言
使我们感到欢愉吗？使我们的心灵感到慰藉吗？

宝座是统帅将军的家业，
是对一颗纯洁忠诚的心的奖赏。
出路向天才和勇士微笑敞开，
有功之臣才能触碰皇族的衣袍。

克里斯朵夫(CHRISTOPHE)

尚拉特，那不是“触碰”……而是他穿上了并且挺起胸膛穿上了！哎呀！是什么东西咬我的脚？

雨果安(HUGOIN)(从桌下爬了出来)

喔喔喔！我想说我就是陛下的狗，陛下的哈巴狗，陛下的卷毛狗，陛下的看门狗！①

舞台上，御用诗人尚拉特国王阿谀奉承，还即兴创作了一首诗，向克里斯朵夫王室表达了崇高的敬意。值得注意的是，这首法语诗的前几句是押韵的八音节诗，后面的一节是同样押韵的亚历山大诗体。这恰恰迎合了古典王室的品位，诗句中有顿挫，顿挫将诗句一分为二。要知道，塞泽尔在这里要鞭挞的是形式的技巧和朝臣们的奉承。当然，塞泽尔想要暗示的，还有曲高和寡的古典诗体。② 这一幕奉承和虚荣的剧情后来被宫廷里的疯子雨果安给打断了，他从桌子底下爬出来咬国王的目的，实际就是为了提醒国王要小心朝臣们的阿谀奉承。雨果安像狗一样攻击了克里斯朵夫的脚踝，让观众想起奴隶制时期殖民地的人撕咬那些逃跑的人。疯子雨果安就是想要用这种方式来提醒国王，他以前也是个奴隶。"陛下的看门狗"暗示看门狗追逐那些逃跑的人。从奴隶到国王，再从国王到奴隶，这种高与低之间、贵族与臣民之间身份的滑稽变换，使《国王克里斯朵夫的悲剧》具有了令人玩味的道德和象征的意味。

这部戏剧的思想性表现在多个层面，包括文字游戏。在《国王克里斯朵夫的悲剧》中，"起来"(debout)和"泥浆"(de boue)这两个同音词被赋予了全新的意义，这里不妨对这两个单词剖析一下。克里斯朵夫国王想要建造一座堡垒，但是这座堡垒究竟具有什么象征意义？国王认为，他的臣民需要一个能让人得到锻炼的工程。"确切地说，这样的人民必须为自己谋取、要求获得并做成一些不可能做到的事！反抗命运，反抗历史，反抗自然，啊，啊！用我们的赤手空拳进行出其不意的打击！用我们流血的双手去坚持抗争。多么疯狂的挑战啊！"③他希望通过这

---

① *Culture et colonisation*, in *Présence Africaine*, *op. cit.*, pp. 56 - 57.

② *Réponse à René Depestre poète haïien*, in *Présence Africaine*, *op. cit.*, p. 115.

③ *La tragédie du roi Christophe*, *op. cit.*, I - 7, p. 62.

种方式让臣民们重拾民族的尊严。应该说，这只是个幻想而已。这种超越历史范畴的幻想直到今天也无法实现，也就注定了国王的失败。“在现代戏剧中，命运、神灵和自然被历史取代了。历史是唯一的参照系，是肯定或否定人类活动的最终决策者。历史是不可抗拒的，它完成了与结局相符的使命，是不偏不倚的‘理性’和客观存在的‘发展’。”①在塞泽尔的作品中，巍峨的堡垒及其高耸的位置就给我们留下了很多阐释空间。堡垒坐落地面，但竖立朝天，有人认为这至少给人两个意象。垂直意味着反抗，平面意味着饱受压迫的局面。② 这样的分析与加斯东·巴舍拉(Gaston Bachelard)的理论有相似之处。在巴舍拉的眼里，地面要么意味着平躺，要么意味着反抗，这主要取决于物质的状态。如果地面是软的，那就是平躺；如果是硬的，那也就意味着反抗；③“软蛋佩蒂翁”④就是个典型的、被认为是消极的，且有损自身形象的绰号。同样，柔软和水平面在塞泽尔源于大地的诗作中意味着逆来顺受。“泥浆”(boue)摸起来是软的，但形状是平的，因而“在塞泽尔的笔下成了一种象征悲惨和屈服的物质。这样的形象在他的诗歌里得到完美的呈现：“我是那么卑微吗？我的膝盖上有那么多老茧吗？腰上有那么多肌肉吗？/在泥浆里爬行在浓稠的泥浆里拱足支撑承受着/烂泥的地面烂泥的地平线烂泥的天空/烂泥的山峰哦，这是一个要放在手心用嘴吹热起来的名字！”⑤如果问题出在柔软、无形或平庸，那么，塞泽尔的诗

---

① *Shakespeare notre contemporain*, *op. cit.*, p. 117.

② *La cohésion poétique de l'oeuvre césairienne*, Tübingen, Gunter Narr Verlag, 1979, p. 42.

③ Gaston Bachelard, *La terre et les rêveries de la volonté*, Paris: José Corti, 1948, p. 24.

④ *La tragédie du roi Christophe*, *op. cit.*, I-2, p. 29.

⑤ «Tenez, suis-je assez humble? Ai-je assez de cal aux genoux? De muscle aux reins? /Ramper dans les boues. S'arc-bouter dans le gras de boue. Porter. /Sol de boue. Horizon de boue. Ciel de boue. /Mont de boue, ô nom à réchauffer dans la paume d'un souffle fiévreux ! »(Aimé Césaire, *Cahier d'un retour au pays natal*, *op. cit.*, p. 53.)

意就在于加固并塑造这种物质，以便使后者竖立起来并耸入云霄。我们发现，诗人巧妙运地采用谐音来选词造句，使处于水平的、毫无生气的、被蔑视的“泥浆”变硬并“站立”起来了：

坐着的黑人
出人意料地站了起来
站在底舱里
站在客舱里
站在港口上
站在风里
站在太阳下
站在骨子里
站着
且
　自由着①

“坐着”含有“僵化”和“屈辱”之意，是象征“垂直”和“站立”的对立面。“垂直站立”意味着“自由”和“反抗”。但是，在塞泽尔的诗作里，即使描写的意象是在天空，与大地也是无法分割的。比如，在《丢失的身躯》(*Corps perdu*)中，隆起的“火山”与扎根大地的“树”的意象就可以说明这一点。虽然树的期许是高度，但与天空并没有什么关系。树重在根部，并深深地扎根于大地，与大地密切相连。因此，有人认为，在“火山”这一意象中，岩浆意味着烈火般的热情洋溢的语言，这种语言能够表达出一个全新的世界。② 这不是巴舍拉式的，源于放松、愉悦、轻盈那样的全身心的解放，③而是一种沉重且痛苦的反抗，是一种被压抑

① Aimé Césaire, *Cahier d'un retour au pays natal*, *op. cit.*, pp. 61 - 62.

② *The Other America: Caribbean Literature in a New World Context*, *op. cit.*, p. 64.

③ Gaston Bachelard, *L'air est les songes*, Paris, José Corti, 1944, p. 16.

后愤怒的嘶吼。值得注意的是，空中轻盈的生物，尤其是昆虫，在塞泽尔的诗歌中常常是被瞧不起的对象。这种现象在《返乡笔记》开头有关金龟子和臭虫的描写足以说明这一点。反之，属于大地的，重的，比如爬行动物（蛇、壁虎、蜥蜴）这样的生物总是给人一种好感。这种现象在《一场风暴》中也十分明显。塞泽尔赋予大地怪物卡力班（Caliban）勇敢且坚决的性格，而赋予空中仙女艾利尔（Ariel）利益至上的形象。在巴舍拉的笔下，"上升"的意象源于自由的感觉，而在塞泽尔的诗中，"上升"则不是一种获得自由的愉快，而是一种对堕落了的自由的征服。因此，"从地面的凸起"传达的不是个体的自由，而是塞泽尔诗中的大地所代表的国家和人民的总体自由。

要很好地把握塞泽尔的创作意图，就必须对堡垒的本质进行必要的分析和研究。堡垒建于山顶，是用坚硬的石头建造的。值得注意的是，堡垒属于文化现象，而不是像"树"和"火山"一样的自然现象。这里所涉及的是克里斯朵夫想要实现的人类智慧和才华。这是一座堡垒，一种造福于城市、公民以及子孙万代的防御性建筑。克里斯朵夫并不承认自己大权独揽："这不是一座宫殿，不是一座用来保护我私人财产的、固若金汤的城堡。"①墙要大家用一块块石头来砌，建造堡垒的集体契约要王国的子民参与其中。国王认为，这是必须的，用这种方式可以教育和约束他的子民：

> 我们所有的人，我是说所有的，没有特殊的，无一例外的，经历过流放、虐待、奴役，被集体贬低为畜生、受过彻底凌辱、无数辱骂的人。（……）如果我们崛起，你们会看到赋予我们的是什么。那是力量无穷的、站起来的双脚，是张力无比的肌肉，是咬紧的牙关，是大脑。啊！是沉着的、冷静的、仁厚的大脑！因此，我们对黑人的要求要比其他人多：更多的劳动，更

① *La tragédie du roi Christophe*, *op. cit.*, I-7, p.62.

多的忠诚，更多的热情。向前走，再向前走！①

要建造那样一座堡垒，就得靠所有的人共同努力。从民族尊严来看，我们可以发现国王有关教育和建设的伟大梦想："对于被要求下跪的子民来说，必须要有一个宏伟的建筑物来让他们站着。"②通过对黑格尔的辩证法和塞泽尔的戏剧进行对照，尼克·内斯比特（Nick Nesbitt）阐释了克里斯朵夫国王试图对他的子民进行的自我改造计划。这个集体性的工程可以视为一个自我解放的进程，在塑造一种客体的同时也能够实现自我塑造。③"努力吧！子民们！（……）每个人各司其职。属于你们的是劳动，是自由的劳动（因为你们是自由的人），你们是为处于危难之中的国家而劳动。"④克里斯朵夫国王可能想要在创造属于奴隶们的伟大作品的同时，打造那些已经被解放了的、已经摆脱了殖民束缚的奴隶。他觉得通过共同建造这个伟大的作品，他的子民会觉得自己能够赢得尊重。堡垒就是这样一种处于建设中的工作。他的计划是通过堡垒的升高来锻炼并打造臣民，教给臣民一种作为劳动的自由。然而，事与愿违，堡垒的建造只创造出了消极被动的劳动者。

在巴舍拉看来，既然有"上升"，就不可避免地会出现"下降"。⑤与之相对应的是，飞翔的快乐总是伴随着坠落的恐惧。从社会阶层来看，国王克里斯朵夫起初只是个做饭的奴隶而已，后来一路高升，成了杜桑·卢维杜尔的将军，再后来竟成了海地的国王。这个暴君对晋升没有一点恐惧，养成一种专断的个性。这种性格为他后来的挫败埋下了伏笔。也就是说，克里斯朵夫越有志向，越想提升人民的生活水平，就越是压迫他的臣民。朝臣们阿谀奉承，克里斯朵夫变得麻木不仁，自以为能够让他的王国强大起来。在他与他的臣民之间，很快形成了一条

---

① *La tragédie du roi Christophe*, *op. cit.*, I-7, p. 59.

② *Ibid.*, p. 63.

③ *Phénoménologie de l'esprit*, *op. cit.*, p. 209.

④ *La tragédie du roi Christophe*, *op. cit.*, I-2, p. 26.

⑤ *L'air et les songes*, *op. cit.*, p. 117.

难以逾越的鸿沟。

塞泽尔深谙语言问题在殖民语境中的重要性。那么，究竟使用何种语言来进行文学创作呢？塞泽尔遇到了绝大多数殖民地作家都会遇到的问题。最理想的就是大家都使用自己的母语，这种想法也是一个特有民族的意识：一个民族，一门语言，一种文学。不过，对于那些在殖民环境中长大的作家来说，要做到这一点并不是那么容易的事。塞内加尔诗人桑戈尔就曾表达过这种左右为难的感受：

这颗纠缠不休的心
同我的语言和服饰极不相称，
舶来品和异族习俗
像铁钩一样钳住了这颗心，
你是否感受到来自欧洲的苦难
以及这无可比拟的
被法兰西语驯服的绝望
自塞内加尔来到我身边的这颗心？[①]

爱德华·萨义德曾这样写道："有一种错误的、有害的观念大行其道：任何一个想法都只有发明者才能真正理解并加以利用。但是，所有的文明史本质上都是对其他文明的借用。[……]这从来就不只是所有权的问题，不像借贷行为，有明确的债务人和债权人，这实际上是占为己有的问题。"[②]古巴诗人罗伯特·费尔南德斯·瑞特马尔(Roberto Fernández Retamar)指出："当我们互相交流的时候，当我与那些殖民者交谈的时候，我难道不使用他们的语言吗？当然使用。那一刻，他们的语言也是我们的语言。与此同时，我也大量使用了他们的概念工具，

---

① Léopld Sedar Senghor, *Œuvres poétiques*, *op. cit.*, p. 108.

② Edward Said, *Culture et impérialisme*, trad. Paul Chemla, Paris, Fayard, 2000, p. 310.

那一刻，他们的语言也是我们的概念的工具。”①同样，乔治·拉明写道：“因为英语不再是只有生活在大不列颠的人才使用的语言。早就不是了。时至今日，英语更像是一门加勒比海的语言。”②然而，与英语地区和西班牙语地区相比，加勒比海法语区的语言特殊性则更加耐人寻味，即克里奥尔语和法语的混合使用形成了双语掺杂的情形。塞泽尔在文学创作中放弃了克里奥尔语而改用法语，他的这种做法曾遭到克里奥尔文化拥护者的严厉批评，因为这在他们看来是一种被同化的表现。

在研究卡夫卡的过程中，德勒兹提出一种四语模式（tétralinguistique）。在捷克犹太裔德语作家卡夫卡的身上，读者能够发现这四门语言的共存现象，也就是本土语、交际语、指涉语和神话语。本地语是捷克语和意第绪语，交际语是德语，指涉语也是德语，不过是歌德式的德语。最后，神话语是希伯来语，是作家很晚才学会的语言。③ 其实，这种多语模式也适用于马提尼克作家塞泽尔。在那里，本土语是克里奥尔语，交际语是法语，指涉语是兰波、洛特雷阿蒙和其他众多法国现代诗人的法语。最后，神话语是非洲的语言，源自非洲的字词在其作品中随处可见，屡见不鲜。作为交际语和指涉语的时候，法语凭借自身的传播力而被广泛用于黑人之间的跨文化交流，同时在殖民地作家中推动着新词的生成。萨特写道：“由于人口贩卖，黑人被带到世界各地，可他们没有一门共同的语言；为了鼓动全体被压迫的人联合起来，他们不得不求助于压迫者的语言。至少在法属殖民地的范围内，只有法语能够为黑人英雄提供最广泛的黑人听众。”④塞泽尔本人在一次访谈中也承认了自己使用交际语来进行诗歌创作的意图：

---

① Roberto Fernández Retamar, *Caliban cannibal*, *op. cit.*, p. 15.

② George Lamming, *The Pleasures of Exil*, *op. cit.*, p. 36.

③ Gilles Deleuze et Félix Guattari, *Kafka: pour une littérature mineure*, Paris, Minuit, 1975, p. 46.

④ Jean-Paul Sartre, «Orphée noir», *Anthologie de la nouvelle poésie nègre et malgache de langue française*, *op. cit.*, p. XVIII.

> 我并不否认法语的影响。无论是否愿不愿意，我都是个用法语进行创作的诗人，法国文学对我的影响是毋庸置疑的。但是，长期以来，我坚持以法语文学提供的内容为基础，努力创造一门新的语言，一门能够体现非洲遗产的语言。换句话说，法语对我来说就好比一个工具，我想给它换个新的名称。我想创造出一种安的列斯人的法语，也就是黑人的法语，带有黑人特色的法语。[1]

塞泽尔使用的是法国殖民者的语言，但是，他要在这门法语语言上留下属于个人的印记，用以彰显他的存在："我完全相信这些，我一直致力于改变法语，改变其表达方式，比如说'我，黑人的我，克里奥尔的我，马提尼克的我，安的列斯的我'。"[2]此外，另一位法语地区作家卡泰布·亚辛(Kateb Yacine，1929—1989年)也持相同立场："我已经在法国媒体面前反复强调过：我用法语写作的目的，就是为了表明我不是法国人。"换言之，法语因殖民而失去地域性，塞泽尔想做的就是要恢复法语的地域特色。法国超现实主义作家安德烈·布勒东(André Breton)对这位黑人大诗人给予了高度的评价：

> 他孤身一人向我们这个时代发起了挑战。在这个时代里，我们对意志的退缩难辞其咎。除了让死神赢得完全的胜利，已经没有其他什么念头。在现有的条件下，连艺术本身也面临了僵化的危险。然而，第一缕新鲜的、令万物恢复生机的、重建一切信心的灵感源自一个黑人的贡献。如今，这个黑人掌握了法语，但他并未想因驾驭法语而变成一个白人。这个黑人指引着我们在一片未开垦的土地上前行。他轻而易举地建立起联系，让我们朝着闪亮的星星前行。黑人，或者说不仅仅是黑人，而是所有的人都表达了心中的疑问、焦虑、希望

---

① René Depestre, *Pour la révolution*, *pour la poésie*, *op. cit.*, p. 158.

② *Tropiques*, *op. cit.*, p. XIV.

和感叹。在我的心目中，他越来越像个神圣的典范。①

诚然，塞泽尔的思想受到第二次世界大战的影响，但是他没有气馁，而是继续不断地开拓创新。法国超现实主义大师之所以高度赞赏他，倒不是因为他对法语语言娴熟的运用，而是因为他的语言中有一种原创性的东西。在文学创作中，塞泽尔形成了一种属于自己的“兼具朴实、表现力、灵活性且扣人心弦”②的风格。在《一场暴风雨》的创作过程中，作者借助于散文和粗话对莎翁的剧作进行了重构，在形式上和语言上进行了大胆的改动。他有意识地打破了莎士比亚的《暴风雨》中那种宁静安详的梦幻世界。在莎士比亚的笔下，韵文与散文的区分十分明显。代表贵族的角色总是唱着高雅的十音节诗，而诸如斯丹法诺(Stephano)、特林鸠罗(Trinculo)以及船员等下等人则始终以散文诗的形式来进行表达。为了彻底地将贵族塑造成纯粹的殖民者形象，塞泽尔将作品中所有人物的语言都进行了散文式的处理，不仅如此，他还使用了一系列的俗语和粗话。在他的笔下，普洛斯帕罗面对卡力班的说话方式就是一个典型的例证。这位米兰公爵在莎翁的剧作里堪称一个拥有超自然力量的魔法师，而塞泽尔则将他描绘成了一个老是想着以暴力威胁奴隶们的人：“卡力班！我受够了！当心！要是敢发牢骚，棍子伺候！要是敢拖拖拉拉、罢工撂挑子，或者马虎乱来，棍子伺候。”③与节奏感强、言语平稳的韵文诗不同的是，这样一种急促的语调既能够展现人物的气息，又能够塑造一个让人生厌的、容易急躁的人物。奴隶主过分地以野蛮之法来对待奴隶，他自己也因此变得野蛮了。在《论殖民主义》(*Discours sur le colonialisme*)一文中，塞泽尔曾论述了这样一种殖民行径：“为了寻求良知，殖民者习惯性地将他人看作畜生，并以畜生的方式来对待他人，从客观上来说，他也就有了一种把自己变成畜生

---

① «Un grand poète noir», in *Cahier d'un retour au pays natal*, *op. cit.*, p. 80.

② Gilles Deleuze et Félix Guattari, *Kafka: pour une littérature mineure*, *op. cit.*, p. 46.

③ Aimé Césaire, *Une tempête*, *op. cit.*, I-2, p. 18.

的倾向。”[1]普洛斯帕罗无礼的说话方式使得莎士比亚笔下的梦幻世界土崩瓦解，呈现出一个残酷无比的殖民现实。

在塞泽尔的笔下，第一个对白是在普洛斯帕罗与卡力班之间展开的。诚然，在莎士比亚的版本中，这两个人物不同的说话方式表现了卡力班难以改变的丑陋本性。纵使有着甜美之化身的米兰达的悉心照料，野兽般的卡力班仍然是满口脏话。在莎翁的笔下，有这样一段对话：“像你这种下流胚，/即使受到了教化，/天性中的顽劣也无法改变。”[2]“不断学习”和“令人讨厌”构成了奴隶的标签，塞泽尔的版本也体现了这一点。卡力班不仅驳斥了普洛斯帕罗的谎言，还想让他的主人提供教育的服务：

> 你什么都没有教过我。当然，除了“叽里咕噜”说了一通，
> 好让我知道你的命令之外(……)至于你的学问，你教过我吗？
> 你就知道自己学！你的那点知识，就给你自己一个人留着吧，
> 千万不要让它从鸿篇巨制中漏掉一丁点。[3]

卡力班责备普洛斯帕罗对他教育的目的，他觉得他的主人并非为了锻炼他，只不过是为了给他交代任务、利用他罢了。奴隶的说话方式很粗鲁，但是，塞泽尔让普洛斯帕罗的语言显得粗糙，反而塑造出了一个负责任的主人形象。此外，卡力班在剧中第一次出场时所说的话就被塞泽尔彻底地修改了。他的第一句话成了一声叫出的斯瓦西里语“自由！”(Uhuru!)，这一声惊叹意味着支配关系的颠覆。如果我们把这一声斯瓦西里语的问候归类为神话语言，那么对于普洛斯帕罗而言，这样的一声问候也就意味着撼动了其帝国的根基。“Uhuru”一词代表自由。奴隶在主人面前宣扬自由，而主人对此却一无所知。如果普洛斯帕罗的绝对权力来自书籍，也就是说是文字上的全知全觉，那么他不

① Aimé Césaire, *Discours sur le colonialisme*, *op. cit.*, p. 21.
② William Shakespeare, *The Tempest/La Tempête*, *op. cit.*, I-2, p. 80.
③ Aimé Césaire, *Une tempête*, *op. cit.*, I-2, p. 25.

能理解卡力班所说的话也就成了一个奇耻大辱。为了反抗普洛斯帕罗，卡力班在斯丹法诺身边强调了拿到书的重要性："那时您先把他的书拿去，或者用一根木头/敲破他的头颅，或者用一根棍子捅破他的脑袋，/或者用您的刀割断他的喉咙，/记好，/先要把他的书拿到手；因为他一失去了他的书，/就是一个跟我差不多的大傻瓜。"①

正因为普洛斯帕罗是个完美的人，所以说哪怕对陌生单词有一点不明白，他在文字上的本领也就遇到了挑战。崇高的地位以及足以应付奴隶无知的学识，无不表明普洛斯帕罗存在的合理性。然而，在塞泽尔改编的剧作中，普洛斯帕罗的支配地位被彻底颠覆了。

同样，卡力班在最后一场退幕的时候，塞泽尔追加了一段关于卡力班名字的对白。剧作家的立场因而也就更明确了。在即将离开去完成主人交代的任务之前，奴隶宣布道，他的名字不再叫"卡力班"。普洛斯帕罗原先想叫他"食人者(cannibale)"，随后又改口叫"汉尼拔(Hannibal)"——北非古国迦太基的将军，神圣罗马帝国的仇敌。但是，卡力班并没有接受这两个绰号，他给自己取了个新的名字"艾克斯(X)"。从政治层面来看，这个名字容易让人想起现代人物马尔科姆·艾克斯(Malcolm X)。这个字母具有抹去黑人身份的攻击性色彩："叫我艾克斯吧。这听起来更好听。就像是叫一个没有名字的人，更准确地说，是一个被偷走了名字的人。谈历史，好吧，这就是一段历史，而且是很有名的一段历史！"②在另一部戏剧中，同样也遇到了这个问题："过去人们偷走了我们的名字！/我们的骄傲！/我们高贵的身份，这一切都被他们偷走了！/皮埃尔，保罗，雅克，杜桑！这些便是人们偷走我们/真实姓名的屈辱印记。/我自己/国王/一个不知道自己的名字从何而来，不知道自己的名字有什么含义的人，您能感受到他的痛苦吗？

---

① William Shakespeare, *The Tempest/La Tempête*, *op. cit.*, III-2, pp. 188-189.

② Aimé Césaire, *Une tempête*, *op. cit.*, I-2, p. 28.

唉，唯有我们的非洲母亲才能知晓这一切啊！”[①]从象征的层面来看，这个字母代表的是未知或不甚了解。这样的自称看起来是一种无名无姓，但是，在普洛斯帕罗的口中则意味着卡力班的顽强。卡力班全盘拒绝了一种体现在人名中具有负面意义的“他者”，并且选择了一个象征奴隶制历史的字母。

我们知道1931年至1939年，也就是在第二次世界大战爆发前的那几年，塞泽尔旅居巴黎。当时，正值黑格尔的《精神现象学》(*Phénoménologie de l'esprit*)在法国首次公开发行。尼克·内斯比特(Nick Nesbitt)认为，《精神现象学》对于二战前后身处殖民地的学生影响颇深，比如：桑戈尔、迪奥普(Alioune Diop)、法农和格里桑(Edouard Glissant)。[②] 当然，塞泽尔也是其中之一。当第一次接触到黑格尔的作品时，他曾经这样说道：“当《精神现象学》在法国出版的时候，我便迫不及待地拿给桑戈尔阅读，还跟他说‘听好了，列奥波尔德(Léopold)，黑格尔是这么说的：只有深入理解特殊性(Particulier)，才能了解普遍性(Universel)’。”[③]在塞泽尔的心目中，黑格尔的辩证法恰恰体现了自己想要主张的特殊性(particularité)、差异性(différence)以及黑人的身份(identité)。在1997年的一次对话中，塞泽尔曾说：“在黑格尔的思想中，在黑格尔有关主人与奴隶辩证思想的那一章里，我们可以发现有关‘奇特性’(singularité)的思考。”[④]在“特殊性”“奇特性”“特异性”(spécificité)等术语中，我们听到了近似于今天热议的“身份”概念。我们之所以把黑格尔与黑人世界联系在一起，是因为西方大部分有关黑人身份的分析都离不开这位哲学家。法国存在主义代表萨特的《黑人

---

① *La tragédie du roi Christophe*, in *Présence Africaine*, 1963, I-3, p. 37.

② Nick Nesbitt, *Voicing Memory: History and Subjectivity in French Caribean Literature*, Charlottesville/London, University of Virginia Press, 2003, p. 120.

③ *Ibid.*, pp. 230-231.

④ «Une arme miraculeuse contre le monde bâillonné», in *Courrier de l'Unesco*, mai 1997, p. 5.

俄耳甫斯》(*Orphée noir*)就体现了黑格尔的这一学说。热内·梅尼勒(René Ménil)通过黑格尔的辩证法对被殖民者(colonisé)的异化进行过较为深刻的剖析:"'我'是一种意识,'他者'就是'我'。"[①]

黑格尔所处的时代对黑格尔的影响是巨大的。科耶夫和苏珊·巴克-莫斯(Susan Buck-Morss)把黑格尔的辩证法与法国大革命和海地革命联系在一起,前者还将黑格尔的辩证法与拿破仑·波拿巴联系在一起。从时间上来看,科耶夫认为 1807 年问世的《精神现象学》可以与 1806 年爆发的耶拿战役联系在一起。同样,在巴克-莫尔斯看来,这部作品可以与 1804 年爆发的海地独立运动有紧密的联系。巴克-莫斯认为,正是因为读了德国的时政报纸,黑格尔才对当时的社会现状了然于心,尤其是那份报纸中表达的主仆观。[②] 黑人奴隶反抗白人的革命取得了成功,这使黑格尔看到了希望。[③] 哈尔特(Hardt)和内格里(Negri)则认为,黑格尔思想中带有浓厚的殖民主义色彩:"由黑格尔所展现的悲剧以及主奴辩证法基于以下两个历史背景:欧洲的扩张与在亚非美奴役行为的减少。"[④]但是,仅仅通过一个历史事件就来确定他的灵感之源是站不住脚的。于是,第二个观点出现了。在格里桑看来,法国大革命和海地革命都源于同一个理论的影响:《公民权与人权宣言》(又译《人权宣言》)。大西洋彼岸的圣多明戈受到了法国大革命的影响;被压迫的人纷纷以"人"和"公民"自居,宣称自己与共和国融为一体。这次跨越大西洋的革命影响是继 14 年前美国革命之后对美洲大陆的又一次撼动。塞泽尔想通过普洛斯帕罗与卡力班的关系,用文学的形式来进一步说明黑格尔的主奴辩证法。在反殖民的背景下,他的戏剧以对白的形式质疑了殖民的缘起。塞泽尔虽然不是个哲学家,但

---

① «De l'exotisme colonial », in *Antilles déjà jadis*, *op. cit.*, p. 21.

② Susan Buck-Morss, *Hegel, Haiti and Universal History*, Pittsburgh, University of Pittsburgh Press, 2009, pp. 48 - 49.

③ *Ibid.*, pp. 59 - 60.

④ Michael Hardt et Antonio Negri, *Empire*, Havard, 2000., p. 116.

从某种程度上来说，黑格尔的学说给了他极大的启发。他以一种批判的方式将辩证法融入主人普洛斯帕罗与奴仆卡力班的关系之中。

综上所述，家庭背景、生长环境、所接受的教育以及浓厚的民族情感赋予了塞泽尔创作的灵感。他的家乡在一个火山脚下的小镇，濒临大西洋。岩浆的喷涌、大海的惊涛以及非洲达姆鼓的音乐节奏，所有这一切在塞泽尔的笔下都成了歌颂的对象。此外，在创作的过程中，塞泽尔使用了大量的名词结构，使得诗句充满了张力。没有了动词，诗句看似松散，犹如火山爆发时喷撒出来的碎片。然而，这样的表达在法语的文本里却产生了动人心魄的精神力量。《返乡笔记》《一场暴风雨》《国王克里斯多夫》等作品将永远闪耀着光彩夺目的思想光芒。

第二章　桑戈尔：黑人文化的“伟大旗手”，还是法国人的“忠实走狗”？

列奥波尔德·塞达·桑戈尔(Léopold Sédar Senghor,1906—2001年)是塞内加尔共和国国父,也是举世瞩目的诗人。这位诗人总统一生笔耕不辍,主要的诗集有:《阴影之歌》(*Chants d'ombre*)、《歌唱那埃特》(*Chants pour Naëtt*)、《黑色祭品》(*Hosties noires*)、《埃塞俄比亚诗集》(*Éthiopiques*)、《夜曲》(*Nocturnes*)等。除了诗歌,他的主要论著有:《西非的文化问题》(1937年)、《黑非洲的文明》(1947年)、《马克思主义与人道主义》(1948年)、《民族与社会主义》(1959年)、《非洲的社会主义道路》(1960年)和《黑人传统精神与二十世纪的人道主义》(1966年)。在这些作品中,桑戈尔表达了对黑人命运的担忧以及他内心深处的美好愿景。桑戈尔来自撒哈拉以南的非洲,他赞美一切黑色的东西,一生致力于歌颂非洲的文化传统。青年时代,他以诗歌为武器,将矛头直指西方殖民主义和种族主义。诗歌的大部分内容是对古老非洲文明的回忆和赞美,以及对欧洲文明的强烈控诉。在戏剧诗《恰卡》中,他热情歌颂了一位在反殖民主义斗争中功勋卓著的南非祖鲁族英雄。他的文集有:《黑人传统精神与人文精神》(1964年)、《民族与非洲社会主义道路》(1971年)、《黑人传统精神与世界文明》(1977年)、《社会主义与规划》(1983年)以及《文化对话》(1992年)。从这些作品的字里行间中，我们可以感受到这位诗人总统在民族、文化以及社会体制等方面的坚定信仰。

1906年，桑戈尔生于塞内加尔首都达喀尔南部的一个沿海城市。他的父亲是个花生种植园主，他的母亲是个天主教徒。童年时代，桑戈尔在家境相对富裕的外婆家长大，从小接受了非洲民族文化和宗主国法兰西文化的熏陶。1914年，他开始学习法语，1928年赴法国巴黎深造，在路易大帝中学(Louis le Grand)毕业后，就读于享有盛名的巴黎高等师范学院。1931年，桑戈尔获得法国文学学士学位。接着，他在巴黎大学攻读法国文学。1933年，他获得法国中学教师资格，并如愿以偿地加入了法国国籍，成了法国历史上第一位有资格教授法语的非洲黑人。1935年，桑戈尔在图尔市公立中学教书。1936年，他加入了法国社会党。1939年第二次世界大战爆发后，桑戈尔应征入伍，作为二等兵在法国外籍军团和殖民地步兵团服役。1940年，在罗亚尔河战役中他不幸被德军俘虏。在战俘营里，他参与并组织了抵抗活动。1942年，因病获释后，他加入全法教育阵线，投身到戴高乐将军领导的“自由法国”抵抗运动。战后，他获得了法兰西同盟勋章。

必须承认，桑戈尔在留法期间受到了黑人政治家和学者的影响，与进步学生运动有了较为密切的接触。为了反抗法国的殖民统治，维护黑人尊严，他与艾梅·塞泽尔、莱昂·达马斯(Léon Damas)等人发起了“黑人特质”运动。1945年，《阴影之歌》在巴黎问世，一大批非洲知识分子参与了他所倡导的“黑人特质”运动。同年，桑戈尔回到塞内加尔度假。在塞内加尔社会主义联盟的邀请下，他参加了当时即将举行的法国制宪议会的竞选。从此，他开始了波澜壮阔的政治生涯。1960年，塞内加尔获得民族独立，桑戈尔当选为总统，接着连任五届，其间近八年兼任总理，执政时间长达20年。1980年，他主动辞去总统职务，这一举动在当时流行终身制的非洲堪称“史无前例”[①]。晚年，桑戈尔移居至法国妻子的故乡诺曼底，全身心地投入文学创作和语言研究之中。他曾两次获得诺贝尔文学奖提名，被誉为塞内加尔现代诗歌的奠基人。

1983 年，桑戈尔出任法语国家高级委员会副主席，同年荣膺法兰西学院院士，成为第一位入选的黑人院士。1984 年，桑戈尔当选联合国教科文组织和平教育奖评选委员会主席。2001 年底，桑戈尔在法国诺曼底的家中与世长辞，享年 95 岁。这位举世瞩目的总统诗人，诗歌创作几乎伴随其一生。从二十世纪三十年代“黑人特质”文化运动开始，他为弘扬黑人传统文化和黑人特质作出了巨大贡献。从时间上来看，桑戈尔的诗歌创作比达玛斯(Damas)和塞泽尔都要晚一些。他的第一首诗《在示巴族的召唤下》大约创作于 1936 年，但这首长诗预示了他今后诗歌创作的基本走向。就创作的时代背景而言，意大利法西斯独裁墨索里尼正在侵略埃塞俄比亚。面对白人的飞机大炮，埃塞俄比亚人民浴血奋战，最后惨遭失败。悲愤交加的诗人不得不呼唤非洲母亲，希望从祖先的智慧和勇气中获得灵感和启迪。桑戈尔将自己的经历与自由的意象、崇高的情感联系在一起，有难以抑制的孤独，也有内心深处的美好向往。这首诗已收入发表于 1948 年的诗集《黑色的祭品》。桑戈尔通过黑人形象的刻画表达了寻回民族意识的坚强决心。在法国图尔市，诗人终于觉醒，并对塞巴族女王表示了崇高的谢意：“母亲，您受难了！请站在你儿子的角度来公正地评价，他忠贞如一。”在桑戈尔的眼里，他于 1935 年见到的塞巴族女王就是他心中的偶像。他忘不了那一天，女王带着贵族的面具，露出神秘的表情，仿佛柔情似水的母亲。费尔南多・朗贝尔(Fernando Lambert)说得好，父亲帮助我们追寻祖先的足迹，而母亲则是非洲诗人灵感的另一个源头。因为对于

---

① 陈公元、唐大盾、原牧主编：《非洲风云人物》，北京：世界知识出版社，1989 年，第 197 - 213 页。

诗人来说，非洲呈现出的意象是女性，非洲就是一位女性。在《黑色的祭品》这部诗集中，最苦涩的也许就是 1944 年 12 月桑戈尔在巴黎创作的《迪亚罗耶》(*Tyaroye*)。尽管诗人试图相信黑人囚徒的牺牲，囚徒成了非洲精神不朽的历史见证。但是，面对如此忠心耿耿的非洲，桑戈尔想要质问的则是法兰西所扮演的真正角色。诗的一开头就提出了一个十分严肃的问题："如果我把黑人囚徒叫作法国囚徒，那么法国是否就不是法国呢?"1945 年 1 月，诗人在巴黎写下《黑色祭品》诗歌集中的最后一首:《祈祷和平》，并将其赠予乔治·蓬皮杜夫妇。在诗歌中，桑戈尔将法兰西比作充满矛盾的陷阱。但是，他仍然祈祷和平，希望化解种族仇恨:"阁下，请原谅那个仇视非洲原住民、强行占有我、极力压迫我的法兰西吧!"

在桑戈尔的诗歌里，读者能够从中获得非洲文化的馈赠。尽管桑戈尔是个叱咤风云的政客，但在读者的眼里永远是个诗人。他的诗总是那么引人入胜，感人至深。《埃塞俄比亚诗集》的后记可以视为打开诗人心扉的一把钥匙，能够让我们发现其诗歌的灵感来源，能够让我们充分感受非洲达姆鼓单调而令人心悸的韵律，以及用于类比的超现实主义意象。桑戈尔将马罗内(Marône)塑造成"故乡的女诗人"，把她与童年的王国相提并论，并用童年的颜色来装点黑色的非洲。在谈及几内亚《黑孩子》的作者卡马拉·莱伊(Camara Laye)时，桑戈尔曾直言不讳地指出，对于他本人以及其他黑人作家来说，非洲是用以谴责西方殖民主义最具启发性的载体。在桑戈尔的笔下，对绿色天堂和对非洲的向往成了一种不可多得的"真善美"。

对于桑戈尔而言，"黑色圣母"成了"三美惠"之一的马罗内。他从中获得了诗歌灵感。1985 年 8 月，他参加了一场文学研讨会并为研讨会的论文集撰写了前言。在前言里，他对"黑色美人"进行了完美的诠释。他对"黑色三美惠"所在的诗歌流派抱有浓厚的兴趣，其中最优秀的、最著名的女诗人就是马罗内·恩迪亚耶。女诗人来自他的故乡若阿勒，或者更确切地说，来自若阿勒和法久特那两个小镇。如今，那两个小镇已合并为一个镇。桑戈尔告诉我们，他十分关注反映抗争的诗歌，因为那些诗易于朗诵。"黑色美人"是否真的存在呢？桑戈尔坚信在古希腊社会中存在混血种族，并赞同萨特在《黑人俄耳甫斯》中所阐发的见解，即厄琉息斯秘仪源于一种原始的土地崇拜，而且可以追溯到奥瑞纳文化中的黑人。厄琉息斯秘仪，是古希腊时期位于厄琉息斯的一个秘密教派的年度入会仪式。这个教派崇拜得墨忒耳和珀耳塞福涅。这个仪式被认为是在古代所有的秘密崇拜中最为重要的。仪式处于严格的保密之中，而全体信徒都参加的入会仪式则是一个信众与神直接沟通的重要渠道，以获得神力的佑护及来世的回报。在桑戈尔的心目中，古希腊神话中的许多神明都是黑人，譬如：库伯勒。

桑戈尔曾经将"埃塞俄比亚"作为一部文集的标题，值得注意的是，这里的"埃塞俄比亚"并不是一个地理术语，而是一种黑色印记。桑戈尔在阅读让·韦库特(Jean Vercoutter)教授的《埃及人与前希腊人》(*Égyptiens et préhellènes*)时获得了启迪，懂得了所谓文化与生物混合之后的意义。金发碧眼的希腊人来到在后来被称为希腊的土地时，他们遇到了深红棕色皮肤的"前希腊人"。入侵者因此自然而然地与本地的土著进行了混血繁衍。在《埃塞俄比亚诗集》的前言中，作者给出了明确的解释。在对撒哈拉沙漠以南的非洲诗歌的研究过程中，他发现了马罗内的天赋。这位才女创作了两千多首诗，闻名遐迩。

1948年，在《黑人俄耳甫斯》一文中，萨特转变了自己对诗歌的片面认识。他觉得黑人诗歌能够对殖民思想予以直接的、煽动性的回击，能够通过不起眼的诗歌形式发起猛烈的攻击。因而，贯穿全诗的有关恢复黑人身份的诉求便成了"黑人俄耳甫斯"最重要的主题。对于萨特而言，反殖民斗争必须涵盖黑人身份的塑造，而且这一身份必须由黑人自己来创造和掌控：

> 黑人是受害者。作为黑人，他们被扣上了流放的黑人或殖民地土著的身份。既然人们因为种族而压迫他们，那么首先就必须对这一种族有所认识。对于那些几个世纪以来费尽

心机将黑人沦为野兽的人来说，黑人就必须要求他们以一个人的身份重新认识他们。①

显然，在萨特的心目中，黑人诗歌巧妙地运用黑人主体的符号，能够创造出一种耐人寻味的韵律感。这种诗歌不仅能够挑战殖民主义成见，而且在身份重塑过程中能够不断表现黑人的主体性。从这个意义上来说，维护黑人的真实面貌具有深刻的政治意义，既能推翻殖民体系的成见，又能将黑人自画像的主导权还给黑人自己。只有表明黑人身份不是殖民者所想象的那样，被殖民者才能让人发现其人性的一面。费尔南多·朗贝尔曾把《阴影之歌》《黑色祭品》《埃塞俄比亚诗集》视为桑戈尔的"第一阶段诗歌作品"。在第二个阶段，桑戈尔完成了《夜曲》《雨季信札》《哀歌集》等三部诗歌集。诗歌的主体从咏叹非洲过渡到了对女性的赞美。不容忽视的是，桑戈尔始终书写非洲历史和非洲神话的内容。在第一阶段的作品中，诗人歌颂了非洲人民的丰功伟绩；而在第二阶段的诗集里，读者发现诗人对消失的非洲文明充满了深切思念。除了《科拉琴和巴拉丰琴陪着我》一诗是诗人 1939 年 10 至 12 月于孔提埃(Gontier)城堡内完成的，《阴影之歌》中的诗都没有标注日期。在《黑色的祭品》中，除了 1940 年写于巴黎的卷首诗《塞内加尔的狙击手》，其余的诗也都没有日期。《黑色祭品》被视为一部记录战争的作品，这不是没有理由，战争不仅指 1939—1945 年的第二次世界大战，还包括西班牙内战，因为当时西班牙在欧洲乃至世界范围内对法国和德国充满了敌意。

在歌颂非洲文化的同时，桑戈尔也没有摒弃西方文化。桑戈尔堪称一位名副其实的文化摆渡人。他试图将未来的世界文明建立在杂糅与融合的文化基础之上。他的诗中记载着他个人的经历，饱含着眷恋

---

① Jean-Paul Sartre, 'Orphée noir', *Anthologie de la nouvelle poésie nègre et malgache de langue française*, ed. Léopold Sédar Senghor (Paris: Presses universitaires de France, 1948) ix - xliv (pp. xiii - xiv).

和哀悼之情，饱含强烈的民族主义情感。借助于人文追求、天主教信仰、祖先的传统文化，在排遣内心深处躁动和不安的同时，他用包容和博爱的精神超越了一切种族差异。无论是《阴影之歌》《黑色的祭品》，还是《哀歌集》，诗人都让我们见证了他的人格和追求。

贺桑戈尔九十寿辰之际，他的马提尼克好友塞泽尔诗兴大发，为他写了祝寿诗。塞泽尔充分肯定了这位总统诗人为建立民族共同体、人类共同体所作出的巨大贡献。我们知道，塞泽尔与桑戈尔私交甚笃，在第一次世界大战之前，他们在法兰西共同度过了一段难忘的岁月。青年时代，两个人志同道合，意志风发，在巴黎一起共同创建影响深远的刊物《黑人学子》。那个时候，人们对非洲历史文化知之甚少，白人甚至都没有承认黑人生而为人的基本权利。塞泽尔和桑戈尔情同手足，利用各种机会探讨人类的命运。在巴黎留学期间，他们用诗歌讴歌黑人辉煌的历史，揭示残酷的社会现实，并畅想美好的未来。后来，他们各自回到自己的祖国。尽管相距遥遥，天各一方，但是他们始终保持着牢不可破的友谊。在塞泽尔的心目中，桑戈尔的诗有着一种独一无二的精神，能够凝聚人心。他的诗展现了一种永不言弃、誓不屈服的顽强意志。从这个意义上来说，桑戈尔在精神上成功地使黑人同胞走出了黑暗与绝望。通过诗歌创作，桑戈尔将他的国民、他的家乡和他的祖国介绍给了全世界的法语读者。在《致公主的诗体信》(《*Epitre à la Princesse*》)中，诗人向读者展示了非洲灿烂的文化。当然，非洲也有痛苦的记忆，特别是 19 世纪以来西方殖民统治给非洲造成的巨大伤害。桑戈尔是个伟大的和平主义者，他希望有朝一日能够化解冲突，实现不同文化之间的和解和融合。因为只有这样，非洲才能成为普适价值中不可或缺的一部分。

桑戈尔常常以不同的意象为题材，使诗歌的面貌焕然一新。1948年，《黑人和马达加斯加法语新诗选》(*Anthologie de la nouvelle poésie nègre et malgache de langue française*)问世的时候，让-保罗·萨特(Jean-Paul Sartre)曾对黑人文学给予高度评价："黑人的法语诗是当今唯一伟大的革命诗。”[①]确实，桑戈尔的诗在很大程度上动摇了西方殖民主义文化的根基，颠覆了殖民体系中“主体”与“客体”、“东方”与“西方”、“中心”与“边缘”等二元对立的格局。桑戈尔在诗歌创作中塑造的黑人游子形象能够充分印证这一点。我们可以通过拉康的镜像理论来加以理解。在桑戈尔的笔下，个体借助他者构建了自我形象，但是主体人格的打造和完善还依赖于个体在“象征界”和“现实界”来加以实现。[②] 当然，就诗歌的意象而言，读者心中的意象不一定就是作者所创造的“意象”。由于个人性格和生活经历的不同，读者与诗人的视角存在着一定的差异。因此，在阅读桑戈尔诗歌的时候，如何将意象进行合理的分类，这对于我们正确把握桑戈尔创作动机具有重要的意义。法国的留学经历可以视为桑戈尔创作的第一阶段，那个时候游子的心理最为突出。

在这里，让我们先来分析一下《法兰西花园》(*Jardin de France*)。顾名思义，“法兰西花园”就是诗人所要创造的意象主体。黄昏时分，诗人静静地期盼着“夜晚”的来临。从“黄昏”到“夜晚”，花园里不断变化的意象意味着诗人内心的情感由浓烈开始转为暗淡，诗人的视线不由自主地转向“忧伤的窗畔”。通过“忧伤”与“窗畔”这两个意象的组合，桑戈尔为我们构建起了立体的心理空间，深化了诗歌的意境。面对背井离乡的现实，“法兰西花园”不见了，诗人的耳边响起了“达姆—达姆鼓”的欢快节奏。鼓声把诗人一下子带回日夜思念的故乡，带回了无法割舍的非洲大地。顷刻间，诗人心潮澎湃，思绪万千。他对祖国的思念顿时化为一种回归故里的强烈冲动。但是，诗人心里明白，这只不过是一个幻觉而已，因而不免感到些许悲伤，甚至产生一种难以言表的“刺痛”。诗人无法接受的是非洲古老的文明惨遭西方列强的蹂躏，满目疮痍，哀鸿遍野。更为不幸的是，那里的人还没有觉醒，仍然在沉睡。从

---

① *Anthologie de la nouvelle poésie nègre et malgache de langue française*, précédée de Orphée noir par Jean-Paul Sartre, PUF, 1948.

② 拉康：《拉康选集》，褚孝泉译，上海：上海三联书店，2001年。

诗中的人物形象来看，游子正处在人格的构建期。他试图用白人的价值理念来构建自我，但是，白人无情地将他拒之门外。游子根本无心欣赏巴黎的美景，一眼望去都是白人的罪恶。同样，在《白雪笼罩着巴黎》一诗里，读者也能发现这种类似的心态。桑戈尔借助于对上帝的赞美，无情地揭露了白人犯下的滔天罪行：

主啊，您在自己的诞辰日巡游巴黎，
巴黎已变得心胸狭窄，浑浊不堪，
您用永不腐败的寒冷，用白色的死亡
清洗着她身上的污垢。
今晨，齐声歌唱的工厂烟囱上
悬挂着白色的长幡
——"给善良人以和平！"

主啊，您建议四分五裂的世界、分崩离析的欧洲、支离破碎的西班牙
接受您和平的白雪
犹太教和天主教的叛逆用一千四百门大炮炮击您和平的高山
主啊，我接受您那雪白的严寒
我的心像阳光下的积雪一样融化。

《白雪笼罩着巴黎》营造出一种十分独特的空间，诗人试图表达他对巴黎这座现代都市的独特感受。这首诗以巴黎为起点，接着，每一段都将诗人的触觉延伸至不同的地域，延伸至西班牙，甚至延伸至非洲，然后再回到巴黎。他的思绪不断往返于欧洲与非洲大陆之间。在桑戈尔的心目中，巴黎藏污纳垢，也是历史循环的起点。令人惊讶的是，诗人看到的不是热闹繁华的都市，而是"心胸狭隘""浑浊不堪"的巴黎，特别是这个城市里充满种族主义者的白手、打人耳光的涂脂抹粉的白手、

因为贪婪而砍伐非洲森林甚至是杀害黑人的白手。肮脏的白手一次又一次地出现,不断重复,每一次白手的出现都伴随着另一种文明的消亡。

桑戈尔的另一首诗《寂静的花园》也意味深长。这首诗让读者想起十六世纪七星诗社的代表人物龙萨,尤其是他为心爱的女人卡桑德拉(Cassandre)和伊莲娜(Hélène)所写的爱情诗。在《寂静的花园》里,当听到达姆鼓鼓声的召唤时,诗人的内心深处再次被都市里的烦恼和焦虑所占据。诗的开头表达的是一种祥和宁静,但这个场景是自相矛盾的。诗人越想建构宁静,内心深处就越听到强烈的节奏。"宁静"是一种耳朵听不见的语言,但是这首诗一开始就让读者听到了创造性语言。"无声的节奏构成了黑夜,让所有村庄骤然远去。"这种"带着节奏的寂静"对应的是世人原始的冲动。诗人徜徉在这条充满节奏的河流里,沉醉在生命的各种形式的构建中。诗歌的表达需要节奏。在桑戈尔的笔下,这种风格表现的是浓郁的黑人文化特质,体现的是不同于白人的认知模式。因此,从一定意义上来说,在桑戈尔的精神世界里,与其说黑人是在理解世界,不如说是感知世界。当然,这种非洲意象并不是一种先于文学创作的存在,而是由无数作家在文学创作的过程中共同构建的。

兰波的《地狱的一季》中有首诗叫《永别》。诗中描绘的"凝固的迷雾"是个让生命变幻莫测的地方。城市幻化为葬礼的景观,熙熙攘攘的人群幻化成葬礼的随行人员。这与英国著名现代派诗人艾略特(T. S. Eliot)的《荒原》(*The waste lande*)中"死者的葬礼"(The Burial of the Death)不谋而合。桑戈尔曾将"死者的葬礼"(l'enterrement des morts)译成法文并收进诗集《和平玫瑰与英语诗译文》里。桑戈尔把诗歌中列队前行的车流比作记忆中的朝圣场景,川流不息的车辆转瞬即逝。迷雾遮蔽了远处的光亮,屏蔽了往日的记忆。城市的迷雾是不洁的,是肮脏的,污染着人们想要抹去的、想要遗忘的记忆。在桑戈尔的笔下,迷雾甚至是寒冷的帮凶,能够熄灭生命的热焰。那是桑戈尔在巴黎度过第一个寒冬的感受。寒冬虽已过去，但是诗人的内心充满了耻辱。他的心遭遇了迷雾的污染。在桑戈尔的心目中，巴黎所有的一切都是病态的，是“有害的”，甚至是“有毒的”。“迷雾”与“巴黎的忧郁”成了巴黎的代名词。在二十世纪二三十年代，桑戈尔刚来巴黎的时候，他写了《阴影之歌》中的前两首《回忆》和《金色大门》。诗歌里的“金色大门”指的是巴黎郊区文森树林里真实打开的金色大门，而不是人们印象中所想象的那一个。米歇尔·豪斯指出：“读桑戈尔的诗，要按照他为我们安排的顺序。诗人以诗歌为载体，记录了他生活中的点点滴滴，所有的内容都是他对巴黎这座城市的沉思。”在《金色大门》中，想象把诗人带进了“金色大门”，那里的风“随着热带雨季而离去”。这些诗并没有收入 1973 年问世的《雨季信札》，但出现了“雨季信札”里的相关描述。严格说来，桑戈尔诗歌中所描写“寒冬”的意象，并不像“城市”的意象很容易与“巴黎”混为一谈。我们要从诗歌描述的现实进入诗人的想象。桑戈尔在诗歌中所描述的是巴黎侧记还是其原型呢？巴黎究竟是古罗马式军营还是拥有七个城门的埃及底比斯城呢？显而易见，“金色大门”是神秘的，能让读者展开丰富的想象。

第二次世界大战期间，桑戈尔的诗令无数法国读者十分着迷，成了人们用以排遣失去自由的悲伤或进行精神反抗的有力武器。德国法西斯的新闻查禁使许多法国作家鸦雀无声，陷入了沉默，但是并没有能阻挡法国诗歌春天的到来。一些诗歌杂志悄然诞生，譬如：《泉》(*Fontaine*)、《汇流》(*Confluences*)。以阿拉贡(Louis Aragon)、艾吕雅(Paul Eluard)以及苏佩维埃尔(Supervielle)为代表的超现实主义者告别了晦涩难懂的创作手法，把诗歌创作与抵抗运动紧密地联系在一起。当时，皮埃尔·埃马努埃尔(Pierre Emmanuel)、卢瓦·马松(Loys Masson)、皮埃尔·西格尔斯(Pierre Seghers)以及安德烈·弗雷诺(André Frénaud)等人的诗也倍受法国读者青睐。第二次世界大战后，桑戈尔在法国诗坛脱颖而出。这位黑人诗人受过法国高等教育并取得法国中学教师职衔。他阅读过克洛岱尔(Paul Claudel)的创作，但是还没有接触到瓜德罗普诗人圣琼·佩斯(Saint-John Perse)。虽然他的诗与他们的作品有诸多相似之处,但他的诗及其表达形式则来自更为遥远的地方,来自沃尔特·惠特曼(Walt Whitman)、洛特雷阿蒙(Lautréamont)、劳伦斯(Lawrence)。

桑戈尔的诗是土生土长的,本质上无源可寻。这种原生诗扎根于非洲丛林并从中汲取丰富的营养,尤其是诗人童年的经历成了重要的创作源泉之一。正是由于这一点,桑戈尔的诗接地气。就像大多数知识分子一样,凭借深度回忆中那些属于黑人的、带有欢声笑语的童年,桑戈尔唤起我们对天堂的美好向往以及永失天堂的无比痛苦。在《埃塞俄比亚诗集》的后记中,诗人用华丽的辞藻表达了这份强烈的感受:

> 既然要我谈及自己的诗,我就如实坦白吧……诗中所有的人和物多半来自我童年生长的地方:一个由谢列尔族组成的村落。其中,有黄雀、森林、运河和田野。每当想起这一切,我童年的王国便复活了……我曾经跟牧羊人和农民一起生活在那里。[①]

显然,桑戈尔挥之不去的是他的童年,是荆棘丛里快乐的喧闹。不过,文化的同化也给他带来了意想不到的惊喜。诗人在诗作中为我们创造了一个宁静祥和的美好世界,达姆鼓的节奏令人心潮澎湃,小号吹奏的爵士乐令人浮想联翩。内心的话语以音乐的方式被言说了出来,萦绕在读者的耳际,令人心醉不已:

> 啊! 刚果河啊,刚果河!
> 我要拨动科拉琴的琴弦,让你的盛名变成美丽的节奏,
> 科亚泰荡漾在水上,荡漾在大河流上,荡漾在我的记忆里! 文人的笔无能为力。

① Éthiopiques, Seuil, 1964, p. 160.

刚果河啊！你横卧在森林铺就的河床上，宛如一位被征服的非洲女王

你是所有鼻息生物的母亲，是鳄鱼、河马、海牛、巨蜥、鱼、鸟的母亲，

是一切需要灌溉的庄稼的母亲。

伟大的女性啊！你向独木舟的船首和船桨敞开了胸怀，

你是我的圣母、我的情人，你的腿铿锵有力，你的手臂犹如平静的睡莲，

林中的宝贝啊，你的躯体仿佛涂上了防腐油，你的皮肤闪烁着夜间钻石般的光芒。

安详的女神啊，你心潮澎湃，笑容可掬，

达姆鼓声，达姆鼓声啊，虎豹跳跃的节奏，又好似蚂蚁战略性的进攻，

第三天从沼泽地里，特别是从海绵一般的泥土里，

从白人肥皂泡一般的歌声中突然冒出刻骨的仇恨……①

在桑戈尔的诗歌里，读者感受到了抑扬顿挫的节拍，感受到了别具一格的黑人音乐、黑人艺术、黑人歌舞。这首诗的艺术效果很强，与塞泽尔的文笔有异曲同工之妙。当然，有人不以为然。这些人认为使用殖民者的语言来书写非洲的历史、来歌颂黑人的文化和思想本身就是一个难以接受的悖论。确实，这种做法让一些极右知识分子心里感到不是滋味。面对诗歌的语言，桑戈尔并不是那么开心，因为他笔下的语言仍遵循着传统的秩序。他觉得这种语言淡而无味，“像天空一样苍白而冰冷”②。桑戈尔希望用热带的法语来表现属于黑人自己的文化。盗火者锻造了原本属于敌人的武器，并以此来进行抗争，这一做法无可厚非。桑戈尔用热带法语让一直处于沉默状态的黑人文化发出了振聋

① «Congo», *id.*, pp. 101 - 102.

② *Id.*, p. 244.

发聩的声响。读者能够从中感受到桑戈尔内心深处强烈的愤怒，能够感受到诗人千方百计要“排出身上的白色”[①]，同时让自己的躯体灌入黑色的血液并发出绚丽的光芒。

在桑戈尔的诗歌里，黑色有着一种独特的魅力。当黑色的圣母塑像出现在眼前的时候，诗人崇高的语言使菲加利亚的塑像多了几分神圣。桑戈尔如此深情地歌颂着这种独特的黑色之美：

> 赤裸的女人，黑肤色的女人啊，
>
> 你穿的是你的肤色，是生命；你的体态就是美！
>
> 在你的保护下我长大成人，你温柔的双手曾蒙过我的眼睛。
>
> 赤裸的女人，黝黑的女人啊，
>
> 你是肉质厚实的熟果，醉人心田的美酒，令人出口成章的嘴，
>
> 你是地平线上明净的草原，东风劲吹下颤动的草原……[②]

通过对黑色之美的颂扬，桑戈尔成了塞内加尔的颂扬者、黑人传统文化的捍卫者。在他的笔下，黑色与白色结合产生的不是黑白相间的单调布料，而是一种和谐无比的鲜明对照。桑戈尔通过抽象的概念展现了黑人雕像般的美丽。在《热带雨季的信札》中，他把弥留之际的悲伤讯息献给了自己的伴侣。由于公务繁忙，诗人不得不时常与妻子分离两地，这一直令他愧疚不已。虽然，“热带雨季”(hivernage)这个单词的含义指一个多雨的季节，但是在桑戈尔的诗歌里被赋予了新的含义。这个单词所代表的不仅是沉寂的季节，还有冬日的街道。此外，桑戈尔诗歌还有着浓郁的宗教色彩，有关宗教的描绘有如一串黑色的珍珠项链，光芒四射，令人心醉神迷。诗人浸润在异国情调里，成了圣父的忠

---

① «Congo», *id.*, p. 248.

② *Poèmes*, pp. 16 - 17.

实信徒。他坚信童年时代的信仰，喜欢古老的礼拜仪式、圣歌、晚祷、天主教弥撒、感恩歌。在《埃塞俄比亚诗集》中，他曾经这样写道：

耶路撒冷的喜乐主，我更愿意称你为我心中的喜乐主。

你的虚空与广袤犹如一个冰冷的房间，你沉静的手上捧着的是耶稣基督的泪水。

喜乐主出现在积雪的屋脊，显示了自己最初的面容。

喜乐主出现在椰奶一般色调温和的教堂，显现了复活节的面庞。

桑戈尔清醒地意识到作为知识分子所肩负的历史担当，他觉得必须发出自己的声音，必须要改变白人的“偏见”和“傲慢”所塑造出来的黑人形象。在诗歌创作的过程中，桑戈尔建构了一种多元文化融合的和谐观。他以法语的韵律为骨，以非洲文化特质为魂，用富于隐喻的诗句向世界展现了非洲的存在。我们知道，撒哈拉以南的非洲有着悠久的历史和灿烂的文化。那里的阿散蒂人、达荷美人、约鲁巴人也曾建立过强大的国家。桑戈尔善于用象征的手法表现意义丰富的形象。他善于追求深邃的意境，寄情于景，使笔下的情与景水乳交融。他的诗时而感情激昂，时而格调幽深，千姿百态的人物在达姆—达姆鼓声中给人以强烈的震撼。他的诗富有节奏，如行云流水，清新自然，充满了浓郁的非洲乡土和自然气息。

作为法国殖民地塞内加尔的原居民，桑戈尔常常把被主流文化边缘化了的自己与他希冀回归的民族紧紧地联系在一起。面对赤裸裸的法国同化政策以及诱惑性的身份认同，桑戈尔的主体意识开始觉醒。在《图腾》中，通过关注和守护氏族部落的祖先或动物形象，桑戈尔为自己的民族身份和文化身份找到了源头，而且为内心深处的自我找到了引以为傲的源泉。他多次提及他的祖先和佩戴面具之类的传统，因为在诗人的眼里，逝者不曾远去，他们仍然和我们在一起，而且能够与我们进行面对面的交流。在桑戈尔的诗中，常常都有祖先的出场，诗人想让他们的话语来打破当下的沉默，为孤独无助的黑人世界带来信心和希望。对于经历了殖民创伤的人来说，宗主国的强势文化使他们失语的同时，也使他们失去了民族的自信和民族的自尊。①

黑人女子的形象是桑戈尔笔下的一个重要象征。在《阴影之歌》中，作者描绘了一对恋人的亲密场景。他们俩躺在静谧的摇篮里，摇篮随着非洲脉搏的跳动不停地晃动。《黑女人》堪称桑戈尔最著名的一首诗，诗人以无比的热情颂扬了非洲女人性感的黑皮肤。跟非洲的手鼓一样，黑女人的皮肤在桑戈尔的笔下承载着非洲感官中最美好的享受。不仅如此，诗人还再现了波德莱尔笔下非洲女人的"头发"，把读者带进了一个充满异国情调的浪漫世界。由"哀歌"和"颂歌"组成的《夜曲》则带有鲜明的非洲诗歌的音乐特征。在赞美18—19世纪混血姑娘的《颂歌献给席娜尔》中，读者可以发现一系列能够用不同乐器来表现的间奏曲。除了可以用"笛子""巴拉丰木琴""斑鸠琴"（一种类似吉他的乐器）表现，诗句还采用了错综复杂的语音模式：节奏与回声、头韵与谐音。这些声音技巧成了桑戈尔诗歌内涵中不可或缺的一部分。通过这些声音，诗人与大自然融为一体，使他的内心充满了清晨的鸟语花香。韵律成了自然的生命力，同时也让诗人的心跳加快了，血液的流动通畅了。

在《埃塞俄比亚诗集》中，相较而言，桑戈尔的灵感更多地来自法国象征派诗人兰波，而不是波德莱尔，因为他笔下的意象具有一种浓烈的超现实主义色彩。桑戈尔将"埃塞俄比亚"作为第三部诗集的标题，也许，他试图模仿品达（Pindare）的手法，并借鉴他的《奥林匹克》（*Olympiques*）、《皮提亚》（*Pythiques*）和《伊斯特米亚》（*Isthmiques*）。但是，《埃塞俄比亚诗集》中的诗歌灵感主要来自黑人文化。《夜曲》（Nocturnes）则更为私密，有若干捉摸不定的情愫。桑戈尔曾经下定决

---

① 刘成富：《文化身份与现当代法国文学》，南京：南京大学出版社，2017年，第201页。

心与欧洲诗歌，甚至与《恶之花》的作者决裂。1986 年，在一次文学研讨会上，他曾告诉与会者，他在图尔任教时烧掉了自己的所有诗歌，决定一切从零开始。他早期的创作深受法国诗歌的影响，更确切地说受波德莱尔、魏尔伦，甚至浪漫派诗人的影响。但是，在《遗失的诗》(*Poèmes perdus*)中，读者仍旧发现波德莱尔的《忧郁》(*Spleen*)的影子，例如“思念的忧郁/麻木的，迟钝的忧郁”[1]。而《杨树之美》(*Beauté peule*)一诗更是以典型的波德莱尔手法展现了黑人之美：

啊，是谁赋予我
萨里玛塔·迪亚洛那颤抖的乳房，
美妙的腰身
和丰腴的美臀[2]

《致黑女孩》也是个典型的例子，这首诗的标题与波德莱尔的《致红发乞丐》(*À une mendiante rousse*)以及《致一位过路的女子》(*À une passante*)有异曲同工之处。但是，在桑戈尔的《当我走过》(*Comme je passais*)中，路人则是诗人自己。这一切似乎证明桑戈尔从来没有能够终止或从未想要终止自己与西欧之间的联系。他本人在《假面的祷告》中曾表示：“我们与欧洲之间有着一根相连的脐带。”或许“黑色美人”已成为桑戈尔最重要的灵感，他曾说过：“当我萎靡不振时，是马罗内·恩迪亚耶——唱诗班的领唱——来到我的耳畔，用塞内加尔语呼唤我的名字。她仿佛在说：我们无权责备你，但你可曾感到羞愧?”羞愧，为什么？难道像舍夫里耶所说的那样，因其以中间人的身份居于两个世界之间而羞愧？还是因像波德莱尔那样居于“黑色美人”与“白色美人”之间而羞愧？又抑或像他对《恶之花》作者的评价那样，因居于古典诗歌与现代诗歌之间而羞愧？桑戈尔游走于不同的世界，但不应就此被视为一个摇摆不定的人。即便是这样，这种摇摆不定也跟波德莱

---

① *Œuvre poétique*, éd. cit., p. 340.

② *Ibid.*, p. 348.

尔一样，源于对理想的追求。

《刚果》(*Congo*)是一首慷慨激昂的颂歌，表达了诗人对刚果大地及其文化的根本看法。在这首诗中，刚果被形容成非洲的母亲，具有一股赋予生机的力量，是动植物最为理想的安居之所。诗人一边列举刚果母亲创造出的丰富多彩的生活，一边探究诸多声音交叠下的音乐性，仿佛动物的生命从强大的力量中奔涌而出。刚果成了感官的魅惑者。这位女神甚至唤起了诗人的性欲望："请让我摆脱毫无欢愉的夜晚。"诗人将非洲的自然景观与女性的胴体意象融为一体，并用手鼓的鼓点来为之伴奏。不过，桑戈尔也承认，这场感官的、音乐性的、视觉性的图景发生在"不容置疑的召唤"之时。这首诗为我们创造出一幅生机勃勃的幻象，而这幅幻象与自然世界以及大地紧密关联，向渴望所有权和支配权的西方殖民统治发起了挑战。

在《缺席的女人》(*L'Absente*)中，想象中的非洲女人始终是缺席的，也就是说，诗人表达的是一种对想象中黑人美女的期待和憧憬。在诗的开头，诗人扮演了一个正在与美少女交谈的角色。他告诉她，他不是非洲的英雄，只是个行吟诗人而已。他是个诗人兼乐师，而不是什么领袖，更不是能够"吼出塞内加尔之荣耀的雄狮"。他的任务就是歌颂那个缺席的女性的美，而那个缺席的女性就是非洲："我的光荣就是赞美缺席女人的魅力/我的光荣就是歌颂青苔与野麦。"诗人力图探索一种难以捉摸的非洲精神，表现一个迷人的女性形象以及一种自然环境。在诗的第四节，出现了一个埃塞俄比亚的女人，诗人品味并赞美她的笑容和橄榄色的柔嫩肌肤。在诗的第五节，他再次坦言，他的语言不足以赞美"缺席的女人"的一切，因为她是非洲的精神，是自然世界的运动和力量，缺席女人的名字是无法言传的。诗人将周围所有的一切都视为"无关紧要的事"，而缺席的女人则代表一股神秘的力量。这个女人就是诗人所追寻的"理想"，是诗人试图融入其中的自然世界，同时也是桑戈尔诗歌让人无法企及的独特之处。确实，这首诗唤醒了非洲的自然精神："东风拂过，词语随风飘散，皱作一团，仿佛喷雾之下人类留下的遗迹。”在桑戈尔的心目中，诗歌是一个幻想的精神空间，诗歌里的“我”可以拥抱“他者”，文化差异能够被克服。

桑戈尔的“挽歌”系列作品则表现了诗人对文化融合的渴望，但他自己并不确定这一理想是否真的能够实现。《黑色祭品》是诗人与《影之歌》分道扬镳的重要标志。诗歌已不再被用来表达诗人试图回归神秘非洲的强烈愿望，而是开始关注当下。桑戈尔写过很多哀歌，这些哀歌在很大程度上体现了诗人对不同种族之间大团结的美好向往。在《纪念马丁·路德·金》(*Elégie pour Martin Luther King*)中，诗人展现了在非洲大陆之外被征服者所遭受的磨难，并构想了一种解放全人类的美好图景。在诗的开头，诗人对自己的能力表示怀疑，根本没有将诗想象成一种解放手段。他哀叹道，“词语仿佛一群混乱的水牛冲撞着我的牙齿/我的声音面对着虚无”。接着，他提及在某个不眠之夜想起马丁·路德·金被刺的场景，回忆起他受伤的场面是如何让他从内心深处感受他人的痛苦：“我再次看见倒下的马丁·路德·金，喉咙上有一朵红色的玫瑰。/啊！我感受到来自骨髓里的呼唤和泪水。”面对暴力横行的非洲，面对黑人的苦难，诗人悲叹道：“我们不是为马丁·路德·金而哭泣。”在诗歌的最后一节，诗人志在必得，呼吁全世界的黑人与白人团结起来共同反对压迫和暴政。他歌颂了数位美国总统，比如：乔治·华盛顿、亚伯拉罕·林肯和约翰·肯尼迪。此外，他还提及了美国泛非运动创始人杜波依斯(William Edward Burghardt Du Bois，1868—1963年)、美国“黑人民族桂冠诗人”兰斯顿·休斯(Langston Hughes，1902—1967年)等人。在最为快乐的一段文字中，桑戈尔想象了一次推翻奴隶制的集体起义及其后果。在结尾处，他提及了塞泽尔：“他那充满活力的手中拉着一只白色的手/我歌颂率直的美国，那里的光明由各种肤色复合而成/我歌颂和平的天堂。”假如这是桑戈尔最为兴奋的一刻，那么，这几句诗就可以视为对谋杀事件的一个乌托邦式的、诗性化的回应。谋杀事件触发了其他地方对黑人施暴的痛苦回忆。桑戈尔幻想中各种肤色交融的美国似乎与第二节和第三节诗中所描绘的非洲有所不同。也许，桑戈尔梦想着全人类的解放，梦想着一场黑人的文化运动带来黑人与白人之间的和解，带来更多裨益的美好未来。

在《纪念乔治·蓬皮杜》(*Elégie pour Georges Pompidou*)的哀歌中，诗人强烈呼吁不同种族之间的大团结。这首诗表达了诗人心中超越文化歧视的期盼："我在汗水的旋涡中醒来，我要将自己留在童年的王国。"当他想起挚友的时候，诗人超越了种族的仇恨，真诚地向朋友告别，并想象了一场不同种族之间的友好交往。这种交往将庇护并保护"我那白皮肤的孩子"。他呼唤着已故的朋友，想象着一场死者与墓穴外的生者之间的交流，并采用了悼念先祖的诗歌方式。这意味着法国已故总统蓬皮杜被带入诗人的家庭中心。诗人继而恳求他的朋友不要仅仅保佑他自己以及法国人民，还要保佑全世界所有的苦难者，甚至在保佑黑人的时候，也要保佑广大的白人，因为后者虽然拥有原子弹，但也有无法排遣的空虚，也需要他人的爱。这首诗超越了他早期作品中所流露的思想，构想了全人类所面临的共同苦难。

桑戈尔的诗始终表达着诗人的惶恐和不安。他希望诗歌在创作和文化传承方面能够发挥真正的作用。在《纪念马丁·路德·金》中，如果说桑戈尔仍然保持沉默，那么，这种沉默表达的则是诗人的孤独。他意识到自己根本无法实现梦想，更无法实现全人类的解放。后来，他为自己失眠时的孤独而哀叹，极力呼吁反抗，并想象了一场伟大的胜利。但是，这场胜利在面对诗人的流放情形时显得脆弱不堪。作为黑人文化运动的发起者，作为一位举世瞩目的政治人物，桑戈尔感到无能为力，感到自己跟不上时代的步伐。他的一生都在寻求能够真正理解殖民地剧变时期的非洲文化，但是，他本人的自我意识还不够清晰。他写过大量的散文、演讲稿和诗歌，语言文字掩饰了这个男人内心深处的沉默。他用尽毕生的精力谋求着不同文化的和谐共处，他的奋斗经历被认为是走向新型大团结的一个重要过程。从人文主义角度看，与其说桑戈尔渴望非洲人与法国人共同构建一个团结友好的共同体，倒不如说，他努力尝试认同并信赖同伴，信赖文化以及那片汇聚其他生命形式的土地。桑戈尔憧憬着一种与整个世界融为一体的普遍意义上的人性，孜孜不倦地为之奋斗，虽然他从来都没有成功地实现这一目标。

《自由》这部诗集是根据时间顺序排列的。第一卷、第三卷和第五卷反映的是二十世纪三十年代至七十年代的黑人世界的演变过程。第二卷和第四卷则是诗人对非洲社会主义实践的深刻反思。早在1945年发表的《阴影之歌》中就有所流露，他把巴黎描绘成一个让人绝望的世界。灰蒙蒙的雾气和大大小小的建筑在很大程度上渲染了诗人内心深处的彷徨和迷惘。在《巴黎的雪》(*Neige sur Paris*)中，桑戈尔描绘了一个寒冷的冬季。然而，在使用雪的意象时，他充分发挥了塞泽尔在《返乡笔记》中所表现的白色与死亡之间的关系，刻意表现了城市与殖民暴力之间的关联。如果说塞泽尔用杜桑·卢维杜尔在汝拉雪山被困冻死的意象来影射殖民强盗的“白色谋杀”，那么，桑戈尔则借雪后的巴黎生动地表现了白人的残暴行为。雪的洁白让人想起了“鞭笞奴隶的双手，鞭笞您的双手”。桑戈尔笔下的“您”指的是侵略者试图降服的神明①。无辜的黑人身体遭到了白人双手的侵犯，诗人的一颗心像“雪花”一样融化，落在了巴黎建筑物的屋顶。这样的意象再一次将冷冰冰的城市意向与暴力紧密地联系在一起。其实，《悼念》这首诗也是这样。最后一句的和解显然流露出诗人内心深处的不安。太阳“温柔地对待着我的敌人，我那冰雪消融时的白手兄弟/也因为露水的双手，每个夜晚，抚摸我火热的脸庞”②。消融的雪花并没有带来安慰，反而使诗人难以承受，仿佛雪花代表的是残暴历史的伤疤。白色成了毁灭的色彩，不仅仅是因为雪花覆盖了巴黎的屋顶，覆盖了一切生机，而且在法兰西帝国殖民过程中，在贩卖、剥削、压迫奴隶的过程中，那一双双白手给黑人带来了痛苦和死亡。

---

① *Œuvre poétique*, éd. cit., p. 24.

② Ibid., p. 25.

在《致敬为法国而献身的塞内加尔士兵》中，黑人士兵孤独死亡的过程给读者留下了极为深刻的印象：“请听我说，躺在黑土地和死亡的孤独中的，/躺在既没有眼睛也没有耳朵的孤独中的，塞内加尔的士兵们。”在这首诗的结尾处，诗人号召死难者接受黑人战友的致敬。桑戈尔无法掩饰难言的苦涩，因为为法国捐躯的塞内加尔士兵在法国并没有一视同仁，并没有像法国烈士一样得到应有的尊重。在《一名志愿兵的绝望》中，诗人描写了一名天真地追求英雄主义的年轻士兵。在战火烧焦的土地上，他遭遇了死一般的荒芜和沉寂，任何华丽的辞藻都不能为这幅景象增添所谓救赎的意义。在《致一名俘虏的信》中，桑戈尔讲述了他本人被俘的经历。他曾为法国而战，但摧毁性的战争使他与法国的距离更大了，殖民者的白皮肤再一次与死亡联系在一起。诗人的黑皮肤使他与为之牺牲的人之间出现了一条无法逾越的鸿沟。

有人认为，所谓“艺术”就是与他人建立联系的一种方式。而且，在他们看来，一首诗只有为人所接受并广为传诵，才算得上是一首好诗。这种对他人的呼吁，可以说是桑戈尔排遣孤独的一剂良方，也是他渴望归属法国和非洲的伦理背景。桑戈尔在诗歌中千方百计构建着他与群体之间的关系，而实际上他始终游离于群体之外。他既不完全是法国人，也不完全是非洲人。他只能靠写诗将边缘化的自己与渴望回归的民族紧密地联系在一起。诗歌成了展开想象的道德空间。在那里，自我可以拥抱他者，差异可以被克服。

尽管桑戈尔一直呼吁文化融合，但是在诗歌中创造的却是让自己保持缄默的空间。他的诗节奏明快，有着强烈的生命力和感染力。诗歌的活力遮盖了诗人的沉默，有时让我们难以发现多重面具下诗人内心深处的想法。在兼顾文字的音乐性和声音力度的同时，桑戈尔发现声音的响亮度与获得普遍意义之间仍然存在差异。在构建与世界和谐关系的同时，桑戈尔发现一个断层：“在人与宇宙之间，在有形与无形之间，在直觉与探索之间，在所指与能指之间，存在着一个断层，一个无声的区域，一个秘密。既完善又不完善。”①虽然桑戈尔的大部分作品表现出一种自信，但是，“断层”或“裂痕”概念的提出表明这种自信也存在不足。作为一位著名的作家和政治家，桑戈尔一直宣扬法非联盟。但从某种意义来说，法国与非洲相距遥远，两者之间紧张的政治局势永远无法缓和。也许，诗人试图把自己融入理想的世界，但是这并不能消除他与故土之间的疏远感。虽然团结、合作、沟通和融合是桑戈尔智慧哲学的基石，但是诗人常常意识到法非之间存在着不可跨越的鸿沟。

众所周知，当了总统之后的桑戈尔一直谋求文化融合。不过，他越来越意识到这一愿望是个乌托邦。诗人的角色在《埃塞俄比亚诗集》中不断变换，他扮演了加纳国王的角色，幻想自己是一个独立于殖民压迫的非洲领袖。在这首诗中，国王卡亚-马汗无所不能。他能让自然万物听命于他，服从他的威严：“每一夜都要在大广场之上点亮一万两千颗星辰/为我的臣民烧煮一万两千盆海蛇。”卡亚-马汗是月亮之王，既能控制非洲的自然界，也能控制光明和黑暗的绝对力量。作为统治者，他十分蔑视西方世界（“被恺撒放逐的人”）的荒淫无道，用手鼓的节奏——“未来非洲的力量”来表达自我。就像《刚果》一样，《卡亚-马汗》既是对非洲自然与文化热情洋溢的赞颂，又是音乐与幻想之间的一种融合，同时也表现了诗人对非洲领导层的质疑。那时，诗人还不是塞内加尔的总统，但已表现出对新任非洲领导人从殖民压迫者手中收回国土之后的焦虑。在《塞内的夜晚》（*Nuit de Sine*）中，诗人依偎在恋人的怀里倾诉：“我要呼吸我们先祖的气息，我要收集并重复他们生前的话语。”虽然逝者的存在让诗人心里感到很踏实，但是他依然沉浸在逝者的声音之中，他实际已远离现实。诗人和他的恋人脱离现代生活，不断地与过去进行交流。然而，逝者与生者之间的交流并没有让诗人摆脱孤独以及失眠时对死亡的恐惧。

---

① Léopord Sédar Senghor, *Pour une philosophie négro-africaine er moderne*, *Liberté* V: Le Dialogue des cultures, pp. 211 - 237.

《午夜哀歌》(*Elégie de Minuit*)探究的是诗人的失眠。诗人清醒地躺在床上,抱怨着使他难以入睡的灯光。接着,他从床上一跃而起,突然间感到一片清新,与之相伴的还有对自身体力的认知。他恳求上帝让他回到美好的童年,回到非洲过往的和谐之中:“你,宇宙的主人,请让我安息在绿树成荫的若阿勒/请让我重回充满美梦的童年王国。”接着,出现了一连串暗示黑人文化的意象。诗人回忆起纪念死者时伴随着手鼓鼓点的祭祀舞蹈和典礼。桑戈尔坦言,这只是一段祈祷而已。但是,与其说回忆的作用是让诗人回到过去,倒不如说触发了他书写这段过往。诗歌中的意象值得品味,不是因为这些意象实现了诗人内心深处最根本的渴望,而是因为激发了他孤独时的创造力。在诗的结尾,诗人告诉我们睡意将在黎明侵袭他。他已精疲力竭,仿佛只有在长夜的尽头才能获得片刻的休憩。在这一段里,诗再次宽慰了这位孤独的诗人。当然,诗并没有给他带来他想要的融合,只是给予他振奋和幻觉的同时,也给了一点精神慰藉而已。

《遗失的诗》(23 首诗)的问世让桑戈尔遗失了的诗重见天日。那些诗歌也许是诗人故意任其消失的,比如:《致塔玛》(*Pour Tama*)。发表于 1949 年的《娜埃特之歌》(*Chant pour Naëtt*)后来收录于 1961 年的诗集《夜曲》(*Nocturnes*),题目则被换成了《西格娜之歌》(*Chant pour Signare*)。新德里大学的格洛丽亚·萨拉瓦亚(Gloria Saravaya)曾撰文发表感叹,希望引起读者的高度关注。可惜的是,这篇文章并没有完全深入诗歌的文本,只是停留在研究同一部作品的不同版本。通过《娜埃特之歌》与《西格娜之歌》的比对,我们发现后一首诗其实是前一首诗改写而来的。桑戈尔通过收回原先作品并进行改写的行为反映了诗人不断闪现的思想火花,也让我们感受到诗人对待法语和非洲诗歌的严谨的态度。①

作为诗人又是法兰西学院法语语言的“公仆”，他的学术、他的思想和他的为人赢得了伊曼纽尔·沃勒斯坦的高度称赞。在沃勒斯坦看来，这位当代最为成功的“混血儿”为我们指明了一条通往美好世界的光明大道。沃勒斯坦对“黑人特质”以及桑戈尔诗歌的解读可谓别具一格。他认为，桑戈尔有多重身份，他的思想具有非同寻常的哲理。他向往的是一条通往共同体的道路，而这个共同体就是人类的未来。确实，桑戈尔从“黑人特质”运动的最终目标出发，希望达成一种建于“混血之上的”世界文明。但是，这种文明要在持续的构建中把握，要在与“他者”的对话中构建。桑戈尔曾经告诉他的传记作者雅奈·瓦扬(Janet Vaillant)，他的思想是随着时间的推移在矛盾中产生的，因为只有时间才能让矛盾进入一种“共生”(symbiose)的状态。

二十世纪二十年代末，当桑戈尔在法国留学的时候，正流行一种被称作“黑人艺术”的时尚。这种黑人艺术在桑戈尔看来首先应是非洲的艺术哲学，而且“黑人特质”无论从什么方面来说都是一种美学。在以毕加索为代表的那一批艺术家的作品中，我们会发现非洲面具和非洲雕塑的元素，有一种不同于西方美学的艺术表达。那些面具和雕塑被放置在巴黎的特罗卡迪罗广场博物馆。毕加索的朋友纪尧姆·阿波利奈尔(Guillaume Apollinaire)在报纸上曾多次呼吁，要求把那些受到拜物教洗礼的物件移至卢浮宫，以便让人们把那些物件作为艺术品来观赏，而不是仅仅满足于纯人种学方面的好奇。孟德斯鸠曾在《波斯人信札》里给我们上了一堂生动有趣的课，这一课告诉我们，我们之所以总

① Gloria Sarayava, «Des chants pour Naëtt, aux Chants pour Signare, Lecture d'un poème disparu, "Pour Tama"», dans Léopold Sédar Senghor, un poète, textes réunis par Fernando Lambert, Paris, L'Harmattan, coll. «Itinénaires et contacts de cultures» No. 9, publication du Centre d'Etudes Francophones de l'Université Paris XIII, 1988, p. 116.

是看到差异，是因为我们内心深处总是希望看到它。因此，作为理性和逻辑思维化身的欧洲人，他们看到的是一种完全不同的人，思维是前逻辑的，并没有按照同一的、矛盾的、排中律的原则来进行，而是遵循了一种所谓的参与定律。

在法国期间，桑戈尔对非洲艺术表现出极为浓厚的兴趣。他从人种学中汲取了丰富的灵感，使用了列维-布留尔（Lucien Lévy-Bruhl，1857—1939 年）的语言，尤其是与分析理性相对的“参与理性”（raison participative）的语言。但是，他并没有死板地套用列维-布留尔的差别主义的（différentialiste），甚至是分离主义的（séparatiste）观点。他很快呈现出了一种越来越远离列维-布留尔的倾向，他的思想越来越接近著名的直觉主义大师伯格森。就“黑人特质”的本质和内涵而言，我们一定要在这一运动的发展过程中来研究，而不应停留在一些被简化为本质主义和差别主义的格言和警句之中。因为只有这样，我们才能看到桑戈尔哲学思想向柏格森转变的过程，同时又能够不断地重拾并重新回到列维-布留尔所主张的概念。列维-布留尔想要表达的，是一种有关“他者”的人种学。根据人类的思维结构，他将人类分成几个不同的类别。而柏格森主义是一种推崇唯一且一致的人类哲学，认为人类在认知功能上是相同的。而在列维-布留尔看来，遵循参与定律的思维方式与欧洲人的理性认知有着相似的功能，而柏格森要求人们为自己寻找一座通往“完整且完美存在”的桥梁，人应成为一个“完整且完美的存在”：无论是在智力上，还是在直觉上都应如此。当列维-布留尔说“我们”时，他指的是一种不同于原始思维人类的欧洲人，而柏格森说“我们”或“我们所属的人类”时，“我们”或是“我们所属的人类”是现有状态与人类的理想状态进行对比和反思后的人。他认为智力和直觉的意识活动具有相似的性质，目前人类正在寻求一种全面的平衡，尤其要被智力所引领。而直觉，或者说综合能力，还没有完全闪耀出照亮人类目的的光芒。归根结底，桑戈尔想要表达的“混血儿”其实在于综合的智力。这种智力体现在非洲艺术中，非洲艺术是对这种智力最纯粹、最强烈的表达。这种艺术在柏格森看来就是一种生命的关怀,因而情绪在他的笔下成了"黑人"的代名词。随着时间的推移,桑戈尔还是回归初心,并有意无意地接近柏格森的思想。也就是说,情绪属于非洲的作品,尤其属于雕塑;而理性、逻各斯(logos)或者说理智(ratio)则属于希腊和罗马的雕塑艺术。

跟艾梅·塞泽尔一样,桑戈尔对总体意义上的"世界文明"表现出了浓厚的兴趣。起初,"世界文明"这一概念包含所有的大陆、所有的人种以及所有民族的作品。对于桑戈尔而言,世界是人类奇遇的产物,因而人类奇遇的不同面貌就成了各种各样的文化,这些精彩纷呈的文化实际就是人类奇遇的表达。他认为,我们已进入"世界文明"的时期,也就是自二十世纪七十年代起,随着"去殖民化"浪潮的深入发展,我们实际迈入了后万隆会议时代。世界出现了多极化。他对"黑人特质"充满了无限期待。跟萨特一样,桑戈尔认为黑人特质是辩证统一的。黑人特质不会让位于新的理念……不会消失,而且能够再一次为更加人性化的新人文主义构建发挥积极的作用,因为新人文主义能够把所有大陆、所有人种、所有民族的贡献集中在一起。

1976年,桑戈尔做了一场题为"作为黑人文化的'黑人特质'无法被超越"的讲座。应该说,这场讲座完美地表达了有关"黑人特质"思想的内在矛盾及其价值。在桑戈尔看来,"黑人特质"不是一种简单的状态,一种"于此的存在"(être-là)……而是一种行动。"黑人特质"无法被超越的真正原因,就在于运动、生成,以及持续不断的自我超越。桑戈尔这场学术报告是对塞泽尔的回应。塞泽尔在马提尼克岛接待桑戈尔的时候,曾回忆他们在巴黎一起度过的美好时光,尤其是他们与莱昂·达马斯(Léon Damas)共同发起的"黑人特质"运动。塞泽尔从圣·奥古斯丁那里引用了"我们成了我们自己的问题"那句话,不过,奥古斯丁用的是单数形式(Et mihi questio fui)。从引用那句话的深层含义来看,既有"黑人特质"生成的原因,也包括"黑人特质"运动的定义。但是"黑人特质"运动是一个开放性的问题,不可能只有一个答案。

早在1966年，当首届全球黑人艺术节在塞内加尔首都达喀尔举办的时候，塞泽尔就做过一个重要的演讲“论非洲艺术”。在这次演讲中，他谈到了艺术的生成问题，特别强调了人们对艺术和诗歌的要求。在他看来，如果没有艺术和诗歌，世界就没有人性可言，就是一个被物化了的世界。在谈及非洲艺术时，他认为重要的不是非洲艺术的过去，而是其未来。自我模仿只能复制和重复那些已被构建的“非洲艺术”，自我模仿是最糟糕的。他对非洲艺术的美好未来充满期待，因为在非洲这块土地上，非洲艺术最为根本的特征就是背对模仿，追求创新。当然，他也强调说，非洲的创造力应当通过自身的生命力来抗拒自我模仿。这种生命力一直以来滋养着非洲的艺术、非洲的活力。政治、经济、文化等各个领域依靠的就是这种顽强的生命力。

1978年，为庆祝美国人罗伯特·康曼(Robert Cornman)根据《返乡笔记》而创作的大合唱《回归》(*Retour*)，塞泽尔在日内瓦专门做了一场有关黑人文学的讲座。他再次探讨了黑人文学中的法语语言问题。我们知道，塞泽尔曾把法语视为一种神奇的武器，希望通过这种本来用于殖民统治的工具反过来进行抗拒。在这次讲座中，他又一次回到了文学的“反转”问题。通常，黑人文学被视为一种处于次要地位的文学，从某种意义上来说，就是卡夫卡，或者说，就是德勒兹所定义的那一种“少数文学”类别。因此，塞泽尔说，黑人文学将自身变成一种“地下文学”，被一种语言捕获之后而能够为这种语言充电，并赋予其能量。这种文学使被捕获的经历变得诗情画意。用这种被捕的经历创造一种全新的语言，这种语言既有乡愁，又能预言未来。桑戈尔是个名副其实的“文化融合”的颂扬者。这个塞内加尔诗人曾经说道：“我们每个人都应该以自己的方式进行混血。”在一封写给雅奈·瓦扬的信中，他强调说，不管怎样，这不关乎本质，而关乎存在。这里的存在就是萨特笔下的存在。

在《杂诗集》中，《肖像画》一诗表明了诗人的文化取向。《遗失的诗》中的《都林的春天》具有“七星诗社”的诗歌风格，酷似龙萨笔下的爱情诗。通过诗歌创作，通过充满非洲意象的法兰西语言，桑戈尔向法国殖民主义话语体系发起冲击，为塞内加尔乃至非洲国家的民族解放、国家独立以及独立后的社会发展指明了方向。1960—1980 年，桑戈尔曾担任塞内加尔总统，但是仍笔耕不辍。不过，随着时间的推移，他的文化观出现了一定的变化，因而遭遇了褒贬不一的批评。有些人看到的是狂热的本质主义，认为这种本质主义说到底不过是一种对欧洲本质化的接受。激进派认为，桑戈尔有关"黑人特质"的思想沉溺于非洲的苦难。他们担心这一思想有朝一日会主张对殖民文化遗产的全盘继承。因此，有人称他为捍卫黑人民族文化的"伟大旗手"，有人则把他看成"戴面具的人"，有人甚至把他痛斥为法国殖民主义强盗的"忠实走狗"。但是，从文化层面看，桑戈尔的诗作蕴含的"黑人特质"思想是积极的。他的第一部诗集《阴影之歌》，以一种圣经的文体颂扬了非洲的传统文化，具有浓厚的浪漫主义色彩。诗歌语言中的意象涵盖了非洲生活、传统风俗、民族神话和祭祀礼仪等内容，展示了黑人璀璨的历史和坚强不屈的民族精神。

总之，桑戈尔的个人追求和诗歌创作过程本身就是一首诗。他致力于构建黑人传统文化，竭力推动非洲黑人与白人之间的文化融合。他希望世界各民族能够进行持续的、深入的对话，并坚信能够建立起一个理想的塞内加尔共同体。这个共同体能够在非洲文明与法国文明的互补中获得丰富滋养。这个美好的愿景不仅是桑戈尔创作的源泉，而且是其政治活动的原动力。在捍卫民族独立的同时，桑戈尔力图实现世界文化的融合与共生。他之所以伟大，并不是因为战胜了一切与黑人文化与人文主义相悖的观点，而是让读者意识到了根深蒂固的人种关系。但是，通过不同时期的诗歌分析，我们发现这位诗人的灵魂是伟大而不朽的。

第三章　弗朗兹·法农：为异化的殖民社会探寻精神病灶的人

法农(Frantz Fanon),1925年出生于法属马提尼克岛的一个富裕的家庭,从小在法国公立学校接受正统的西方教育。在校期间,他曾师从艾梅·塞泽尔,对“黑人特质”产生了浓厚的兴趣。如果说年轻的法农崇尚并热爱法国文化,那么在经历了二战之后,他的立场有了很大的变化。1953年,他在里昂完成了心理学学业后,前往法属阿尔及利亚,在当地最大的一家医院担任精神病医生。在为当地殖民官员以及被殖民者提供心理治疗的时候,法农深刻地体会到了殖民统治的危害,尤其是给被殖民地人民所造成的精神创伤。[①] 阿尔及利亚的历史与现实促使法农进行思考。他出版了《黑皮肤,白面具》《为了非洲革命》等一系列著作,引起了全世界的广泛关注,也启发着更多的人投入民族解放事业中。1961年,法农因病去世,他的最后一部作品《全世界受苦的人》被誉为“像《圣经》一样的权威著作,鼓舞了全世界范围内不同形式的反殖民统治和反殖民压迫的斗争”。[②]

二十世纪六十年代,全球文化研究出现转向,西方知识分子开始对自身的文化进行批判和反思。作为这场文化反思的滥觞,法国后结构

---

① 王旭峰:《革命与解放——围绕法农的争论及其意义》,《外国文学》2010年第2期,第117页。

② 罗伯特·扬:《后殖民主义与世界格局》,容新芳译,南京:译林出版社,2008年,第126页。

主义其实也是后殖民主义理论的直接来源。与殖民主义、新殖民主义不同的是，后殖民主义理论更加关注第三世界在文化上所遭受的殖民创伤。弗朗兹·法农堪称这一理论的弄潮儿。他投身激进的革命活动，对反种族主义运动产生了深远的影响。在《弗朗茨·法农：肖像》(*Frantz Fanon：un portrait*)中，艾丽斯·彻基根据与法农一起工作过的精神病学家的视角描绘了他的一生。戴维·马西的《弗朗茨·法农：一生》(*Frantz Fanon：A Life*)同年由格兰达(Granta)出版社出版。[①] 此外，大卫·高克在1970年发表的《法农》(*Fanon*)、艾伯特·梅米在1971年特意创作的幽默传记作品《弗朗茨·法农不可思议的一生》(*La Vie impossible de Frantz Fanon*)让我们从不同的角度了解了这位斗士的传奇经历。[②] 有关法农的研究作品不胜枚举。这些只是其中最著名的、最清晰的传记罢了。[③] 令人惊讶的是，这些作品让我们发现法农性格多变，令人难以捉摸。一个是务实的现实主义法农，他希望法国人能够意识到阿尔及利亚战争对法国和阿尔及利亚生活条件的影响；另一个是被疏离的法农，他希望法国朋友能够赞同分享他的主体意识。[④]

二十世纪八十年代，法农开始受到英美后殖民主义理论家的关注。后来，当后殖民主义走进我国学者的视野时，法农成了我国文坛的重点研究对象。1999年1月，《外国文学》组织发表了三篇有关法农的文章，其中有法农的《论民族文化》(马海良译)，霍米·巴巴为《黑皮肤，白

---

① Alice Cherki, Frantz Fanon: un portrait (Paris: Seuil, 2000); David Macey, Frantz Fanon: A Life (London: Granta Books, 2000). The second edition of Macey's book is entitled Frantz Fanon: A Biography, and was published by Verso in 2012.

② David Caute, Fanon (London: Fontana, 1970); Albert Memmi, La vie impossible de Frantz Fanon, *Esprit*, Vol. 406, No. 9, 1971, pp. 248 - 273.

③ Nigel Gibson, *Fanon: The Postcolonial Imagination* (Cambridge: Polity, 2003); Irene Gendzier, *Frantz Fanon: A Critical Study* (London: Wildwood House, 1973); Patrick Ehlen, *Frantz Fanon: A Spiritual Biography* (New York: Crossroad 8th Avenue. 2001).

④ David Caute, *Fanon*, p. 49.

面具》的英译本所写的序《纪念法农：自我、心理和殖民状况》(陈永国译)，以及刘象愚教授的学术论文《法农与后殖民主义》。这三篇文章不仅让国内读者或多或少地了解了法农的思想，而且从国内和国外两位学者的视角进一步评介了法农的生平、作品及其国际影响。如果说这三篇文章的发表标志着国内法农译介活动的开始，那么，2005 年译林出版社推出的《黑皮肤，白面具》和《全世界受苦的人》则意味着法农在中国学界得到高度关注。

第二次世界大战期间，法农就已经看清种族主义的丑恶嘴脸，更看清白人罪恶的根源。白人的罪恶就是其处女作《黑皮肤，白面具》中的最主要的主题。在这部作品中，法农结合自己的经历，以故乡马提尼克的语言为切入点，从多重角度、多个层面对被殖民者自卑心理的成因进行了深入的探索和思考。令法农痛心的是，他的同胞深陷"自我异化"而不自觉。这种"异化"的后果极为严重。法农从"从属情结""异化爱情""黑人特质病理学"等不同层面解析了被殖民者的异化过程，最终用一种"反俄狄浦斯"的方式否定了弗洛伊德理论对被殖民者产生的影响。① 在法农看来，被殖民者的精神疾病和心理情结并不是一种个人病态，而是一种可以用来分析的社会现象。这种从被迫异化到自我异化的过程根植于殖民体系。1953 年，法农来到阿尔及利亚，开始与"民族解放阵线"合作。1959 年，他出版了《阿尔及利亚革命的第五年》。这部作品对阿尔及利亚战争的影响进行了详尽的分析。法农始终把政治学视作第一哲学，几乎在每一部作品中都强烈地表达了非洲社会转型期的愿望。这位斗士把一种非同寻常的概念、哲理思辨与集体行为联系起来，把社会事件当成一种巨大的社会发展动力。在反殖民主义问题上，他从不含糊，立场坚定。他的政治学说有一个基点，他的所有思考都是从这个基点展开的。从形而上的角度来说，他思考的对象是"存在""主体""上帝"，但实际探讨的则是"暴力""解放""革命"。毋庸

---

① David Caute, *Fanon*, pp. 149 - 158.

置疑，在黑人世界里，法农是暴力革命的先驱。

法农的思想十分奇特，可以被视为一种与政治联系在一起的马克思主义哲学。在《社会哲学宣言》(Manifeste pour une philosophie sociale)中，弗兰克·费施巴赫(Franck Fischbach)确立了五个标准，并建议据此来鉴别来自实践的理论思想[①]。第一，社会哲学必须承认以卢梭和黑格尔提出的国家与公民社会间存在差异的前提；第二，社会哲学的理论要与自身的背景和实践有关；第三，社会哲学应是一种诊断的行为，旨在对时代的特异性及其病理进行把脉；第四，社会哲学必须是一种批判性评价，但同时也是一种对实现这种评价规范和标准而进行的反思；第五，社会哲学与有可能采取某种观点并对实践活动重新定位的社会参与者相关。[②] 法农的作品，或者说，这位第三世界的社会哲学家的作品，总体上与费施巴赫所说的五个标准是相符的。如果说法农对殖民社会与殖民地国家没有区分，那么，他对殖民化的理解就不可能如此深刻。殖民社会与殖民地国家之间的差别是法农所关注的核心问题。这一差别正是其理论的社会文化背景。他对非洲殖民时代进行了诊断，反对为殖民主义辩护的欧洲人道主义的思想，因为那些思想根本无法让殖民地国家真正做到"去殖民化"。喀麦隆政治思想家阿基里斯·姆贝(Achille Mbembe)说得好：

> 今天重温他(法农)，一方面是为了再现他的一生、他的研究以及他留给历史的话语，见证他的出生并努力通过斗争和批判来改变历史的进程；另一方面是为了用我们这个时代的语言来重新阐述一些大是大非的问题，因为正是这些问题使他坚定地站了起来，使他与他的出身进行了决裂，使他与另外一些人带领着他的同胞共同踏上新的征程。这是一条被殖民

---

① Fischbach Franck, *Manifeste pour une philosophie sociale*, Paris, La Découverte, 2009.

② Ibid., p. 74.

者依靠自己的力量、自己的创造力和顽强不屈的意志而开辟的光明大道。①

为了进一步展开讨论，我们有必要了解一下几个常见的术语。首先，了解的术语是“殖民主义”。当殖民主义以“掠夺”而非“灭绝”为目的时，殖民主义表现为某种意义上的种族主义。殖民主义渗透着种族主义，但并不是所有种族主义都具有殖民扩张的需求。法农所指的殖民活动都是十九世纪这一特定历史时期发生的，而有关这一时期的殖民主义，列宁、汉娜·阿伦特(Hannah Arendt)等人曾做过专门的理论论述。有关帝国主义的定义，爱德华·萨义德曾经说过：“在我使用的过程中，‘帝国主义’指的是一个支配着远方领土的本土的实践、理论及其心理状态。‘殖民主义’几乎总是由帝国主义引发的，就是将人口安置在这样的一片领土之上。”②但是，就“殖民主义”的定义而言，我们发现列宁主义者关注的是经济问题，萨义德侧重的是文化特权问题，所有将殖民主义建立在帝国主义之上的定义都有一个共同特征，那就是都忽视或轻视了种族所起的决定性意义。

在这里，“种族”这一概念被赋予了中心地位。我们发现这一概念的提出遇到了意想不到的争议，包括看阿伦特、福柯等人的阐释。我们暂且将“种族”明确为社会种族，即以任何方式产生的法定团体。“种族的存在是被构建的，是通过抽象选择建立在带有差别标记上的一些特征而存在的。这种选择是在选择服务于一种政治、经济、社会组织系统的历史背景中而实现的。”③“去殖民主义”关照的是非洲、拉丁美洲、亚洲、安的列斯群岛，关注的是黑人、阿拉伯人、黄种人、原住民。“去殖民

① Mbembe Achille, « La pensée métamorphique. À propos des *Œuvres* de Frantz Fanon », in: Fondation Frantz Fanon (dir.), *Frantz Fanon par les textes de l'époque*, Paris, Les Petits Matins, 2012, p. 27.

② SAID Edward W., *Culture et Impérialisme* (1993), trad. Paul Chemla, Paris, Fayard-Le Monde Diplomatique, 2000, p. 44.

③ BESSONE Magali, *Sans Distinction de race? Une analyse critique du concept de race et de ses effets pratiques*, Paris, Vrin, 2013, p. 19.

主义”思考的正是欧美的理论家不去深入思考的东西，而那些他们从未重视过的东西在世界的绝大多数地方重新找到了自己的位置。如果说“去殖民主义”或“后殖民主义”的思想可以颠覆欧美提出的某些理论，那并不是因为这些国家的知识分子仍然无法脱离欧洲旧传统的窠臼，而是因为他们根本没有努力去调整自己的视角或改变自己的观点。1960年6月30日，刚果总理帕特里斯·卢蒙巴发表了重要讲话：

> 我们为了换取薪水而干苦工，那点工资不够让我们填饱肚子，不够让我们穿像样的衣服、住体面的房子，不够好好养育我们的孩子。
>
> 我们一天到晚遭受讥讽、侮辱和打骂，就因为我们是黑人。谁会忘记黑人之间互称“你”并不是把对方当朋友，而是尊贵的称呼“您”只能留给白人？
>
> 我们的土地以所谓法律的名义被掠夺，而那些法律只维护最有权势的人。我们的法律对黑人和白人从来不是一视同仁：对一些人宽容，对另一些人则残忍、毫无人道。
>
> 我们为了政治发言权和宗教信仰权和经历了流放犯般难以忍受的苦难；被流放到他们自己的国家，他们的命运比死亡本身还惨。

欧洲中心主义在于把欧洲放在首要的位置，也就是说，有意或无意地把自己变成西方列强的附属品。值得注意的是，法农从不认为在不同的地理和种族空间必然存在着不同的认知体系，因为人类重大问题的所有要素都存在于不同历史时期的欧洲思想之中。在法农看来，要进一步净化作为思想基础的欧洲思想，就必须要冒着挑战世代相传的真理的风险，因为“欧洲人并没有在行动中完成他们的使命，他们本应用暴力来压制这些思想要素，扰乱之，阻止之，改变之，最终将人类问题带到一个无与伦比的高度”①。殖民主义给人的最终诱惑是，相信作为绝对“他者”的原住民认知的可能性。但是，他们要让殖民地的人承认白人用人道主义方式来对待的这片土地有一个唯一领主，附庸们在这一点上是毫无发言权的。白人遗留下来的问题丝毫不在于充满矛盾的思想，而在于其行为方式。这种行为方式使种族矛盾在具体的权力关系中被消解了。法农提出的种族问题实际上包含两个方面，一是实践论的，二是认识论的，因为他知道思想是结果而不是原因。跟列维-布留尔一样，那些寻求最大限度相异性的人其实就是制造相异性的人，也就是从根本上最依赖殖民主义哲学的人。从殖民主义出发，从种族划分出发，从那些不得不遭受致命后果的人出发，这才是法农所倡导的“去殖民主义”思想的立场。这意味着思考要从“种族”开始，因为“种族”的概念与殖民的逻辑相关。殖民主义者认为实施暴力具有实际的必要性，他们不承认个体之间的同一性。因此，他们推行了一种种族主义的记忆政策，并以此来鼓吹某个人类群体的低劣性或可鄙性。其实，这些只是为了驯化原住民或成为种族大屠杀的借口，以便最大化地掠夺殖民地的资源，无论是耕地、牲口、原材料、人力还是性资源。

我们可以从存在主义的角度来剖析被深度种族化了的世界，尤其是“性”所具有象征的地位和作用。不过，我们要与之保持一定的距离，因为这种理论带有深刻的欧洲思想的烙印，移植到殖民地则不堪一击，其最大的特点就是使用暴力和权力。生物政治范式受到了波多黎各哲学家纳尔逊·马尔多纳多-托雷斯所谓“去殖民主义退潮”的考验，也就是说，与亲身经历的、非人道的种族主义和殖民地相对立的批判性概念，受到了政治和伦理方面的制约。通过收集的数据和因素分析，法农成功地为我们勾勒了关于殖民地生活的社会哲学的图景。如果说，人类现实被定义为存在于世的状态，那么正如法农所言，理解存在将成为

① BESSONE Magali, *Sans Distinction de race? Une analyse critique du concept de race et de ses effets pratiques*, Paris, Vrin, 2013, p. 19.

理解殖民世界特异性的首要条件。

1837年8月22日，在“关于阿尔及利亚的一封信”中，法国史学家亚历克西·德·托克维尔提及了两种殖民统治的方式。一种是与实际情况相符的，另一种是更为理想化的。托克维尔的批驳既有管理层面的，也有道德层面的。这种改善法属殖民地现状的论调在19世纪司空见惯，屡见不鲜。1930年，阿尔及利亚脱离土耳其奥斯曼帝国的统治。过去的土耳其当局采取和平手段征税，法国殖民当局由于管理无能，不得不依赖法国国内拨款，而法国国内也需要这笔钱。因此，法国殖民当局采取了连土耳其人也没有使用过的卑劣手段，从不幸的当地人身上搜刮民脂民膏。托克维尔愤怒地谴责了法国殖民当局在占领阿尔及利亚期间没有一以贯之并且犯下了不可饶恕的罪行。他一直认为当局对军队缺乏了解是法国军人滥用职权的原因所在。那个时期，托克维尔只是直接或间接地听说过一些关于非洲的传闻。他认为，只要通过所谓的“知识政策”就可以提高法国殖民统治的效率。当然，托克维尔写作的时代是法兰西民族走向霸权的时代①，也是将1789年法国大革命潜在的沙文主义话语变为现实的时代。自1830年起，法国另一位史学家儒勒·米什莱(Jules Michelet)认为，法国是一个特殊的国家，其语言、科学等具有普遍价值。然而，托克维尔提出的知识政策和四十年后法国总理朱尔·费里(Jules François-Camille Ferry)所说的教化使命有着本质的区别，费里继承的是米什莱的丰富想象，而不是托克维尔的自由主义。同样，我们不应把托克维尔与爱德华·萨义德所说的东方主义相提并论。

萨义德认为，十九世纪东方主义的特点在于将生动的现实变成文本，具有(或自认为具有)现实性，主要是因为东方似乎没有任何阻碍力量。托克维尔写道，部落组织是人类历史上最顽强的组织形式，阿拉伯

---

① 尼古拉·邦塞尔，帕斯卡尔·布朗沙赫，弗朗索瓦茨·维尔热《殖民共和国》，巴黎：阿歇特出版社，2003年，第44页。

部落"被破除的同时不可能不搅乱他们的情感和思想。托克维尔并不是为反殖民主义辩护。他认为这种动荡，这种对社会结构的破坏，很有可能是法国军事力量导致的。法国军队在阿尔及利亚为所欲为，无所不用其极。这篇文章的核心思想，就是反映占领者的统治所带来的最大化利润。这样，我们就看到了一个东方主义元素，但这个元素被另一个维度消解了：托克维尔没有以文本的表现为最终目标。他不准备放弃"生动的现实"，他的作品与萨义德所说的"文本态度"有着本质的不同，因为他很快就进入实践层面，政治思想在他看来处在次要地位。

可以说，在白人家庭之中也存在着一种所谓的民族主义法则，父亲的权威在私人范围内犹如一国君主。通过父亲的法则，也就是一种文化等级的秩序，为每个三口之家分配了规定权力。正因为如此，从公共领域到私人领域的过渡才被欧洲的儿童所接受。他们接受过教育，又遵守着欧洲社会的法律准则。正如葛尔·罗宾所说，"俄狄浦斯情节是一种性的生产装置"①，承担着构建功能。相反，殖民地的孩子没有心理准备，一下子就进入另一个世界。在这个世界上，他们被当成了陌生人。他们由此而产生的不适应，倒不是因为某种文化传统的差异，也不是因为白人而严格遵守的或饱受争议的习俗，也不在于文化上的分歧，而在于文化诞生方式上的不平等，即进入象征秩序的方式不一样。外来的移民只有表现出奇特的生存方式或生活方式时才会出现殖民地文化的影响。这些特殊排斥的形式塑造了黑色人种的男男女女。也就是说，自他们踏入殖民主义名利圈的那一刻起，他们的性别和种族便发生作用。这种作用就是被法农称为"自卑情节"的起因。

"无论我们是否愿意，俄狄浦斯情节在黑人身上，在法属安的列斯人的身上都没有出现，97%的家庭根本无法产生俄狄浦斯的神经官能症。对于这种阳痿现象，我们自己感到心满意足。"②显然，在法农的精

---

① RUBIN Gayle, «*Le marché aux femmes*. "*Économie politique*" *du sexe et système de sexe/genre*», art. cit., p. 59.

② PNMB, pp. 123 - 124.

神分析中，他参照了拉康的思想，因为俄狄浦斯情节与一个称作“阳具”的假想物有关。在孩子的想象世界里，“阳具”是女性所缺少的东西。对于女性来说，这是一种残缺，但能唤起欲望，因而阳具也就成了母亲的欲望之物。不会说话的孩子还没有进入象征体系，他还没有驾驭语言。在俄狄浦斯情节产生之初，他就想成为“阳具”，成为想象中的母亲所缺少的那个东西，成为她的欲望。但是，他遇到了父亲的干预。在母亲面前，父亲有如权利的持有者。父亲将母亲占为己有，一方面引起孩子的沮丧，即孩子需要母亲这一真实对象的幻想破灭了；另一方面导致了孩子失去母亲，即“阳具”这个想象物真的缺失，孩子产生了“阉割”的情结。孩子必须拒绝对“阳具”的认同，并不再认为“阳具”是母亲的欲望。葛尔·罗宾曾将这种阉割情结与某种“社会契约”进行过系统的类比。① 正因为这样，父亲的法则通过分配给每一个家庭成员的性定位，以禁止男孩与母亲之间的乱伦。不过，这种法则是象征性的，父亲必须要表现出“阳具”的持有者。我们可以将阳具当作一个男人所特有的东西，女人只能以残缺的、存在缺失的方式“变成”阳具。“变成”阳具也就意味着打上了父亲法则的烙印，成了他的对象和工具。用结构主义者的话来说，就是成为“符号”以及权利的预示符号②。

这种亲缘关系的结构对于法农来说，同样也是殖民主义和民族主义思想中个体性征的结构。如果“来自双亲环境下的孩子发现相同的法则、相同的原则或相同的价值”③，那是因为在父母的法则与国家法律之间存在一定的巧合。女人只能通过进入被先天排除在外的性欲框

---

① Rubin Gayle, « Le marché aux femmes. “Économie politique” du sexe et système de sexe/genre », *art. cit.*, p. 66.

② BUTLER Judith, *Trouble dans le genre. Le féminisme et la subversion de l'identité* (1990), trad. Cynthia Kraus, Paris, La Découverte, 2006, p. 129.

③ *PNMB*, pp. 115 - 116. 印度心理学家阿希斯·南迪重新运用了这一理论：“性和政治主导的同源性被西方殖民主义系统地运用到实践之中，例如：亚洲、非洲和拉丁美洲——这种同源性并不是殖民历史偶然的衍生物。”NANDY Ashis, *L'Ennemi intime*, *op. cit.*, p. 44.

架之中，并试图“变成”阳具。但是，这个合理的欲望被“种族化”了，那只是白人的欲望罢了。为了变成白人，她就必须进入“阳具”的循环体系。为了进入其中，为了变成可能的性拥有对象，她必须变成白人。如果不能“获得”解放，她就不得不这样做。这就是法农关注的安的列斯群岛的状况。要弄清楚俄狄浦斯情节的社会他律，我们必须先了解其社会背景和家庭谱系。如果缺乏对奴隶制的了解，我们也无法完成这一任务。

> 针对白人的极度恐慌，一些带有种族歧视的措施相继出台。这些措施源于移民群体的压力，后来以法律形式正式承认“黑人”的劣等性。令人遗憾的是，法国是第一个以这种形式颁布法令的大国。除了昙花一现的革命过渡期，这种形式一直都存在着，直至1848年才被取缔。长期以来，人们疯狂无比，不断提升交配种类（黑人、黑白混血儿），直到第七代。我们通过立法反对各种形式的同居，然而，从来都没有什么成效。这种种族隔离的秩序来自对克里奥尔人的排斥，即一些来自岛屿的白人为了满足混居的殖民社会对自由的渴望，通过制造“白人”社会等级、上层文化的同化来与奴隶加以区分。[①]

《黑皮肤，白面具》一书深入探讨了安的列斯女人对“投资爱情”的认识，强调了她们从性欲结构转向“通婚”的幻想，即千方百计地要成为高高在上的白人。面对某种性关系的禁令，人们意识到了不平等的种族关系。法农所描述的情形经过几个世纪的演变，使不同种族关系的禁令成了维护白人特权的法宝。但是，白人的身份在与黑人的比较中

---

① COQUERY-VIDROVITCH Catherine, « *Le postulat de la supériorité blanche et de l'infériorité noire* », in: FERRO Marc (dir.), *Le Livre noir du colonialisme*, *op. cit.*, pp. 874 - 875.

得到确立。俄狄浦斯情节的现代性表征被称为镜像阶段①。“我与同类的对抗,或更广义地说,与社会的对抗是次要的。”②毫无疑问,白人真正的“他者”就是黑人。对于白人来说,他者只在有形的形象中才能够被感知。对于黑人而言,我们所呈现的历史和经济现实已在考虑之中。③ 种族异化破坏了与自我想象的关系。根据俄狄浦斯情节外在化的形式,黑人将自己暴露在文明社会里,一种由大众传媒报道的、霸权主义表达方式加入了黑人形象的建构。由此可见,安的列斯群岛家庭的建设、白人欲望话语的再生产及其影响是不容忽视的④。有关基因技术的法令被纳入法规,有关跨种族性行为的禁令也纳入乱伦的禁令之中,欲望遭遇了双重制约。在安的列斯群岛,更有甚者,“阉割”情结成了一种社会契约。这不仅将个体置于家庭的命运之中,还被置于群体政治之中,因而民族世代繁衍的种族命运得到了体现。这些有关性的法令来自白人社会,影响了殖民地人民的性概念。黑人的存在不是由俄狄浦斯情结建构的,而是被殖民社会消极地打上了记号。这个社会是围绕阳具、民族主义准则组织起来的,因而自卑情结取代了俄狄浦斯情节。问题不在于要成为或拥有“阳具”,而是要变成白人,要在白人的政治架构中将自己的身体变成有价值的商品,尤其是被需要的商品。在安的列斯群岛,欧洲人的地位是无法撼动的,那里的黑人竭力争取的正是这个地位。由此,法农得出的结论是:“对于有色女人来说,身份认同就是关系的交换。”⑤但是,被殖民者主观能动性的疯狂追寻(这种追寻就像马提尼克女作家的防御行为最终变成神秘主义)促使周蕾将马

---

① DOR Joël, Introduction à la lecture de Lacan, Paris, Denoël, 2002, p. 99.

② Cf. LACAN Jacques, «Le stade du miroir comme formateur de la fonction du Je» (1949), Ecrits I, Paris, Seuil, 1966, p. 95.

③ *PNMB*, p. 131.

④ STOLER Ann Laura, *Race and the education of desire*, *op. cit.*, p. 48.

⑤ CHOW Rey « The politics of admittance. Female sexual agency, miscegenation, and the formation of community in Frantz Fanon », in ALESSANDRINI Anthony C. (dir.), *Frantz Fanon. Critical perspectives*, Londres-New-York, Routledge, 1999, p. 38.

伊奥特·卡佩西疯狂融入殖民社会标准与抵抗策略的表达联系在一起。这种对种族主义最严重的家长制圈套的断然拒绝，可以被视为勇敢的、具有英雄气概的解放事业。

如果说黑女人对于白人的爱是不真的，并不代表世界的进步，是因为白人既不是投资的对象，也不是欲望本身。① 记忆中的殖民政策将白皮肤与拥有物质财富和主导社会的政治联系在一起。“正是因为迪迪埃，马提尼克群岛的首富们所居住的街道才成了女人的欲望，正如她自己所说：拥有几百万财富也就成了白人。”②如果真正的爱是离心运动，通过爱人的特殊性来包围整个世界，那么这种种族化了的爱被法农描述成了向心运动。我们可以从幼儿的幻想来感知这一点③。在安的列斯群岛，个体总想逃离不幸，而这种不幸是一种系统的控制，而且已经被殖民地的女人内化于心。这种情感方向的产生不能不令人质疑她们对白人的爱，不能不思考白人不容置疑的权威所引起的心理恐惧。法农强调的正是这种特殊而复杂的种族关系。白人家庭和白人种族的结构已形成西方人的特权，同时已被概念化地理解为“丈夫”或“主人”。

被殖民者处在欧洲的家庭模式之外，正因为如此，这样一种家长制才在安的列斯群岛繁荣兴旺。这种强有力的，甚至暴力的政策，以及基督教家庭的模式被强加给了安的列斯群岛的人。但是，俄狄浦斯情节从来就没有强制成为被殖民者的个体：“所有的神经官能症，所有的异常举止，所有的安的列斯人的情感亢奋都源于文化。”④大量的神经官能症患者没有遭遇任何一个安的列斯家庭的蔑视。因此，就这一点而

---

① CHOW Rey « The politics of admittance. Female sexual agency, miscegenation, and the formation of community in Frantz Fanon », in ALESSANDRINI Anthony C. (dir.), *Frantz Fanon. Critical perspectives*, Londres-New-York, Routledge, 1999, p. 38.

② *Ibid.*, p. 35.

③ *Ibid.*, p. 36.

④ *Ibid.*, p. 124.

言，法农的思想与费利克斯·加塔利以及吉尔·德勒兹的思想是不同的。① 相反，对安的列斯黑人家庭来说，采用欧洲家庭模式是一种高贵的、荣耀的模式，是一种凌驾一切之上的欲望：肤色变白。种族隔离禁止跨种族联姻，但是自 19 世纪末以来，正是通过将西方的社会法则占为己有，安的列斯女人的通婚幻想才大行其道。

通过成为范式或受人尊敬的代表，一些黑人女精英使她们所在的群体蒙受了屈辱。这个群体没有能够吸纳倍受推崇的价值观来构建她们的社会[……]。她们表现出的是一种厌恶。这种厌恶的终极目的就在于表明她们在社会中的地位不同。这个社会在种族的基础上被进一步分层：尽管属于“有色人种”，但是她们努力靠近理想化的“白人”。她们隐瞒自己的家庭出身。这种非正常的、对群体的远离让她们确立了在新的社会和经济秩序中的地位，因为有了这种距离，就能让她们部分地抹去自己的历史，与过去的奴隶身份产生分离。②

在法农看来，安的列斯人没有“俄狄浦斯情结”。这样，一种俄狄浦斯的三角关系遭遇了社会的他律。神经官能症的产生源于殖民地规则的运用，殖民地世界不会提出任何质疑。这种机制通过强调家庭出身和性别，强化了种族歧视。就像奈杰尔·吉布森所说：“自卑情结的内化表现为一种神经官能症，但其原因是社会的、经济的和文化的。”③法农将马伊奥特·卡佩西作为叙述的重点，在跨种族性行为的禁忌被打破之际，她通过对白色肤色的想象，成了自我价值实践的直接继承人。婚礼突然出现在可能的领域，被当成了某种潜在的现实。通常，婚姻是民族的习俗，旨在控制亲子关系和遗产。但是，对于被殖民地的女人而

---

① SIBERTIN-BLANC Guillaume, *Deleuze et l'Anti-Œdipe. La production du désir*, Paris, PUF, 2010, p. 101.

② COTTIAS Myriam, « Un genre colonial? Mariage et citoyenneté dans les Antilles françaises (XVIIe-XXe siècles) », in: BERGER Anne Emmanuelle et VARIKAS Eleni (dir.), *Genre et postcolonialismes. Dialogues transcontinentaux*, Paris, Éditions des Archives Contemporaines, 2011, pp. 67 - 68.

③ GIBSON Nigel C., *Fanon*, op. cit., p. 52.

言，婚姻则是最终获得公民身份的入口，并由此获得处在第一阶层的自我形象。奈杰尔·吉布森所探讨的内在化在这里可以这么理解：还有什么能比怀有白人的孩子更能变白呢？[1]

在《阿尔及利亚革命的第五年》一书中，法农思考了阿尔及利亚的现状，展示了跨种族性关系的另一面[2]。在评价法农的时候，克里斯廷·德尔菲(Christine Delphy)写道："殖民者想要剥夺土著人最珍贵的、最后拥有的——女人——是合乎逻辑的。"[3]他同样提出了土著女人的集体或个人占有的问题，动用武力或政策，法国移民旨在"将这个(阿尔及利亚的)女人放在身边……通过将其变成最终占有的对象，准备得到她的身体"。法农采用了塞泽尔在《殖民主义话语》中所展开的有关被殖民者与殖民者的著名论断：建立在对土著人蔑视基础之上的、被合法化了的殖民活动、殖民举动、殖民征服……殖民者习惯性地在他者的身上看到野兽，并将之视为野兽，其实是他们自己变成了野兽。[4] 阿尔及利亚女人的生活方式，特别是她们的羊毛大衣和面纱吸引移民的眼球，成为统治策略与抵抗策略相互争论的对象。"对游客和外国人而言，面纱既限定了阿尔及利亚社会，也限定了构成这个社会的女性。"[5]带面纱的女人被空间化了，她大大超越了穿传统服装的土著人的地位，因为她是定义殖民领土权的决定性元素。从这两个层面来看，她既意味着两个社会之间(对于外来移民来说)，以及土著世界内部(对于所有人而言)公共场合与私人空间之间的分离。在法农的眼里，这些施加在女性身上的暴力和权威是非体制性的，并没有什么阴谋，但汇聚在一起，则受到同样戴面纱的女性代表的支持。这种压迫，法农没

---

① *PNMB*, p. 42.

② *L'An V*, p. 20.

③ DELPHY Christine, «Race, caste et genre en France» (2005), *Classer, dominer. Qui sont les "autres"?*, Paris, La Fabrique, 2008, p. 143.

④ Aimé Césaire, *Discours sur le colonialisme* (1955), Paris, Présence Africaine, 2004, p. 21, italiques dans l'original.

⑤ *L'An V*, pp. 17 - 18, italiques ajoutées.

有定义为对女性的纯施暴产物，正如塔尔佩德·莫汉蒂所说，将女性固定在自我防御对象的位置，而将男性固定在施暴主体的位置。

在《殖民主义批评》中，塞泽尔曾表达过十分激进的思想。法农从中汲取了丰富的滋养，不过，真正吸引他的不仅是顽强的精神，而且是批评的形式。塞泽尔采用对比的手法，将纳粹与殖民主义进行类比。塞泽尔指出，纳粹只是殖民主义在欧洲内部的转化形式。人们期待并盼望真相，但对真相从来都默不作声。这在他看来就是一种野蛮行为，就是野蛮行为的最高形式。这种行为具有野蛮行为的所有特征，在成为受害者之前，所有的人都是同谋。在遭受由野蛮带来的苦难之前，人们支持之，纵容之，视而不见，充耳不闻，甚至将之合法化。在此之前，这种行为只强加于欧洲之外的人。在赛泽尔看来，欧洲人之所以不能容忍希特勒，不是因为所谓的"反人类罪"，而是因为"迫害白人罪"。①

二战期间，法农曾参军入伍。战争与纳粹让他看清了白人罪恶的根源。这种罪恶成了其处女作《黑皮肤，白面具》的主要探讨对象。法农借助于卡尔·荣格、卡尔·西奥多·雅斯贝尔斯、让-保罗·萨特等人的观点，深入分析了种族罪恶的根源。应该说，塞泽尔对法农启发极大。塞泽尔认为，殖民主义是一种反文明，是一种野蛮的行为。纳粹的行为只是在更广的范围内反映了这一特性："为了拔高自己，殖民者往往把别人视为野兽。将别人视为野兽来对待的人客观上也会使自己变成野兽。"②塞泽尔的思想影响了法农。在《全世界受苦的人》(1961)的序言中，萨特写道，从阿尔及利亚归来之后，法农觉察到欧洲正在走向没落并开始对其诊断"症状"。但是，当投身到民族解放斗争之后，他再也不关心"治愈"欧洲的方法，因为"他已不在乎欧洲的生死存亡"。③

---

① Aimé Césaire, Discours sur le colonialisme. Paris, éditions Présence Africaine, 2004, pp. 13 - 14.

② Ibid., pp. 7, 18, 21, 31 - 32.

③ Jean-Paul Sartre, *Préface à Frantz Fanon*, *Les Damnés de la terre*. Paris, éditions Gallimard, 1991.

《黑皮肤，白面具》的问世意味着法农已超越塞泽尔思想，因为在法农看来，种族主义既不是对欧洲文明化的否定，也不是欧洲文明发展所导致的结果。

如果说法农的写作语言与塞泽尔存在相当大的差异，是因为他借鉴了弗洛伊德和荣格的精神分析。但是，法农对文明基本机制的认识与弗洛伊德有所不同。他认为，文明的基本机制不是对权威和禁忌的接受和吸收(集体超我)，而是欧洲人的罪恶和野蛮对非欧洲人的有序爆发(集体宣泄)。法农的研究对象不只是整个欧洲，而且发展成一种欧洲内部的文化批判，进一步深化了塞泽尔的思想。这种对欧洲内部的批判不仅吸收了精神分析理论，也借鉴了尼采和马克思的思想。法农认为，使殖民合法化的文明是一种利用准则要诡计的文明。他强调说，揭露殖民谎言、去除强加在被殖民者身上的枷锁是"去殖民化"的关键之一。① 法农对全世界被殖民者、大地上受苦受难的人怀有一种责任感。他曾引用塞泽尔的剧作《沉默的狗》中的话表达了自己的思想："在这个世界上，我不曾伤害过或羞辱过任何一个受压迫或是受苦受难的人。"②

法农对于俄狄浦斯情结的反思源于全新的文化视角。这一视角不仅表现在《黑皮肤，白面具》中，细心的读者在他后来的作品中也能有所体悟。弗洛伊德避开文化和历史的差异，而仅仅采用单一的模式来分析所有的人，这种研究方式是法农根本无法接受的。因为在法农看来，所有的精神官能症与精神病理学都是某种特定文化的表征，每一种神经官能症、每一种异常表现都是文化境遇的产物。在白人社会中，这种极端的心理反应与黑人小时候所受的教育有关。他们从小受到无意识

---

① Frantz Fanon, L'An V de la révolution algérienne. Paris, éditions La Découverte & Syros, 2001, p. 35.

② Aimé Césaire, *Et les chiens se taisaient* in *Les armes miraculeuses*. Paris, éditions Gallimard, 2006; cité in Frantz Fanon, *Peau noire, masques blancs*, op. cit., p. 67.

和非自然的训练，进而把“黑”与“恶”相提并论，混为一谈。同样，黑人小孩的无意识心理训练受到漫画、小说故事等刊物的影响。这些刊物在小孩子的头脑中灌输了偏见，把坏蛋的意向与黑人画上了等号。当黑人小孩接触到坏蛋形象时，就会受到心理和病理的伤害。这种伤害逐渐被他们内化为个人性格的一部分。总之，黑人童年时代的精神痛苦来自被视为“邪恶的”黑皮肤。这种特定的集体无意识在殖民地十分普遍，无论男女老少。

文化观在法农的思想中占有举足轻重的地位。但是，法农并没有将信仰、价值观、社会规范等文化因素与其物质基础割裂开来。心理还原论在法农的世界里是不成立的，文化也不像弗洛伊德所想象的那样，只是一种压抑的工具。这种特定的殖民文化体现了黑人人格的消解，另一方面让我们发现民族文化是如何与民族解放斗争结合起来的，进而转变为振兴民族的动力。法农将人视为主体，这与弗洛伊德的提法有很大出入，因为后者以叔本华的悲观主义哲学为基础，否定了人改造自己和改造自然的主观能动性。

尽管法农并不认为集体无意识能够解释黑人的异化状态，但是，作为精神分析家，他在《黑皮肤，白面具》中仍然采用荣格的“词语联系测试法”来测定黑人的恐惧症。他调查了大约500个白种女人，其中有英国人、法国人、德国人和意大利人。他将“黑人”这个词放在20多个其他词当中，用以测试“黑人”二字在受访者意识中的具体形象。大约60％的受访者对“黑人”二字产生了生物学方面的联想，竟然与“性”“阳具”“强壮”“有力”“运动”“动物”“野蛮”“罪恶”“魔鬼”等意向联系在一起。法农由此得出结论：在欧洲“黑人具有一个功能，象征低级情趣、低级偏好以及丑恶的灵魂”。[①] 历史上，虽然犹太人和黑人被视为“邪恶”之人，但值得注意的是，黑人因肤色黑而被视为更加邪恶的人。在欧洲象征体系中，白色代表的是“公正”“光明”“纯洁”，而黑色代表的是“肮

① Frantz Fanon. *Peau noire*, *masques blancs*. op. cit., p. 181.

脏”“丑陋”“邪恶”。黑人的身体是黑的，舌头是黑的，他的灵魂在白人的想象中也是黑的。这就是荒唐之至的白人逻辑。

当然，法农也毫不犹豫地指出了集体无意识的局限性。跟批评弗洛伊德一样，法农对荣格的批评主要集中在欧洲中心主义这一面。作为受过科班教育的精神分析大师，法农不可能完全接受荣格的精神分析理论。毋庸置疑，“集体无意识”是一种具有划时代意义的理论。但是，就“黑人恐惧症”而言，法农曾试图沿着荣格的思路往前走，希望通过“集体无意识”来解释“黑”与贬义、施虐狂与受虐狂之间的关系，并以此来探讨集体无意识形成的过程。他发现荣格在研究集体无意识时，并没有把欧洲民族与其他民族加以区分，甚至对有色人种的文化研究也没有进行纠正，更没有意识到殖民主义对他研究的有色人种所造成的伤害。当然，法农对荣格的批评主要都集中在“集体无意识”的理解和阐释。欧洲文明的特点是，在荣格所说的“集体无意识”核心中存在一种原型：一种邪恶本能的表现、一种未开化的野蛮、潜伏在每一个白人身上的黑人。荣格声称在未开化的人身上发现了与他的图表中所描绘的同样的心理结构。法农写道：“就我个人而言，我觉得荣格错了。他认识的所有民族，无论是亚利桑那的普韦布洛印第安人，还是英属东非的肯尼亚黑人，或多或少都与白人有过痛苦不堪的接触。”①

1930 年，荣格在美国纽约《论坛》报上发表的文章《你的黑人与印第安人的行为》(Your Negroid and Indian Behavior)有可能并没有引起法农的特别关注。这部作品是写给美国读者的，作者在文中讲述了访美期间对美国人的印象。他惊讶地发现美国白人有数量惊人的印第安人和黑人的血统，更确切地说，美国白人的精神文化中有相当比例的印第安人和黑人的文化成分。荣格试图公开谴责这一非白人成分所带来的严重后果，他把美国人的种种恶习统统归咎于“低人一等的”印第安人和黑人。在他的心目中，美国人的天真、暴露狂、情绪失控等种种习

---

① Frantz Fanon. *Peau noire*, *masques blancs*. op. cit., p. 191.

气，以及他们的原始倾向都是因为外来的血统和文化所造成的。[①] 在荣格看来，只要跟“原始人”，特别是跟黑人在一起生活，那么白人在心理上、文化上，甚至生理上就会受到令人难以想象的污染。他竭力呼吁白人种族要像防御瘟疫那样来防范“原始人”的影响，因为所有白人种族都有被“原始人”拉下水的风险。在荣格的精神世界里，非洲成了荒蛮之地，非洲黑人成了“化外之民”，成了史前的类人猿：

> 还有什么情况比与一个相当原始的民族一起生活更易被传染呢？去非洲看一看发生的场景吧！这个劣等人种对被迫跟他们生活在一起的文明人产生着巨大影响。潜意识中与原始人的接触不仅让我们想起童年，也让我们想起了史前时代。[②]

可以毫不夸张地说，荣格本人成了法农所定义的“黑人恐惧症”患者。当然，他的这一倾向也不是什么个别现象。法农反对的不是集体无意识这个概念本身，而是荣格对集体无意识不够理性的阐释。因为后者对集体无意识的阐释具有不由分说的种族中心主义倾向，将“集体无意识”与具有遗传功能的大脑物质联系在一起。这显然违背了常理。众所周知，“集体无意识”根本不需要什么基因的传递，只不过是某个特定群体的偏见或态度而已。法农认为人的本能是天生的、不变的、特定的，而习惯则是后天的。他从哲学的层面严格区分了本能与习惯之间的关系。在法农看来，荣格将“集体无意识”描述为“种族的永久印记”时，实际上已混淆了本能与习惯这两个截然不同的概念。法农坚持认为“集体无意识”是文化的，是后天习得的，跟遗传和基因毫不相关。他坚信社会和文化对人影响很大，人的思想来自社会的价值取向。当然，人也不是被动的，人可以通过发挥主观能动性来颠覆不合情理的“集体无意识”，进一步开拓新的社会文化价值观。

---

① Carl Jung. *The Structure and Dynamics of the Psyche*, *Collected Works of C. G. Jung*, London, Routledge, 1970, p. 73.

② Ibid., p. 78.

在《黑皮肤，白面具》中，法农的民族主义批评也是一种语言的批评，是一种针对种族主义语法规则的批评。他试图将那些以肤色象征为基础的语法进行彻底的颠覆，并揭示其中的荒谬之处。在编排青年戏剧的时候，法农使用了一种非同寻常的象征手法，使“白色”成了死亡、寂静和虚无的象征：“不要再看那寂静的白色，那是死亡，是令人癫狂的空虚。”①又如：“白色的死亡，令人疯狂，猛然掀开它那裹尸布，突然站立起来，紧接着又不见踪影。”②在这里，法农继承了塞泽尔在《返乡笔记》里说过的话：“这（杜桑·卢维图尔）是唯一一位被白色幽禁的人，也是唯一一位敢于挑战来自白色死亡、苍白无力叫喊的人。只有他能震慑来自苍白死亡的白色猛禽。”③又如：“我骑在世界上，两只强有力的脚跟紧贴世界的两侧，使世界的外表闪闪发光。”④在《返乡笔记》中，塞泽尔写道：“我的嘴要为没有机会表达的不幸而发声，我的声音要使那些陷入牢狱的人获得自由。”同样，法农一刻也没有停止斗争。但是，跟塞泽尔不同的是，法农摒弃了仇恨式的呐喊。塞泽尔说道：“我恨你，我恨你们。我的仇恨永远不会终结。”而法农则拒绝煽动对白人的仇视，在《黑皮肤，白面具》的引言中，他写道：“这些事，我要说出来，而不是喊出来。”⑤对于法农来说，呐喊只是一条迂回的手段，是弱小声音

---

① Frantz Fanon, *Une pièce de théatre ayant pour personnages Polixos*, épithalos, Audaline, etc. (Les mains parallèles) Inédit, Archives Frantz Fanon, Institut Mémoires de l'édition Contemporaine (IMEC), p. 15.

② Frantz Fanon, *Une pièce de théatre ayant pour personnages français*, Ginette, Lucien, un serviteur. (L'oeil se noie) Inédit, Archives Frantz Fanon, IMEC, p. 15. Pour une subversion analogue de la symbolique raciale des couleurs, voir également Jean Genet, Les Nègres. Paris, éditions Gallimard, 2005.

③ Aimé Césaire, *Cahier d'un retour au pays natal*, op. cit., p. 25.

④ Frantz Fanon, *Peau noire, masques blancs*, op. cit., p. 100.

⑤ Aimé Césaire, *Cahier d'un retour au pays natal*, op. cit., p. 22; Aimé Césaire, *les chiens se taisaient*, op. cit., pp. 115, 120, 123; Frantz Fanon, *Peau noire, masques blancs*, op. cit., pp. 5, 23, 98, 151, 185; voir également Joby Fanon, Frantz Fanon, *De la Martinique à l'Algérie et à l'Afrique*. Paris, éditions L'Harmattan, 2004, p. 79, p. 193.

的替代品而已。除了为争取独立而斗争，他认为必须在肉体上和精神上“去殖民化”。这是一个长期而复杂的任务，一定能催生出一种新的语言，那就是“去殖民化”的语言。如果说法农在塞泽尔的诗和悲剧作品中汲取了可以颠覆殖民语言的营养，那么，塞泽尔的战斗檄文则为他提供了锐利的思想武器。在《关于殖民主义话语》中，塞泽尔创立了反对殖民主义知识言论的理论方法，揭露了充斥着欧洲资产阶级思想的种族主义。

我们发现将法农与塞泽尔联系在一起的不仅是思想，同样重要的还有两人的文字风格。如果阅读他们的法语原作，我们一下子就会发现他们的作品具有相似的口语风格，断断续续的，几乎没有复杂的长句子。他们的作品读起来有如掷地有声的口头演讲，抑扬顿挫的节奏令人心潮澎湃，高潮之处甚至给人一种冲锋陷阵的强烈欲望。这样一种铿锵有力的文笔不禁让人想起“克里奥尔语的连贯性”。作为对加勒比地区语言的一种解释，这一概念已被人广为接受。克里奥尔语并不仅仅是各种口语的聚合体，而且是不同说话方式的一种相互交叠，每个说话的人都能在不同的说话方式中随意变更。这种交叠式的语言或特定语言的使用模式，不仅涵盖各种主要的语言形式，还涵盖这些语言产生特殊作用的功能。这种语言告诉我们，语言是一种人类的行为，是由人的行为所构成的。对于那些用克里奥尔语写作的人来说，这种语言具有极其重要的意义。作家可以借此体现不同的语言文化，可以在使用什么样的语言问题上进行选择。这关系到文字的调整和拼写方法，以便适应当地方言和口语形式的需要。因此，在塞泽尔和法农的笔下，这种文体不仅能够体现对殖民主义的强烈控诉，而且能够从语言内部解构宗主国的语言。更有趣的是，法农经常挪用并改写塞泽尔所说的话。塞泽尔写道：“世界上唯一值得马上要做的事，就是世界的终结。”法农也说过类似的话：“世界上最后剩下来要做的事，我们都知道，那就是世界的终结。"[①]也就是说，法农常常引申塞泽尔的话，他们两人的语言逐渐融合，合二为一。塞泽尔写道："是你们将就我，而不是我将就你们。"法农则说："是你们将就我，而我不会将就任何人。"[②]法农与编辑弗朗西斯·朗松的通信也证明了塞泽尔用词对法农的重要影响。朗松曾引用法农的话说："我觉得，我无法逃脱哪怕是一个词所带来的痕迹，或者是一个问号所带来的眩晕……如果需要的话，就像他一样，让那有血有肉的词语在令人叹为观止的岩浆中翻滚。"[③]法农想要说的是，一定要用一种感性的、近乎挑逗的方式来打动读者。

在《戴面具的女人是谁?》一文中，格温·柏格尼(Gwen Bergner)对法农笔下殖民主义所带来的心理后果进行了深入的分析，强调法农具有轻视女性的思想倾向。柏格尼认为，法农对殖民主义提出的首要问题，就是《黑皮肤，白面具》序言中所提出的"黑人男性究竟想要什么"。从这一提问开始，法农也就从女性那里夺走了"他性"的精神分析领地。在弗洛伊德的眼里，父权体制下形成了一种女性不能自我定义的预设。弗洛伊德以男性为主体，从中引申出男性的欲望。在法农的精神世界里，男性既是欲望的主体，也是欲望的客体；既是欲望的投射者，也是欲望的接收者。通过把精神分析与政治主题联系在一起，法农为黑人的主体性研究开辟了一个新的思考空间。但有人会问，法农究竟是为谁而复原自我定义的权力呢？在柏格尼看来，法农置换了弗洛伊德的性别"他者"而转向种族"他者"，这一置换也就把黑人女性排除在外了。弗洛伊德将女性与男性对立，而法农则将黑人放到了白人的对立面。从弗洛伊德与法农所思考的不同的二元对立来看，黑人女性遭遇了性别和种族的双重压迫。

---

① Frantz Fanon, *Peau noire, masques blancs*, op. cit., p. 175.

② Aimé Césaire, *Cahier d'un retour au pays natal*, op. cit., p. 33, cité in Frantz Fanon, *Peau noire, masques blancs*, op. cit., p. 106.

③ Francis Jeanson, *Préface à Frantz Fanon, Peau noire, masques blancs*. Paris, Seuil, 1952. Reproduit dans Sud/Nord, No. 14, 2001/1, p. 179.

同样，法农也将女性或女性的身体看作男性争夺的财产之一。众所周知，在殖民社会有个臭名昭著的女性分配法则，即“禁止跨种族通婚”，这种法则赋予白人男子有权进入黑人女子的身体，但黑人男子则不能进入白人女子的身体，甚至黑人男子注视白人女子的行为也被视为邪恶。殖民主义下的“种族/性别”结构反映了男性群体之间的不平等关系。在《黑皮肤，白面具》中，“尽管法农对卡佩西亚的批判让黑人女性在性别、阶级等方面所遭遇的多重压迫得以揭露，但是，从经济条件与性道德观的角度来看，他对卡佩西亚的生活故事所表现出来的蔑视，实际是一种对女性写作和女性自主的抵制”。[①] 在法农的眼里，卡佩西亚的自传意味着文学与社会风气领域里不健康的东西。在这部作品的第二章和第三章里，法农论及了殖民主义体制下跨种族的爱情。相对于对卡佩西亚的蔑视和责难，作者对热内·马朗小说《像其他人一样的人》中的男主人公让·维纳茨表达了深切的理解和同情。跟卡佩西亚一样，维纳茨对白人文化情有独钟。出于种族自卑的心理，他强烈渴望娶一位白人妻子。法农把维纳茨描绘成一位很有教养的人，一位法国种族主义制度下、值得同情的“牺牲品”。作者宽恕了这位崇洋媚外者的原罪，原谅了这个与法国殖民行径具有共谋关系的黑人男性，但是，他没有宽恕黑人女性卡佩西亚。在他的笔下，卡佩西亚被描绘成一个种族的叛徒，因为他觉得这个女人的全部追求就是想让自己的皮肤白起来，而且为了达成这个目的，她会不惜一切代价，甚至愿意自己退化成动物一般的奴隶。对于法农来说，维纳茨是一个非种族化的、非性别化的个体，并不代表黑白种族的关系，从精神病症学来说，他的行为与其他黑人一样。通过给予维纳茨一种“中性的种族精神病症”的特质，法农为维纳茨安排了种族身份的认同，也就是说，种族只是他用以排解精神焦虑的出口而已。[②]

---

① Francis Jeanson, *Préface à Frantz Fanon*, *Peau noire*, *masques blancs*. Paris, Seuil, 1952. Reproduit dans Sud/Nord, No. 14, 2001/1, p. 82.

② Ibid., p. 83.

应该说,“暴力革命”是法农“去殖民化”思想的核心。长期以来,以汉娜·阿伦特(Hannah Arendt)为代表的集权主义理论家对法农的暴力主张一直持批判的态度。其实,法农所倡导的暴力革命有着“二元对立”的基础,并不是一般意义上的暴力,而是一种合乎情理的反殖民暴力,两者的区别并不仅仅在于主体是欧洲殖民者还是被殖民者,而在于两者之间不平等的权力关系。不可否认的是,法农的骨子里是反暴力的,他对殖民暴力以及布尔迪厄笔下的“软暴力”所做的精神分析就可以充分地证明这一点。特别是,他对“逃避”“象征性谋杀”“自残”等失常的或异化的行为所进行的思考给我们留下了深刻印象。法农对“殖民暴力”深恶痛绝,认为这是导致被殖民者精神失常的重要原因。这位精神分析大师不仅指出了暴力对被殖民者所造成的伤害,同时也指出了对施暴者所带来的严重后果。因为“暴力”使被殖民者的精神失常,以至于“暴力”成了他们唯一能够听懂的语言,成了他们唯一可以获得自由的手段。值得注意的是,法农在支持被殖民者暴力的同时,也强调了对被殖民者施暴的限度。他竭力反对无序的暴力,因为这种暴力不但不能使被殖民者获得自由,反而会导致革命事业的失败。在法农的心目中,殖民者的暴力与被殖民者的暴力是不同的,主要的差别就在于对“度”的把握,因为前者的目的是统治,而后者的目的则是实现“解放”或“公共自由”。法农关于暴力的论述并不是基于无政府主义的倾向,而是出于对个人和历史的理性的考察和思考。在《黑皮肤,白面具》中,作者就开始分析殖民暴力所带来的严重后果。在精神分析范畴,“性”和“侵犯”是两个核心的概念,法农不仅探讨了这两个概念的种种表现,而且分析了其替代物,尤其是在语言、幻想、梦境和精神病理中的奇特现象,包括与自恋、受虐和自我憎恨之间的内在联系。

弗洛伊德的精神分析学对法农早期的思想产生了极其重要的影响。确实,法农对弗洛伊德的“性”和“侵犯”这两个概念表现出了浓厚的兴趣。在《黑皮肤,白面具》一书中,作者深入探讨了加勒比海殖民语境中别开生面的两性关系问题。在“黑人与精神病理学”一章中,法农详细论述了“恐惧症”(La phobie)对男性黑人的影响。[①] 在《黑皮肤，白面具》中，聪明的读者显然能够发现弗洛伊德《文明及其不满》(Civilization and Its Discontents)的影子。但是，法农并没有像弗洛伊德那样把“本能”作为唯一的心理动因，也没有把“性”和“侵犯”的概念延伸为“性爱”(éros)和“死亡冲动”(thanatos)的本能范式。Eros 与 Thanatos 的原意分别指希腊神话中的爱神和死神。按照弗洛伊德的观点，众多单个的本能都可以归入以下两个内驱力：一是生的本能，通常称为性爱(Eros)或性；二是死亡(Thanatos)的本能，有时也被称为破坏或攻击的本能。本能源于本我(id)，但受到自我的控制。每一种本能都有各自的心理能量形式。弗洛伊德用“力比多”一词来表示使生存或性本能起作用的力量，但他从来没有找到一个类似的词来表示死的本能的心理能量。在论述后殖民主义的时候，法农改变了建立在“性别”基础之上的主体，取而代之的是“种族”。法农所关心的是，作为象征要素的“性”何以受到种族主义的影响。

法农与弗洛伊德对“性”与“侵犯”的思考看起来似乎是一回事，其实不是，而且产生差异的原因不胜枚举。首先，他们的社会背景和个人经历存在很大差异。弗洛伊德的精神分析产生于维多利亚时代的欧洲，在那个时代的资产阶级家庭里，父权至上，性欲受到压制。尽管弗洛伊德想竭力挑战当时的道德准则，但是，他仍然希望维护资产阶级家庭和资本主义的社会现状，他的思想仍然表现出了资本主义的精英精神。弗洛伊德认为，“那些不具备良好理性教育和可信赖性格的病人是没有资格接受精神治疗的，他们应被精神分析学治疗拒之门外。后来，弗洛伊德甚至宣称，只有最有教养的、高度成熟的人才最适合精神分析”[②]。法农的出身卑微，他来自一个完全被法国殖民的加勒比海小岛马提尼克。这样的出身背景使他有了殖民地黑人的切身体验，也使他

---

① Frantz Fanon. *Peau noire, masques blancs*. op. cit., pp. 161 - 163.

② Jones Enrico. *Social class and psychotherapy: A critical review of research*. Psychiatry, 1974, 37(4): 307 - 320, p. 307.

有了研究殖民心理学的第一手资料。

法农十分理解种族主义环境下被殖民者的心理，理解他们自卑心理及其异化的过程，尤其是他们那种具有异化性质的、强烈的“漂白”（变成白人）欲望。法农告诉我们，要达成这种“漂白”的欲望，被殖民者只有通过学习殖民者的语言，模仿巴黎字正腔圆的法语语音，有时甚至要求助于跨种族的通婚方式。当然，除了出身，法农还参加过第二次世界大战，亲身经历过战争的洗礼。二战结束后，他毫无犹豫地投身到被压迫者的解放运动，与全世界无产者站到了一起。从出身和经历来看，法农与弗洛伊德完全处于两个不同的世界，法农从不同的意识形态和社会实践中形成了属于他自己的世界观。在《黑皮肤，白面具》的导言中，法农对社会诊断模式和基于欧洲传统医学的诊断模式进行了明确的区分，在承认弗洛伊德精神学派理论贡献的同时，也指出了其弱点与局限：

> 弗洛伊德坚持用心理分析来考虑个体因素，用个体发育观代替了系统发育观。可以看出，黑人的异化不是一个个人问题。除了系统发育和个体发育，还存在着一个社会发育的问题。从某种意义上来说，为了迎合勒孔特和达梅的观点，不得不承认这里必须要论及一个社会诊断的问题。①

在《黑皮肤，白面具》的《黑人与精神病理学》一章中，法农直言不讳，指出弗洛伊德的精神分析对黑人的实际生活是无法进行诊断的，甚至无法提供自圆其说的解释。弗洛伊德的精神分析把黑人定义成了“病态欲望”的承载者。马提尼克的黑人从小接受法国殖民者的教育，整天高唱祖国颂歌“我们的祖先，高卢人”。在学校，讲克里奥尔语的人受到蔑视。因此，黑人从小在言谈举止、衣着、饮食方式、生活方式等方面都必须严格遵守殖民者制定的行为准则。被殖民者家庭和社会原有

---

① Frantz Fanon. *Peau noire, masques blancs*. op. cit., p. 32.

的集体记忆遭遇了彻底抹杀和丑化，除了白人的传记和历史，黑人几乎读不到其他任何东西。这种被否定的过程最终带来这样一个后果，马提尼克的黑人沦为法国殖民当局的工具。如果黑人家庭中某个成员表现出一点反抗意识，那么，其他成员就成了对付这一意识的第一道防线，因为被排除在白人文化之外的人意味着失业、被监禁、被剥夺处于中产阶层的权利。[①] 法农指出，“一个正常的黑人孩子在一个正常的家庭里长大，只要与白人的世界一接触就会出现非正常的倾向”[②]。言下之意，即使黑人家庭保持相对的完整，或很少受到暴力社会秩序的影响，但是这种影响也只是在时间上被推迟而已。当黑人小孩从家庭中走出来之后，他们就会遭遇无处不在的社会暴力。因此，在健康的家庭环境中长大的黑人孩子迟早要遭遇社会力量的碾压，“黑白”对立的社会矛盾是无法避免的。家庭的爱与社会的暴力是不协调的，因而从童年到成年、从家庭到社会。就不可避免地出现“不正常的人”的内心冲突或精神错乱。法农提出俄狄浦斯情结不适用于黑人的实际生活，因为黑人家庭不具有产生这一情结的环境与条件：

> 弗洛伊德、阿德勒（Alfred Adler），甚至荣格在研究的过程中都没有提及黑人。在这方面，他们是有道理的……不管你愿意不愿意，黑人身上不可能出现弑父恋母情结。有人可能用马利诺夫斯基反对我们说，母权制度是构成这种意识丧失的唯一原因……在法属安的列斯人当中，97%的家庭不可能出现恋母情结。[③]

此外，法农对建立在“种族”概念之上的黑人价值观表示十分怀疑，在这个问题上与桑戈尔存在着严重的分歧。桑戈尔认为，无论是为了回应欧洲白人对黑人文化的蔑视或诋毁，还是为了给非洲的社会主义

---

① Frantz Fanon. *Peau noire, masques blancs*. op. cit., pp. 173 – 174.

② Ibid., p. 175.

③ Ibid., pp. 178 – 179.

实践提供一种形而上的理论基础，我们都应该倡导一种属于黑人自己种族的价值理念。他反对把肤色与价值观刻意地联系在一起，他觉得如果是这样，这恰恰就成了各种政治压迫的根源之所在：

> 对于殖民主义者来说，非洲这片广袤的大陆就是野蛮人的巢穴，是个崇尚迷信且流行拜物教的堕落之地。这一地区注定遭受蔑视，充满了来自上帝的诅咒。简言之，吃人肉的地方就是个黑人的居住区。①

殖民主义者对黑人进行统治的时候，根本不会事先区分谁是安哥拉人，谁又是尼日利亚人，他们只会用“黑鬼”来指代所有的黑人。法农认为一个民族的文化或整个非洲的文化并不能概括散居在全球各地的黑人。虽然白人在美国对待黑人的态度上与在非洲并没有根本的区别，总是用同样的方式奴役黑人，但是相同的被迫害经历是否一定导致毫无差别的黑人特性呢？或者进一步说，这种通过“苦难”或“黑人特性”所表达出来的对传统文化的肯定与向往，会不会导致所有黑人的历史被“同质化”呢？法农觉得这种“同质化”的思想与殖民主义者将安哥拉人和尼日利亚人一并视作“黑鬼”的思想如出一辙。黑人作为一个黑人种族的事实与黑人所面临的实际困境并没有本质的联系，换句话说，黑人的不幸命运并非来自黑人种族的特质。法农反对把黑人所经历的苦难视为黑人民族身份认同的源头，认为共同经历的苦难并不能催生黑人的文化价值体系，更不能产生一个现实中的黑人民族实体。

法农竭力反对黑人知识分子在创作中表现出的“返祖现象”，因为他觉得这种现象鼓励人们“向后看”，采用非洲原始美学意象来抗拒西方的文化入侵，从而建立所谓的民族自信。在塞泽尔和桑戈尔等人的作品中，字里行间充满了对黑人的“原始性”和“灵性”的赞美。在《返乡笔记》中，塞泽尔这样写道：

---

① Frantz Fanon. *Peau noire, masques blancs*. op. cit., p. 136.

那些没有发明火药和指南针的人，

那些从来不知道如何驾驭蒸汽和电的人，

那些没有探索过大海和宇宙的人，

……

他们沉醉于一切事物的本质，被深深地吸引，忽视表象，被一切事物的运动所支配，

不在意征服，但在于游戏世界，

世界的长子，世界所有气息的透气孔，

如果没有他们，地球就不再是地球。①

又如，在桑戈尔的《亡灵歌》中：

托克瓦力叔叔，你是否还记得往日的那个夜晚？

我把头紧靠在你那富有耐心的后背上。

……

你给我解释祖先们在宁静的大海上诉说的一切，

公牛、蝎子、豹子、大象、鱼，

透过树皮汩汩渗出的乳汁

那是月亮女神的智慧，从黑暗中坠落的星星。

非洲的夜晚啊，我黑人的夜晚，神秘而又清澈，

阴郁而又辉煌。②

法农对塞泽尔和桑戈尔笔下的"异国情调"颇有微词。他指出："黑人的巫术、原始的精神面貌、万物有灵论、动物性色情，所有这一切向我涌了过来。所有这一切都是那些跟不上人类进化的民族特征，甚至可以说是打了折扣的人性。我犹豫了很久才投入行动，星星变得咄咄逼

① Aimé Césaire, *Cahier d'un retour au pays natal*, 2e édition, Paris, *Présence Africaine*, 1960, pp. 77 - 78.

② Léopold Sédar Senghor, *Chants d'ombre*, *suivi de Hosties noires*, *poèmes*, Seuil, 1956, pp. 69 - 70.

人，我必须进行选择，我在说什么？没错，我在表现落后、简单和放纵。对我们而言，身体与你们所说的精神并不冲突。”①这种对传统文化过度的迷恋、对民族文化特性的过分颂扬，并不能够消除黑人的自卑感，也不能改变黑人在现实生活中所遇到的困境。与崇拜西方殖民者文化、模仿殖民者的语言发音相比，这种过于夸张的写作手法实际走到了自卑心理的另一个极端。

在《黑皮肤，白面具》问世三年后，法农于 1955 年发表了《安的列斯人与非洲人》(*Antillais et Africains*)。这一次，法农试图将“黑皮肤，白面具”放置到历史的大背景之中。这部作品肯定了“黑人特质”运动的政治意义。过去，法农一直对“统一的黑人民族”，即所谓的“同质化的黑人”持反对态度②，认为这种表达方式实际上抹杀了不同黑人民族的个性。现在，他承认黑人在一定的层面确实存在文化上的共性。这种共性在很大程度上来自社会、历史以及地理位置上的相似经历，与其他民族相比也没有什么特别不同的地方。也就是说，尽管文化共性是客观的，但并没有任何一个证据能够证明一种“黑人民族特质”的真实存在。法农反对把黑人群体视为铁板一块的观念，坚持认为处于不同社会阶级、文化层次的黑人有不同的诉求。尽管法农并没有明确地提出种族与文化之间的关系问题，但是这种对黑人同质性的质疑表明，法农已开始注意文化所起到的不容忽视的纽带作用。

当然，在《安的列斯人与非洲人》中，法农依旧批判“黑人特质”运动消极的一面，并没有否定《黑皮肤，白面具》中所提出的观点。但是，这一次，他把所谓的黑人群体团结的意识与阶级利益联系在一起。法农发现，马提尼克的社会阶级对立关系比种族问题更加尖锐，也更具有实际的影响力。以客观经济利益为纽带的社会群体往往会超越种族的界

① Léopold Sédar Senghor, *Chants d'ombre, suivi de Hosties noires, poèmes*, Seuil, 1956, pp. 112 - 128.

② Frantz Fanon, *Pour la révolution africaine*, Paris, Éditions La Découverte, 2001. pp. 27 - 28.

限,“一个黑人工人会站在另一个白人工人的一边,共同反对黑人的中产阶级”。[①] 经济因素成了政治取向的决定性因素,而不是所谓的“种族团结意识”。如此一来,任何像“黑人特质”这样以种族联系为基础的话语或文化运动,在涉及经济利益的政治博弈中也就让位于真实存在的阶级之别。阶级利益因素的考量使法农对“黑人特质”的社会基础有了更加清醒的认识。安的列斯黑人对“黑人特质”的接纳和认同,使他们的思想产生了根本性的转变。第二次世界大战之前,法国在某种程度上假惺惺地承认安的列斯黑人的优越性,让他们误以为自己的身份与法国白人无异。那个时候,如果一位安的列斯的黑人被误认为非洲黑人的话,那么肯定使对方的心里不舒服。但是在第二次世界大战期间,随着一艘又一艘法国军舰停靠马提尼克港口,成千上万的法国船员在法兰西堡登陆,种族歧视的主体角色一下子出现了。白人船员眼中的蔑视是安的列斯黑人始料未及的,这种心理上的打击颠覆了他们原有的价值观。他们开始醒悟,转而响应“黑人特质”运动的感召。法农则将这种“逆转了的价值论”(axiologique inversée)视为安的列斯人的第一次“形而上的体验”。这种体验使那里的政治形势发生了巨变,催生了安的列斯无产阶级意识的诞生。很快,马提尼克岛的黑人接受了马克思主义。

安的列斯黑人一度在幻想的欧洲白人身份中工作、生活,但是经历了幻灭之后,自然也就面对现实并接受塞泽尔等人所推动的“黑人特质”运动。“安的列斯人对他人的嘲讽可以形成一种对抗神经官能症的防御机制。一个不再有资格嘲讽他人的安的列斯人就会转向接受‘黑人特质’思想,对知识分子来说尤其如此。”[②]反之,如果一位知识分子能通过对他人的鄙视和嘲讽来宣泄内心的自卑心理,那么他就能维持心中所谓的法国人身份。即使他们心里明白很荒诞,但是他们仍然愿

① Frantz Fanon, *Pour la révolution africaine*, Paris, Éditions La Découverte, 2001. p. 28.

② Ibid. , p. 34.

意接受这种虚假的高人一等的说法。第二次世界大战期间，这种对他人的嘲讽现象在白人的歧视下几乎消失殆尽。

在《为了非洲的革命》的第二章《种族主义与文化》中，法农将这一部分黑人知识分子定义为“黑人特质的虔诚追随者”，并将他们的追求与真正生活在那种文化中的传统主义者进行了对比。在法农看来，“黑人特质的虔诚追随者”看似崇拜黑人文化，但实际上已被切断了与民族文化的一切联系，而传统主义者则是扎根于真实的社会文化背景之中。跟欧洲文艺复兴时期的艺术家一样，传统主义者的诉求为黑人本土文化赋予了新的活力。[①] 传统主义者的文化背景是实质性的、真实的，而知识分子的文化背景是抽象的、空虚的。法农对“黑人特质”运动的批判源自这一运动内部所出现的种种悖论。我们知道，那些宣扬“黑人特质”的知识分子大多接受了西方教育，他们所学的知识与非洲本土真实存在的文化存在一定的距离，因而在法农看来，尽管那些知识分子的立场可以被视为一种自卫行为，但这种立场背后所出现的悖论是不容忽视的。法农说道：“一个民族要得到真正的解放，一定要以其中的每个个体的思想解放为前提。如果被殖民者不能摆脱殖民主义的文化过滤器独立思考，那么他们就不可能摆脱对殖民主义的依赖。”[②]

在《为了非洲的革命》和《阿尔及利亚革命的第五年》中，法农多次论及马达加斯加、阿尔及利亚和马提尼克的妇女解放问题。也许，他早就意识到自己在著作中使用的法语的阳性人称代词“il”（他）或“ils”（他们），以及不断提及被殖民者中的“男性反应”会招致女权主义者的攻击。法农在《阿尔及利亚革命的第五年》中安排了专门探讨有关女性解放的一个章节，也就是第一章《揭掉阿尔及利亚的面纱》（*L'Algérie se dévoile*）。在这一章中，法农充分肯定了妇女在阿尔及利亚独立斗争中所起的作用，并详细论述了独立后的妇女解放问题。美国教授克莱因

---

① Frantz Fanon, *Pour la révolution africaine*, Paris, Éditions La Découverte, 2001. p. 53.

② Ibid., p. 125.

说得好："当作家们愈来愈深刻地认识到现阶段的种种矛盾并非外来文化因素注入非洲国家的结果，而是根源于非洲正在形成中的社会性质本身，其独立国家文学的注意力已开始从殖民地与宗主国的冲突，转向国内的形势和批判非洲社会的内部缺点。"在法农看来，民族独立的真正目的不是仅仅赶走西方殖民者，独立只是革命的新起点，新建立的国家为之奋斗的目标是实现全人类的"解放"，在这个漫长且艰难的过程中，妇女的解放和自由则是民族解放的必要条件。①

萨特曾为法农《全世界受苦的人》写了一篇煽动性的序言。这篇序言是写给法国读者的，表现了对殖民主义的强烈反对和全面否定，并强调法农的作品如何描绘了一个崛起的社会，一个把欧洲当成外人或敌人的社会。总之，萨特认为，法农呼吁战争是合情合理的，因为只有战争才能消灭殖民计划，才能为创造新人类开辟广阔的道路："他完美地证明了这场势不可当的战争既不是一场荒唐的风暴，也不是原始冲动的爆发，更不是怨恨的作用：而是人类自己正在重组。"②在文章的末尾，萨特再一次提醒他的同胞，非殖民化近在咫尺。他深信只有支持法国从阿尔及利亚撤兵，才是对法农呼吁的唯一正确的回应。在这篇序言中，萨特还写道，从阿尔及利亚归来之后，他觉察到欧洲正在走向没落并开始诊断其"症状"。但是，当投身民族解放的暴力斗争之后，他就不再关心"治愈"欧洲的方法，"他已不在乎欧洲的生死存亡"。③

弗朗茨·法农将政治学视作第一哲学，几乎在他的每一部作品里，他都表达了强烈的社会转型需求，为第三世界的进步思想和社会意识提供了丰富的养料。他常常把某种概念和思辨置于集体的行为之中。在他的心目中，社会事件意味着某种力量，甚至能够改天换地。他所倡

① Frantz Fanon, *L'An V de la révolution algérienne*, Paris, éditions La Découverte & Syros, 2001, pp. 18 - 43.

② Jean-Paul Sartre, *Les Damnés de la terre*, in *Situations V*, pp. 167 - 193.

③ Jean-Paul Sartre, *Préface à Frantz Fanon*, *Les Damnés de la terre*. Paris, éditions Gallimard, 1991, p. VIII.

导的政治学自成体系，尤其是革命的政治学已经超出了常规的范式标准[①]。可以毫不夸张地说，很少有人像法农那样能从政治出发，在反殖民主义问题上思考得如此透彻而深远。了解法农的思想，就必须要从革命的政治学入手。

① *Lazarus Sylvain*, *L'Intelligence de la politique*, Paris, Al Dante, 2013; BADIOU Alain, *Abrégé de métapolitique*, Paris, Seuil, 1998.

第四章　格里桑的一体世界观：文化身份的多元统一性

爱德华·格里桑(Edouard Glissant,1928—2011 年),作家、诗人、评论家。中学时代,格里桑就读于马提尼克首府法兰西堡的维克多-舍尔谢中学,1946 年,他离开马提尼克前往巴黎,在人类学博物馆(Musée de l'Homme)主攻人类学,同时在巴黎第三大学学习历史和哲学。1961 年,他与保罗·尼日尔(Paul Niger)共同创建了“安的列斯-圭亚那独立主义战线”,跟法农一样发出了民族自由与独立的呼声。1959 年到 1965 年期间,由于“分裂主义”(séparatisme)倾向,被瓜德罗普当局驱逐出境,被软禁在法国本土。在他的作品中,给人印象最深的就是他那充满火药味的反殖民主义诉求。他提出了许多新的概念,例如:“安的列斯人特性”«antillanité »,“克里奥尔化”«créolisation »以及“一体世界观”(tout-monde)等。1965 年,格里桑回到马提尼克并创建了马提尼克研究院。1980 年,格里桑被授予文学博士学位。1982—1988 年,格里桑担任《信使》杂志主编。在这个刊物中,他竭力倡导“世界性”(mondialité)以及“世界化中人性的一面”。1989 年,他被评为路易斯安那州立大学杰出教授,在法国与法语地区研究中心(Centre d'études françaises et francophones)从事教学与研究。1992 年,他入选诺贝尔文学奖提名名单。从 1995 年开始,格里桑以“杰出教授”的身份任教于纽约市立大学。2006 年 1 月,他受法国总统雅克·希拉克之邀,曾试图创建奴隶与贩卖奴隶研究中心。尼古拉·萨科齐当政时,他反对成立国家移民和民族身份认同局。2007 年,在法兰西岛大区议会和海外省事务部的支持下,格里桑创立了“一体世界研究所”(l'Institut du tout-monde),从社会和文化层面研究和探讨克里奥尔语的可行性,大力倡导对多样性的认知,尤其是语言的多样性、艺术表达的多样性、生活方式和思想形式的多样性。2011 年 2 月 3 日,爱德华·格里桑在巴黎去世,终年 82 岁,马提尼克政府为他举行了庄严而隆重的葬礼。

在学术生涯之初,格里桑十分赞同“黑人特质”的思想。后来,他认识到这一思想存在严重的局限。于是,他提出了与之相对应的“安的列斯人特性”(antillanité)概念。这一概念旨在强调加勒比海群岛的身份认同,与艾梅·塞泽尔不同的是,他主张“另一个美洲”(l'Autre Amérique)。对于塞泽尔而言,加勒比海群岛人身份的源头在非洲。而这一“安的列斯性”的概念则建立在“身份—关系”(identité-relation)或者叫作“根茎身份”(identité rhizome)的理念之上。这一概念面向整个世界,面向世界上所有不同民族的文化。在格里桑的精神世界里,固定的身份并不有助于我们对这个复杂多元的世界的认识,面对克里奥尔化的社会,从身份—关系的视角来考量,或者说用德勒兹所谓的“根茎身份”来思考,似乎是更为适合的。身份是我们存在的内核,是与语言、民族、宗教,甚至与人种是紧密联系在一起的,但也不是封闭性的。因此,我们必须建立一套流动的、有创造性的文化身份。2011 年,爱德华·格里桑在一次演讲中指出,人们通常认为身份是固定不变的、被定义了的、纯粹的,而且是具有返祖性的。但今天看来,这一认识是站不住脚的。格里桑认为,我们也不要那么悲观,因为我们还能够找到另一种方式丰富我们自己。因而,在“黑人特质”的基础上,他大胆地提出了“克里奥尔化”的概念,并坚信这一概念定义能够产生一种意想不到的效果。在他的眼里,文化与语言之间永恒的、相互渗透性的运动推动了文化的全球化进程。这种全球化能将遥远的、异质的文化要素联系在一起,而产生的效果则超乎人们想象。所谓的“克里奥尔化”,就是不同的文化,或者说不同的文化要素放在一起后,相互作用后能产生一种全新的、从来没有见过的新事物。这种“新事物”并不是所有这些不同要素的总和，也不是其简单的综合。克里奥尔化产生的效果完全超越了我们的想象，是不可预测的。格里桑对安的列斯身份的反思极大地启迪了安的列斯年轻作家。

加勒比的文化身份是模糊的。加勒比文化专家、联合国教科文组织加勒比地区代表内特华曾经这样写道，典型的加勒比人有非洲人特点、有欧洲人特点、有亚洲人特点、有美洲土著人特点，这些都是加勒比文化的特点。只有了解了加勒比的历史，我们才能更好地理解加勒比的文化特质。加勒比人在文化身份上的依赖或缺乏自信跟殖民主义有关。进入加勒比的移民发现，他们最初的、最多的社会关系就是与庄园主的联系。因此，为了尽可能地适应白人的生产体系，他们调整了文化策略。应该说，他们的文化身份是由他们所遇到的新的社会制度所塑造出来的。非洲人和亚洲人并没有把他们的社会制度移植到加勒比海，而是在殖民制度下形成了新的身份。当然，这并不是说移民们原先的种族文化完全被抛弃了，恰恰相反，各种文化因素在加勒比地区经过碰撞和融合，形成了自成一体的克里奥尔文化。如今，克里奥尔文化成了加勒比的本土文化，也是主流文化，这也为复杂的文化身份和本源意识提供了依附的土壤。

格里桑一生著作颇丰。1953—1960年，他相继出版了《岛田》(*Un Champ d'Iles*)、《焦虑的大地》(*La Terre Inquiète*)、《黑盐》(*Le Sel Noir*)、《血脉相连》(*Le Sang Rivé*)。1977年，他出版了《博瓦兹与幻想国、现实国》(*Boises et Pays Rêvé, Pays Réel*)。他的诗歌以强烈的哲学信仰为特征，而这种哲学信仰激发了他的创作灵感。但是，创作不可能彻底消除他内心深处的焦虑，从一首诗到另一首诗，他不停地在创作中寻找自我。格里桑消解了约定俗成的诗歌与散文的界限，从他的诗歌作品到小说作品，从《安的列斯的话语》(*Discours antillais*)到《诗意的关系》(*La Relation Poétique*)，再到《一体世界契约》(*Traité du Tout-Monde*)，他的人生哲学和偏爱的主题始终没有改变。在一部有关杜桑·卢维杜尔的历史戏中，他告诉我们偏爱“过去的预言”。这一偏爱似乎体现在他的所有作品里。他希望让时光倒流，通过追溯各个阶段的历史来进一步补充和完善他所在民族的谱系。

在格里桑的文学作品中，《工头的小屋》(*La Case du commandeur*)是一部令人爱不释手、趣味盎然的小说。在这部小说中，格里桑将笔墨再次集中到一个家庭，这个家庭实际是我们在他以前的作品中见过的，包括 1956 年获得龚古尔奖的《裂缝河》。但是，这一次，格里桑让他笔下的人物角色经受着一种无法命名的“恶”的折磨，这种“恶”由里而外吞噬着他们。对照作者早期的散文和小说来读，我们发现格里桑写作的出发点没有变：安的列斯社会生病了。在《工头的小屋》里，作者展现了其独特的写作技巧，使人物的疯狂行为具有了深刻的含义。他巧妙地将思想与小说的故事情节融合在一起，为加勒比人民的“去异化”行动打开了一个通道。

格里桑先为我们描绘了龙古埃(Longoué)和贝鲁斯(Béluse)两大家族，接着又为我们绘声绘色地讲述了塞拉(Celat)家族的历史。在家族谱系来看，这三大家族与达尔让(Targin)家族来自同一个根茎①。这部小说是用法语写的，但是，聪明的读者只要翻几页，很快就能发现其中所隐含的克里奥尔语的奥秘。从克里奥尔语的词源来看，小说人物的名字就能够说出许多故事。例如，“塞拉”这个人名取自法语指示代词“那个”(cela)，与一词多义的(或无法释义的)“龙古埃”或只有单一意义的“贝鲁斯”不一样的是，这个名字是一个没有任何意义的符号，指代的奴隶制历史上的某个存在而已。为了不复存在的某种东西获得新生并赋予其意义，格里桑在一种极度的抽象中别出心裁地使用了那个早已被人们所遗忘的姓氏。在这种看似反常的表达中，格里桑从符号学角度为文本的阐释埋下了伏笔。因为当事物不在场的时候，符号可以代表它，代替它的存在。在我们的日常生活中，符号无处不在。当

---

① Édouard Glissant, *La Case du commandeur*, *Paris*, *Seuil*, 1981, p. 211.

我们无法捕获或指出某个事物，或某个我们称之为存在的，或存在过的事物的时候，或当存在的事物不再出现的时候，我们就会自然而然地借助于某种阐释的手段，或转而借助于某个特定的符号。因此，通过拐弯抹角而创造出来的符号便成了其延续的存在。

在格里桑的笔下，“塞拉”的名字意味着一段在历史中不复存在的过去。玛丽·塞拉（Marie Celat）又名玛塞雅（Mycéa），是克里奥尔化的法语，意为“就是那样”，“mi cela”的同义叠用强调了存在的痕迹。同样，玛塞的母亲也体现了这个存在/不存在的规则。我们不知道她的出身，在塞拉家族出现之前，她的存在似乎是可有可无，无足轻重：« *I té la*, *sé nous ki pa téka ouè* »（她在那里，可是我们无法看到她）。[①] 存在和不存在的规则同样体现在这个姓氏的构思层面。在阿纳托里（Anatolie）众多的情妇中，有个叫爱尔曼西亚（Hermancia）的混血儿生下了一个孩子。为了纪念她与阿纳托里的那段私情，她给这个私生子起了一个奇怪的名字“塞希”（Ceci，意为“这个”）。十九世纪下半叶，当奴隶制被废除的时候，阿纳托里决定把自己的名字改成“塞拉（Celat）”：

> 她决定让这个婴儿叫塞希（Ceci）。[……]爱尔曼西亚用这种方式来揭示或表明她不曾有过的优待。她在“这里与那里”、在“这个与那个”之间不断地挣扎。起这个名字的目的主要有两个：一是为了想说找阿纳托里的时候，不知道他究竟在什么地方；二是为了暗示阿纳托里过去所做的一切。甚至后来，他决定把自己的名字改为阿纳托里·塞拉（Anatolie Celat），身份登记员对他的任性怎么也想不通。[②]

阿纳托里·塞拉最大的特点就是性格变化无常。从年轻的时候起，他就到处漂泊，四海为家。他来无影去无踪，却又似乎无处不在。

---

① Édouard Glissant, *La Case du commandeur*, *op. cit.*, p. 51.

② Ibid., p. 100.

在他还不到12岁的时候，人们就无法知道他的具体行踪。当问及塞拉究竟在哪里的时候，人们总是支支吾吾地回答说："也许在这，也许在那。"他那种不安分守己的性格里总有一种令人难以捉摸的东西："阿纳托里可能是我们这类人当中第一个获得名字的人，如果说是'获得'的话。"[①]但是，遗失的"某个东西"究竟指的是什么呢？取自指示代词"那个"的人名"塞拉"(Celat)指的又是什么呢？"塞拉"用克里奥尔语来表示，就是"在那儿"(*sé là*)，指的是一种任意的存在。但是"那儿"究竟意味着什么呢？在克里奥尔语句法中，sé是无人称主语"这"(ce)和动词"是"(être)的组合，主语和系词都是含糊的，不够明确的。在《工头的小屋》这部用法语巧妙伪装成克里奥尔语的小说里，Celat(*sé là*)这个词所起到的强调作用是不容忽视的。针对这种语言混用的现象，格里桑曾多次坦言在使用法语的过程中，他还会使用其他别的语言：

> 今后，我会使用世界上所有的语言写作，因为我对它们岌岌可危的未来感到十分担心。[……]这是一种理想化的方式。在我用来写作的语言中，我仍然使用为我带来名声的法语写作，但是我不会仅仅使用一种语言来写。[②]

爱弥尔·本威尼斯特(Émile Benveniste)发现，动词"être"表现了西方语言特有的思想：动词"是"(être)赋予了西方语言中有关"存在"的思想形式。[③] 在比较语言学中，语言学家也认同"être"巨大的阐释空间。在有关"sé"的克里奥尔语的句法中，格里桑推翻了由动词"être"决定的存在/不存在之规则。《工头的小屋》的核心思想其实就在这里，也就是书中所说的那句克里奥尔语："没有人知道，没有人是这样。"在围绕"塞拉"(cela/sé là)这个人名兜圈子的时候，格里桑似乎绕过了那段

---

① Édouard Glissant, *La Case du commandeur*, *op. cit.*, p. 100.

② Édouard Glissant, *Traité du Tout-monde*, Paris, Gallimard, 1997, p. 26.

③ «Catégorie de pensée et pensée de catégorie», *Problèmes de linguistique générale*, *op. cit.*, pp. 70 - 71.

他称之为“过去时光的痕迹”、被遗失了的过去，揭示了未被书写过的奴隶制的历史。遗失的“那个”(cela)让人们回忆起一段心酸的往事，黑人被掠夺、被强行贩卖，他们在手中没有一刀一枪，被赤裸裸地运往北美和加勒比海。黑人来自非洲的四面八方，却因被贩卖、被丢弃在那里(这里)，他们只能待在原地并长期如此。在大量被夺去或强加在他们身上的词汇中，他们怎样才能发出自己的声音呢？遭受如此多的屈辱，他们又怎能忘记呢？①

如果我们想了解人名字母拆分背后的意义，就必须再分析一下《工头的小屋》里的另一个人名：奥多瑙(Odono)。原先指代那段未被书写历史的人名“塞拉”被“Odono”代替了。这个名字以几种不同的形式出现，随着词形的变化，格里桑使他后来称之为多重起源的世界之观念得以充分发挥。格里桑巧妙地使用了这个世代交替使用的术语。至于起源地，作者并没有使用“非洲”，而是使用了“几内亚”和“刚果”。西纳尔西曼问哪一片土地的时候，他回答道说是几内亚和刚果。同样，就欧洲的起源来说，作者注意到克里斯托夫・哥伦布(Christophe Colomb)和他的“圣玛丽亚号”(Santa-Mariá)帆船的双重归属地：“西班牙和意大利的混合。”②“源头”因而被增加到两个。同样，我们应该记得“塞拉”这个人名经历了一个基本的拆分，因为这个名字来源于阿纳托里的孩子的名字。名字“塞拉”取自法语单词的意思“在这里/在那里”或“这个/那个”，而阿纳托里后来根据他自己孩子的名字改姓了“塞拉”。

同样，在格里桑的作品中，有关“Odono”和“ki Odono”的区分(谁是Odono？/究竟是哪一个 Odono?)已让读者隐隐约约发现了与创世说相悖的反创世说。我们可以从语言的“克里奥尔化”和文化的多样性的角度去思考法国前殖民地文化身份的混杂性。从时间维度看，克里奥尔化不仅指现在和未来，其美好的幻想与遥远的过去常常是联系在一

---

① «Catégorie de pensée et pensée de catégorie », *Problèmes de linguistique générale*, *op. cit.*, p. 159.

② Ibidem.

起的。格里桑曾告诉我们，克里奥尔化存在于过去、现在和将来。从空间维度看，在任何时候，克里奥尔化与世界上所有其他的身份都是关联的。诚然，霍米·巴巴论及过多重身份的模糊性，譬如，阿尔及利亚犹太人、突尼斯人犹太人等等。但是，霍米·巴巴的思想不能解释克里奥尔化的生成原因，以及与世界上其他身份的纽带关系："克里奥尔化是处于运动中的……这种结果是关联性的、过程性的、处于变化和交换中的，不会自我迷失，也不会自我扭曲。"①

"因此当有人喊'Odono'的时候，我们不知道是对两个人中的哪一个人说话。过去和未来在这同一个死循环中。最好在黑暗中凝望过去，不要确定名字和时间。[……]来这里与人为敌，也就是说，再一次的争斗只不过是以往交战的一面镜子，或是对一种不复存在的善意修复而已。"②

这里，镜子（以前交战的一面镜子）的比喻象征一系列频繁发生的活动（背叛、冲突、奴隶逃亡等）。有关 Odono 的段落在某种程度上就是奴隶制和奴隶逃亡的历史。从这个角度来看，卢肖（Loichot）关于人名的解释是合理的。Odono 由一个否定词"不（No）！"（"噢，不！不！"）和循环重复三次的元音"o"组成。③ 当玛塞问龙古埃的时候，龙古埃的沉默意味着他并不是那么肯定："最后聆听者（玛塞）问麦西奥的父亲是不是 Odono 的时候，龙古埃沉默了许久，风吹得树叶子飒飒作响，然后，龙古埃坦言道不是。"④虽然龙古埃作了否定的回答，但是，他长时间的沉默在某种程度上可以被看作对玛塞提问的认可。

《工头的小屋》里充满了另一种对副词词缀"-ci"和"-là"，也就是有关"这里"和"那里"的词缀。阿纳托里·塞拉嘴里的"这里和在那里"体

---

① Édouard Glissant, *Traité du Tout-monde*, *op. cit.*, p. 238.

② Édouard Glissant, *La Case du commandeur*, *op. cit.*, pp. 107 - 108.

③ Orphan Narratives: *The postplantation Literature of Faulkner, Glissant, Morrison, and Saint-John Perse*, op. cit., p. 46.

④ Édouard Glissant, *La Case du commandeur*, op. cit., p. 149.

现的就是一种涌向外部世界的思想，也就是作者将发展成有关整个世界的思想。[①] 无处不在的“这里—那里”因而被延伸至整个世界。克里奥尔语的句法可以体现整个世界的基础。格里桑常常参考瓜德罗普的诗人圣琼佩斯(Saint-John Perse)经过伪装了的克里奥尔语。这些词汇、约定俗成的表达和句法掩饰了外来词。格里桑曾引用圣琼佩斯的一句话“这些女孩……”，这句话用了克里奥尔语“Tifi-tala”。这个词看起来像是一个法语副词，“là”掩饰了克里奥尔语后置定冠词“-la”。这类似于我们在《一体世界》中对“ici-là”的分析。在《工头的小屋》的结尾，从保守的玛塞与在世界各地流浪的马蒂尔·贝鲁斯(Mathieu Béluse)的通信来看，世界的关系变得很具体。她进行了一场幻想式的旅游。马蒂尔曾说，经常去世界各地旅游是做不到的。因此，玛丽·塞拉的旅游也就离不开原地。玛塞是谁？在适当的时候，她可能就是马提尼克的形象，而马蒂尔则是奔向外部世界的马提尼克。在这部作品里，我们看到很多被拆分的东西，然而这些东西看似相距甚远，似乎又近在咫尺。若干年之后，这种幻想竟然演变成了世界一体观。在《马哈古尼》中，格里桑第一次使用了“世界一体”这个词，他使这里与那里之间的关系概念化。玛塞曾这样说道：

> 我确定他并不抱有游历世界的奢望。那时归来的人一个个神情肃穆，摆着架子，因为他们看到了整个世界……去别处的梦想被归来的人看成一种恩惠，居民们当作一种施舍而加以接受。船在阳光的照耀下渐行渐远，这个时代结束了。我再也不能看到带走旅行者的大海。我们坐飞机，我们看电视。我们立刻就能看到或领略到蓬阿穆松(Pont-à-Mousson)、交趾支那(la Cochinchine)、埃菲尔铁塔的雪。[②]

时间和空间不再有天壤之别，在一体世界里，远处的“那里”和近处

---

① Édouard Glissant, *La Case du commandeur*, op. cit., p. 112.

② Edouard Glissant, *Mahagony*, Paris, Gallimard, 1997, p. 141.

的“这里”融汇到了一起，祖国“这里”的特殊性与世界的多样性联系到了一起。就人的交流和互动而言，塞泽尔在《自动的晶体》(*Cristal automatique*)、《神奇的武器》(*Les Armes miraculeuses*)以及达马斯在《黑色标签》(*Black-Label*)的第二部分都有所提及。他们在诗歌里使用电话用语“喂，喂”，把电话这种具有现代科技特性的语言融入诗歌。但值得注意的是，与这两位诗人不同的是，格里桑关心的是大众的交流，而塞泽尔和达马斯关心的是个人私下的交流。有了发达的航空运输和电信，别的地方到这里的速度加快了，空间的距离和时间的距离消失了。“蓬阿穆松、交趾支那、埃菲尔铁塔”这串词组中看到了相隔甚远的地点的靠近。后来，格里桑在《一体世界》中写道：“一长串的‘那里’翻涌成了‘这里’的暴风雨。一体世界洋溢着不断更迭的‘这里’。/我生活的地方，不再是在那里，听好了，我从今以后讨论的完全就是这里。”[①]一体世界的概念建立在这种“彼此”(isi-la)的感情之上。

要讨论《一体世界》这本书，首先要注意到两件事。一是这部作品几乎囊括了作者笔下写过的所有人物，可以视为作者之前的小说的一种简编。二是从技巧层面来看，《一体世界》秉承了《马哈古尼》中所采用的复杂碎裂的方式，使用了福克纳偏爱的轮番叙事和多焦点写作方法。我们可以把这种技巧的影响归因于福克纳(Faulkner)的《当我临终时》。格里桑根据“我的临终”(ma agonie)创造了专有名词“马哈古尼”(*Mahagony*)。格里桑解开他在之前的作品中所打的结之后，从“一体世界”的角度反复考虑，重新打了结。弗朗索瓦·努德曼用织物、织法和纬纱的形象来解释格里桑的文章：“情节是根据语言和记忆的交汇被纺织、被准备、被构建成叙述和文章的东西。[……]格里桑将之‘拆解’‘弄乱’，或小心翼翼，或纵情地让故事情节变成世界潮流。告别规则，无视规则，这似乎也是结构和解构的过程。”这部作品的基础不仅是福克纳写作法，更重要的是“一体世界”概念的表达形式。1993 年，就

① Edouard Glissant, *Tout-monde*, op. cit., p. 578.

是这部小说出版的那一年，格里桑说道：

在我看来，这是一部小说，不过，这是一部碎片化的小说。你们知道，现在仍然有人使用老掉牙的小说模式，故事发生在某个地方，然后加入一些不可避免的事件，最后以一种错综复杂的命运来收尾。今天的小说，动人之处就在于小说能够向任何方向发展，能够走向一体世界。我无法理解一部名为《一体世界》的作品能像20世纪初那样，采用平铺直叙老掉牙的写作手法。那是不行的。这是一部以世界为题材、扩展至世界题材的小说。①

这部具有概述性的小说涉及当代，进入了《裂缝河》中所描述的时代。从《第四世纪》到《马哈古尼》，故事从现在追溯到过去，而《裂缝河》和《一体世界》中的时间线大部分基于二十世纪，也就是作者生活的时代。时间跨度看似小了一点，但空间上则从岛屿延伸至整个世界。从马提尼克岛上一个追溯历史的传奇故事发展成有关世界未来的思考，这个转变集中体现在《马哈古尼》一书的末尾："无论探险者多么伟大，旅行都是人与人之间产生关联的先决条件。诚然，痛苦和抵抗罪恶的重负并没有减轻。但是，每个人可以梦想旅行，这不是空想，也不是空话。"②从这个角度来看，最早一批冒险家的到来以及与殖民历史相关的最初形式意味着："几乎整个世界的群体都被殖民统治过，这是世界的一种关联行为。"③殖民化带来了全球化。但值得注意的是，"去殖民化"运动是自由解放运动特殊的部分，与全球化、社会化以及成为整个世界的历史的现阶段是一致的[……]欧洲西方国家通过武力使殖民地全球化。但是，这必然为这些地区的非殖民化运动提供条件，使他们走

① *Introduction à une poétique du divers*, *Paris*, *Gallimard*, 2013, pp. 129 - 130.

② Édouard Glissant, *Mahagony*, op. cit., pp. 167 - 168.

③ Édouard Glissant, *Introduction à une poétique du divers*, op. cit., p. 48.

上一种全新的全球化道路。这一思想与阿尔及利亚作家卡泰布·亚辛(Kateb Yacine)的观点一脉相承:“征服是一件必不可少的坏事。”[①]贝鲁斯家族、塞拉家族生活在各自的一体世界里:马蒂尔在欧洲,玛塞定居在岛上。在《裂缝河》书中,正在走向衰颓的龙古埃家族把宗教事务的管控特权让给了罗卡马洪(Rocamarron)家族。在小说中,复杂叙事情节聚焦于某个叫作乔治·菲利浦·罗卡马洪(Jorge Felipe Rocamarron)的人以及他在美洲的环游经历。但我们可以说,整个小说结构是围绕老龙古埃的一个预测,而且环环相扣:

> 我跟你说,你闲逛的时候可以去任何地方,因为你想寻找的、到处寻找的是某个人。这个人是女人还是男人呢?是老人还是小孩呢?他把沿海国家与内陆国家联系在一起,他在一体世界里四海为家。

究竟是一个女人、男人、老人还是孩子呢?年迈的龙古埃给马蒂尔提出的问题与斯芬克斯给俄狄浦斯出的难题几乎是一样的。这个问题最终使马蒂尔遇到了罗卡马洪家族。首先,马蒂尔似乎意识到巴巴·龙古埃说的是《马哈古尼》中三个逃亡的奴隶:古尼、马哈和马尼。马尼的名字是拆自他妈妈阿德米斯(Artémise)的朋友玛丽-安妮 Marie-Annie(Ma-nie)。但是,阿德米斯很快就反驳了这个假设。看到玛丽-安妮,对她来说,她的马尼-马尼(Mani-Mani)并不是一个复制品。罗卡马洪家族究竟是谁?这要追溯到十九世纪末。乔治·德罗什布朗(Georges de Rochebrune)祖父是马提尼克的克里奥尔人拉罗什(La Roche)跟一个叫艾梅朗德(Émérante)的女奴隶所生的孩子。拉罗什悄悄地承认了自己的错误:“这是我的孩子,这个疯了的朋友其实就是我。”[②]他的姓氏(Rochebrune)取自他的父亲拉罗什,并加上一个代表棕色皮肤的色彩。作为棕色皮肤的人,他要为有色人种的权利而斗争。

---

① Kateb Yacine, *Nedjma*, *Paris*, *Seuil*, 1956, p. 111.

② Édouard Glissant, *Tout-monde*, op. cit., p. 214.

当被指控牵扯到与一个园主决斗的事件时，年轻的乔治·德罗什布朗便偷偷地逃跑了。但是，他在伦敦和巴黎仍然继续为棕色皮肤的人而斗争。后来，在法国大革命前夕，他回到了马提尼克岛，再后来去了巴西。总之，他在世界各地流浪，他的子子孙孙也跟他一样浪迹天涯。

罗卡马洪(Rocamarron)这个名字由两个部分组成。第一部分"罗卡(Roca)"在西班牙语里表示"岩石"，代表对移民父亲的回忆；第二部分"马洪(marron)"指的是黑白混血的棕色皮肤，因为同音异义含有奴隶逃亡之意，正如在当地叫法中所暗示的那样。马蒂尔·贝鲁斯让我认识了乔治·罗卡马洪，所有红树林地区的人有时叫他"罗卡(Roca)"，而另一些人叫他"老马洪(Señor Marronn)"。乔治·德罗什布朗逃往新奥尔良，难道不能说这是一种逃亡吗？巴巴·龙古埃与乔治·菲利浦之间相似的长相把两个家族联系到了一起。如果第一代的龙古埃逃到了马提尼克岛，第一代罗什布朗逃到了更广阔的外部世界，那么，我们很有可能发现罗卡马洪被接续到正在衰颓的龙古埃家族。最后，马蒂尔意识到巴巴·龙古埃没有跟他提到一个人，而说的是整个家族：

> 马蒂尔说，啊，有答案了。啊！我现在想到的一个女人、一个男人、一个老人、一个孩子，也就是你罗卡马洪。老龙古埃使我费了好大力气。嗨，你就是全部答案。苏比西·安杜让西亚·乔治(Sulpicio Indulgencia Jorge)，这是我的观点，只是猜想而已。①

在对马蒂尔的观察中，我们应注意到老人的美洲印第安人相貌。用热内·德普斯特(René Depestre)的话来说，他表现出了安的列斯或美洲的特征。② 事实上，罗卡马洪家族绕着加勒比不断迁徙。在第一代的乔治·德罗什布朗回到马提尼克岛之后，为了见杜桑·卢维杜尔，

---

① Édouard Glissant, *Tout-monde*, op. cit., p. 556.

② Cf. *Chapitre V*: *Bonjour et adieu à la Négritude*, in *Bonjour et adieu à la Négritude*, Paris, Laffont, 1980, pp. 82 - 160.

他又去到圣多明各，后来在哥伦比亚定居并娶了一个印第安女人，子孙绵延。他的一部分子孙在巴西定居，另一部分可能是为了二十世纪初建设巴拿马运河，在巴拿马安家落户。最后，老乔治·菲利浦从哥伦比亚出发，途径委内瑞拉和南部岛屿回到马提尼克岛。像这样乔治·德罗什布朗和乔治·菲利浦，罗卡马洪绕着加勒比画了一个圈。当马蒂尔不说话的时候，老移民用圆圈的图形向他揭示着一体世界的奥秘：

> 他说，一切力量都在这个圈子中，然后，他给出了一系列实际上在我看来显而易见的原因，使用的是列举共同点的方法。圆的地球、圆的天空、太阳和月亮绕着马里古拉(Malicoula)的房子。他从那出发途径安的列斯山脉和南美大草原的尽头，再到加拉加斯，跑了一个大圆圈。①

在这段用法语表达的话语中，音素"-on"的押韵("raison"，"rond/ronde"，"maison"，"monts"，"fonds"，Rocamarron")是颇值得我们研究的。但是，这样的韵究竟意味着什么呢？这个韵指的是一种画圆的行为，是加勒比的一种地理状况，也许是星球甚至是一种宇宙的环绕状态。格里桑曾经说过："世界历史是呈圆形发展的，而不是直线形的，这里充斥了许多来源不可置疑的气息。这些气息向着各个方向发展，然后又转向。"②这个图形在旋涡的形象中被数次提及。弗朗索瓦·努德曼指出："旋涡不仅打乱了空间的结构，也打乱了时空的方向。通过家系纵向流的中断，格里桑增加了别的时间刻度，而不仅仅使用单线的时间顺序。"③另外，除了绕加勒比海域来回流浪，乔治·德罗什布朗和乔治·罗卡马洪的名字是一致的，这不是他们家族的某种循环的表现吗？就像旋风一样，打着涡旋绕着一个空心转，但不是一个闭环，而是在行

---

① Édouard Glissant, *Tout-monde*, op. cit., pp. 552 - 553.

② Ibid., p. 61.

③ « La trame et le tourbillon », in *Autour d'Édouard Glissant: lectures, épreuves, extensions d'une poétique de la Relation*, op. cit., p. 121.

进的过程中吞没周围的一切。旋涡不是来自某一个方向，是受几个方向影响的、动态的、循环统一体。乔治·菲利浦和马蒂尔谈论着在一系列迁徙的过程中所经过的圆环：

> 他们谈论的对象，从被称作东北巴西的上方一直延伸到路易斯安那州的河口，包括东部巴巴多斯岛的边界以及西部哥伦比亚。这些地方共同构成一个圆圈。其实，他们谈论的是群岛以及世界上所有的地方和思想。①

他们的谈话从围绕加勒比群岛流域的这个圈一直延伸到整个世界。在他们的想象中，加勒比流域与世界其他地区是连接在一起的："他们谈论着太平洋和星座、斯堪的纳维亚半岛、降落在厄瓜多尔的冰雹、地中海……一个又一个群岛陆地。这些群岛是由众多邻近且来往密切的大区组成的。我想他们在有关一体世界的喧闹声中谈论着。"②在流离迁徙的过程中，罗卡马洪家族一代代地传承接力，把一个个地方连接在一起。这些中继点合在一起也就构成一个世界的群岛。也许，格里桑试图在这部小说中传递出"群岛化"的观点。他对当今世界群岛化的阐释是："我把这种思想叫作'群岛思想'，也就是说，一种研究一体世界未知状况非系统化的、归纳性的思想[……]今天，我认为至少从外部看，这些大陆都是'各自孤立'的。"③

格里桑从安的列斯的社会现实出发，提出了一种基于语言和文化多样性的群岛思想（Pensées archipels），涵盖"克里奥尔化"（Créolisation）、"一体世界"（Tout-monde）、"关联"（Relation）、"震颤"（Tremblement）、"痕迹"（Trace）等一系列相关概念，并将其融入文学写作之中。下面，我们来简要地解读一下"群岛""克里奥尔化""一体世界"等三个核心概念。克里奥尔化、多样性、一体世界、关联、杂糅……

---

① Édouard Glissant，*Tout-monde*，op. cit.，p. 557.

② Ibidem.

③ *Introduction à une poétique du divers*，op. cit.，p. 44.

所有这些词汇都是人们谈及格里桑时最先想到的。其中,“群岛”二字有可能与格里桑创作理念关系最为紧密。他的小说、诗歌、随笔、演说、散论,所有这些“群岛式的作品”或许就是我们对他所有作品的最佳概括。格里桑的作品的一大特色就是多元性和不对称性,他善于在文本中呈现时空的大跨度,表现他所谓的“痕迹”,特别是各种“痕迹”有机地结合在一起。他的作品中充满了符号,这些符号相互联系,相互渗透,又相互碰撞。一部作品犹如一座小岛,有其独特的魅力和欣赏价值。但与此同时,这部作品又因共同的理念而与其他作品连成一体,形成一座名为“格里桑群岛”中的某一个岛屿。以小说为例,他的每部小说的写作形式都有所不同,但里面的人物以及他们的先辈和后代则反复出现,而且在不同的作品里延续着他们的故事,或生发出新的故事。有的人物甚至可以跳出小说,出现在诗歌或散文里。“逃逸第一人”(Marron primordial)就是这样一个人物,他的名字就暗示其放荡不羁的天性。这个人物不仅出现在小说《第四世纪》中,还出现在《诗歌意图》的第一页。

当然,这一系列的作品之间也存在一个悖论:一方面,他的创作表现出一个不断回归的特性(人物、主题、形象、语汇的反复再现);另一方面,作品与作品之间又发生断裂,呈现出不连续的现象。所以,人们常常用“群岛”这个形象来比喻格里桑的所有创作。作品之岛一座挨着一座,靠得很近,但又保持一定的距离,丝毫不减各自的独特魅力。“群岛”这个词在《一体世界契约》一书中频繁出现,而这部书本身也是一部岛屿式的写作,融合了演讲稿、即兴随想录、诗歌、见闻、前期作品的引用、对生平和自传的虚构再现等等。在这部作品中,“群岛”一词被视为一切概念的来源,并由此派生出与之相关的其他词类。有形容词形式“群岛的”,比如他说“群岛思想适合当今世界的状态”[①],“任何群岛思

① Édouard Glissant, *Traité du Tout-Monde*. (*Poétique IV*), Paris: Gallimard, 1997, p. 31.

想都是令人震颤的思想、非猜测的思想,也是开放的、分享的思想”①。也有动词形式,“群岛化”:“地中海再度群岛化,重新成为在历史上连成一体的样子”②;“我的建议是,今天全世界都群岛化、克里奥尔化”③。

> “群岛”概念将两个相互矛盾的概念联系在一起。这也正是格里桑赋予群岛思想的特征:模糊性、不稳固性、漂移性。这一思想“允许迂回,既不是逃离,也不是放弃,承认对痕迹(Trace)想象的价值,并予以认可。但是,这是否意味着放弃自治呢? 确切地说,不会”。④

《一体世界契约》中有一段论及“群岛”主题值得我们关注。“我笔下的这些名字以群岛的形式组织在一起……漂移、碰撞,出乎我的意料之外。”⑤接着,作者讲述了马修这个名字是如何从真实世界走进文学世界的:马修原本是格里桑的教名。格里桑将他写进小说里,化身为《裂缝河》中的新生儿马修·贝吕兹。这个名字在现实与虚构之间,在不同的文本之间来回穿梭,亦真亦幻。从《安的列斯演说》到《马勒莫尔》《意识的骄阳》,再到《关系诗学》《一体世界》,格里桑的“群岛思想”无处不在。在他看来,世界上只有两种思想:一种是“大陆思想”,另一种是“群岛思想”。

“大陆思想”被作者视为一种“系统思想”(pensée de système)。在格里桑看来,这种思想“将语言之间缓慢的、悄然发生的反应组织起来,并加以研究和呈现,它合法地控制着世界,并预先规定了世界的运行规则,对其进行意识形态的解读”。不过,格里桑接着又说,“这种系统思

---

① Édouard Glissant, *Traité du Tout-Monde*. (*Poétique IV*), Paris: Gallimard, 1997, p. 231.

② *Ibid.*, p. 181.

③ *Ibid.*, p. 194.

④ *Ibid.*, p. 31.

⑤ *Ibid.*, p. 77.

想没法解释世界上各种文化中普遍存在的非系统性”[①]。这样一来，自然就引出了另一种思想，即他所竭力阐发的“群岛思想”。

“群岛思想”与“大陆思想”是相互对立的。格里桑认为，“另一种更加直觉的、更加脆弱的、受到威胁的，但属于混沌—世界（chaos-monde）及其以外的思想会发展起来。这种思想或许是倚靠人文学科的胜利而发展，但最终是一种诗学与想象世界的视野”[②]。“群岛”（archipel）一词的词源或许能够给我们带来一些启示。在古希腊语中，其对应的词汇是“Archi-pelagos”，意指“古海”，或者“极致之海”。可见，“archipel”一词最初的含义首先是“海”，或者说是一片散布着岛屿的海，也就是说，它强调岛与岛之间的连续性和整体性。然而，词意在历史的演进过程中出现了翻转，如今，“archipel”变成了一组岛屿的指称，反而开始强调岛屿间的非连续性和非系统性，而“群岛”一词所暗含的这种非连续性和非系统性，正是格里桑所看好的。作者对“群岛思想”给出了如下定义：“我称之为群岛思想，即一种非系统性的、非归纳性的思想，它探究整个世界的不可知性，让写作与口语相和谐，让口语与写作相一致。”[③]格里桑对世界的看法，或者至少是他作品的整体框架都是以这种群岛思想为根基的。而紧接着这一根本思想而来的，还有格里桑诗学思想中的另一个概念，即“克里奥尔化”。

要真正理解“克里奥尔化”，我们就必须将克里奥尔语的形成作为思考的切入点，然后才能从语言类推到社会的方方面面。在《岛屿·人类·语言》中，格里桑写道：“有理论认为，语言的克里奥尔化是一种语言系统的简单‘混合’，但这并不符合最普遍的社会语言事实。两种语言在同一社会中长久接触之后，结果并不是和谐的混合共处，更多的情况是一种语言对另一种语言的支配！在形成克里奥尔法语的殖民地社

---

① Édouard Glissant, *Introduction à une Poétique du Divers*, Paris: Gallimard, 1996, p. 34.

② *Ibidem.*

③ *Ibidem.*

会更是如此。”[①]这一论断并不能满足人们对混合语言的美好幻想，反而使人们对全球化的担忧变成了现实：差异遭到压制，弱小的语言遭遇了排挤，不同的用法和不同的思想遭遇了打压，而所有这一切都与霸权主义有关，与媒体、网络和全球化市场的形成有关。格里桑希望以语言的“克里奥尔化”为基点，在全球范围内实现一种相互沟通、碰撞和“关联”的进程。这一进程既没有确切的内容，也不需要特定的模式。在他看来，“克里奥尔化”既包含又超越杂合概念或文化适应概念，在顺应全球化进程的同时，在其内部抵制统一性，抵制强势文化对弱势文化的支配行为。“克里奥尔化并不是融合，而是要求每个组成部分都能坚守自我，哪怕自己已经起了变化。”[②]几乎在其所有的随笔中，格里桑都曾提及世界的克里奥尔化。虽然表达方式有所不同，但他始终强调克里奥尔化可能带来的矛盾，强调在这一进程中难以避免的冲突，强调与和谐旋律同等重要的不和谐旋律。在《多样性诗学导论》(*Introduction à une poétique du divers*)中，他这样写道：

> 世界正在克里奥尔化，意思是说，在今天，世界上的各种文化以令人震惊的、绝对自觉的方式相互发生关联，通过不可避免的碰撞、无情的战争，通过意识与希望的推动进行交流，并因此而发生改变。可以说(……)今天的人类社会正在放弃某种长久以来所坚持的东西，即一个人的身份只有在与其他所有人身份相同时才有价值，才可辨认。[③]

在格里桑看来，“在新美洲发生的以及正扩大到其他美洲地区的克里奥尔化，与在全球范围内所发生的克里奥尔化是一样的情形”[④]。他援引加勒比地区作为范例，强调克里奥尔化对于全世界的普遍意义：

---

① Robert Chaudenson, *Des Îles*, *des Hommes*, *des Langues*, Paris: L'Harmattan, 1992, p. 281.

② *Ibid.*, p. 210.

③ Édouard Glissant, *Introduction à une Poétique du Divers*, *op. cit.*, p. 14.

④ Ibid., p. 14.

“我所说的克里奥尔化是在世界大地(monde-terre)上完全实现的相遇、互涉、碰撞,以及文化间的和谐与失谐。我的建议是,今天全世界都应群岛化、克里奥尔化。”①最终,克里奥尔化的世界将是一个巴洛克式的世界,一个美好的世界,所有的一切都在交流中发生变化。

1997年,格里桑提出了一个有关“一体世界”的新理念。这一理念主要出现在小说《一体世界》(tout-monde,1995)和随笔集《一体世界契约》(1997)之中。格里桑综合了二十世纪九十年代以来的所有思考,用“一体世界”这一概念对不同文化之间的相互渗透进行高度的概括。“一体世界”这一概念可以视为他对“克里奥尔化”概念的进一步拓展。那么,格里桑心目中的“一体世界”究竟指的是什么呢?先让我们来了解一下这个词的构成吧。“一体世界”(tout-monde)一词由形容词“tout”(全部的,整体的)和名词“monde”(世界)两部分构成,但这个词作为一个整体在法语中并不存在。法语里与之相关的约定俗成的短语有“monde entier”(全世界)和“tout le monde”(所有的人),但“tout-monde”是一个生造词,以前从来没有人使用过。事实上,“tout-monde”是根据克里奥尔法语“tout moun”仿造而来的,相当于法语中词组“tout le monde”,意指“所有的人”。不过,“tout le monde”与“tout-monde”虽然只相差一个定冠词“le”,但意义相差很大。前者指代的并不是抽象的普遍性,而是一个模糊的群体,一些常常带着偏见思考平常人。正因为如此,作者才选用了后一种表达。因为他想要强调的是每个个体的差异性,是每个个体的自我表达,也就是胡塞尔所说的“意见”(doxa),或者说是一切非客观的、非同一的信仰或想法。“tout-monde”一词的使用让读者听到了一个被殖民者的口语,感受到了被还原了的生活场景。虽然“tout le monde”与“tout-monde”在构成上相差无几,但是却能够阐释出不同的立场。格里桑煞费苦心,通过这一对法语的“挪用”

① Édouard Glissant, *Traité du Tout-Monde*. (*Poétique IV*), *op. cit.*, p. 194.

(appropriation)，在“tout-monde”这个词里承载了克里奥尔人的思想和文化，让我们在法语中感受到了克里奥尔语的存在，在书面语中感受到了当地口语的生命力。因此，在“一体世界”一词中，暗含了作者对克里奥尔化的一种想象：在一种语言中听到另一种语言的声音。两种语言浑然一体，没有控制与被控制之分。在语言中如此，在其他层面亦然。“一体世界”并非一个新的思想体系，而是一种能够让我们换一种方式思考世界的语言。

这种克里奥尔化的想象诞生于他的小说《一体世界》之中。在写这部小说的时候，格里桑对“一体世界”还没有形成理性的认识。他以小说的方式，以一种非系统化的、绵延不断的方式尝试描述了这种新的“语言”，没有滴水不漏的说理和论述，而是通过人物的对话，通过讲故事的方式来让我们想象和思考。其实，在格里桑正式论及何为“一体世界”之前，我们就已经在小说人物龙古埃(Longoué)的嘴里听到过相关内容。小说《一体世界》的创作早于《一体世界契约》一书。相对于逻辑说理，小说能够构筑一个想象的世界，通过书中人物悲惨的或滑稽的遭遇来思考“一体世界”的理念。正是在小说思考的基础上，格里桑才进一步写出了说理性的随笔集《一体世界契约》。他的“一体世界”思想来源于贩卖黑奴的经历。在格里桑看来，这种“契约”直接来源于“贩卖”行为。正如小说中的人物帕诺普利(Panoplie-Philosophe)所说：“什么契约？低等世界的契约！别再背这些契约了！我们是些什么人？被虐待的人！……”[①]在这里，我们可以发现“一体世界”这一概念并不是像我们所想象的那样，并不是对世界的系统思考，而是对这种系统思维的彻底颠覆，是一种开放性的思想。这种思想既考虑世界的多样性，也重视那些操少数语言或地区语言的民族。譬如，说克里奥尔语的人只会口语，他们并不识字，但是他们反而能够勾勒出一块公共场地，向世界展示了充满活力与生机的多样性，格里桑称这种多样性为“多元性”

① Édouard Glissant, *Traité du Tout-Monde*. (*Poétique IV*), *op. cit.*, p. 238.

(diversalité)。这种“多元性”源于广大殖民地人民共同的苦难经历。正是这种共有的经历创造了安的列斯群岛的历史，正如“一体世界”即将创造新的历史一样。

格里桑的小说属于刻意的历史回忆。那个时候，“黑人特质”的箴言被放到了一边，颂扬黑人种族和文化的特异性和独创性已不再那么盛行。身份的定义将不同集体联系到了同一个理想之中，尤其注重文化的互补与融合。格里桑对身份的探寻始于《裂缝河》，随后，在描绘安的列斯宏伟历史画面的《第四世纪》中也进行了探寻。通过对过去的反思，通过梳理一段被歪曲了的、碎裂不堪的历史，小说让过去的那一切变得易于理解。他所说的话，他所做的一切，他勇于探索的执念明晰地给我们传递出了一个深刻的道理。他用法语和克里奥尔语混合方式来进行创作，给法语语言赋予了一种神奇的魅力或魔力。他是当之无愧的世界一流小说家，完全可以与福克纳、卡庞蒂埃、加西亚·马尔克斯平起平坐。他的《第四世纪》堪称中美洲的小说之杰作。格里桑娴熟地掌握了独特的写作技巧。在《马勒莫尔》(*Malemort*)、《工头的小屋》(*La Case du Commandeur*)中，他采用了同一种“寻找参照”的写作主题，以及同一种语言的写作策略，他使读者对法属加勒比地区无与伦比的文学永远铭记在心。

有人常常把格里桑与约瑟夫·佐贝尔(Joseph Zobel)进行比较，因为他们的写作都带有明显的自传色彩，其实，这两位作家创作倾向明显是有区别的。就自传体裁而言，菲利普·勒吉恩(Philippe Lejeune)曾有过专门论述。他认为，自传应该由单数形式的第一人称来叙述，建立在作者、叙述者和人物之间的身份之上，而且自传必须有一个合适的名称，横跨三者的身份并能够将三者统一在一起。① 这样的“标签”必须要在作者与读者之间达成某种默契：“我发誓要说出真相，所有真相，只

① Philippe Lejeune, *Le pacte autobiographique*, Paris, Seuil, 1975, pp. 22-23.

说真相。”①如果缺少上述内容，我们就不能称之为自传。如果角色与叙述者不一致，只能称之为传记，如果角色与作者不那么完全对应，我们只能称之为自传体小说。1928年9月21日，格里桑出生于法属马提尼克省圣玛丽市(Sainte Marie)一个名叫贝索丹(Bezaudin)的小镇上。除他之外，家里还有四个孩子。起初，格里桑随母亲姓戈达尔(Godard)。直到他通过奖学金考试并顺利进入高中之后，他的父亲才勉强承认他是自己的儿子，让他改姓格里桑。老格里桑是当地的一个房产商，个性鲜明，很早就让孩子们见识到了殖民地的残酷现实：殖民者大权在握，被殖民者必须遵循既定的社会秩序。对小格里桑而言，这片养育他的土地成了他日后文学创作源源不断的源泉。尽管他后来移居勒拉芒丹(Le Lamentin)，离开了最初的故乡，但是，在他的笔下，读者仍然发现那片故土给他留下的难以磨灭的印记。关于童年的记忆，他曾这样写道：

> 我的母亲艾德丽安，人们可能觉得她是个特别有勇气的女人，因为她又生下了个小黑鬼。她把我搂在怀中，沿莫尔纳山而下，小河在山脚下流淌，潺潺的水声经久不息。那时，我出生仅一月有余，我都怀疑自己是否听见了那水声，那流散在空中、仿佛浇灌万物的水声。不过，那声音我至今都能在心里听到。茂密的植被遮天蔽日，阳光透过花木普照着大地，虽强烈却不觉得炙热。那场景仿佛发生在昨天，里面枝叶掩映仿如蓝色的夜空，外面却是朗朗乾坤、生机盎然。②

格里桑在勒拉芒丹度过了小学时光。那里的学习氛围十分紧张，老师要求严格，学校里严令禁止说克里奥尔语。1938年，格里桑以优异的成绩通过奖学金考试进入了法兰西堡著名的舍歇尔中学(Lycée

---

① Philippe Lejeune, *Le pacte autobiographique*, Paris, Seuil, 1975, p. 36.

② Édouard Glissant, *La Cohée du Lamentin* (Poétique V), Paris: Gallimard, 2005.

Shoelcher)。这所中学旨在培养未来的国家精英:强调殖民地纪律,同时对学生要求甚高。高质量的教育让格里桑受益匪浅,但与此同时,他也清醒地意识到了自己的被殖民者身份。有一天,他受到一名法国老师的训斥,因为他在一篇作文中使用了一种独特的句法结构,试图用连词“et”(“以及”)作为每一段的开头。不过,这样难熬的岁月后来因一位老师的到来而出现了转机。1940 年,一位名叫艾梅·塞泽尔的年轻老师、哲学家来到他所在的中学,他给学生们讲超现实主义,讲兰波的诗,讲“黑人特质”,所有这一切都让学生们的思想受到了强烈的冲击和震撼。格里桑为这样一位教育家、诗人和共产主义者所折服,这位大师的启蒙也为他日后的文学写作和哲理思考埋下了希望的种子。在舍歇尔中学,格里桑开始尝试创作。那时,他倾心于超现实主义,还加入了当地一个名为“公平竞赛”的青年文学团体。

1946 年,格里桑第一次离开故乡的小岛,踏上了前往法国的求学之路。在索邦大学深造期间,格里桑始终坚持写作:诗作《岛田》(*Un champ d'îles*)于 1949 年完成,1953 年发表。同年,他获得哲学学士学位。后来,他选择了人种学研究方向继续深造。其间,他继续写作,1955 年发表了诗集《不安的大地》。他经常出入于各种文学沙龙,结识了许多志同道合的朋友,并与他们组建了一个以革新诗歌为共同信仰的小团体。1953 年,格里桑回到故乡马提尼克。他开始大量写作,尤其在莫里斯·那多(Maurice Nadeau)创办的《新文学》(*Les Lettres nouvelles*)杂志上发表了许多文章,包括文学评论、美学评论等等。格里桑还积极参与各种文化活动。自二十世纪四十年代末起,他时常与杂志《非洲在场》(Présence africaine)进行合作,甚至与非洲文化协会的执行委员会建立了密切的联系。1956 年,随笔《意识的骄阳》和诗作《印第安》的问世让格里桑名声大振。“那些人流着血,赤身裸体!他们一路上找寻快乐,就像找寻石子一样:捡起来又扔掉(……)我——对你们诉说的我——不会说:这里曾经洒满阳光。我不会说他们曾经孤独,也不会说祭坛是他们的。”①

1958 年，格里桑的文学生涯遇到了一次大的转机。而立之年的他因第一部小说《裂缝河》荣获雷诺多奖桂冠，一时间声名大噪。这部作品讲述了一群马提尼克青年人的反殖民经历，尤其是独特的诗意引起了评论界的极大关注。格里桑作品中叙事的现代性预示着在不久的将来，他将成为去殖民化斗争的关键人物。尽管当时的评论界深受政治思潮的影响，对《裂缝河》的评价免不了涉及人们所热衷的意识形态话题，比如，介入式写作、反殖民主义等等。但主流评论看好的仍然是他独特的构思和新颖的风格。批评家雅克·谢赛克斯(Jacques Chessex)曾这样写道：

> 最近三四年以来，爱德华·格里桑向我们展现了法语新诗最主要的一条创作路径。(……)《裂缝河》不仅仅是一本好书。在出版这部作品的同时，诗人格里桑成了一小部分作家的同仁。近几年来，他们致力于改变小说的面貌，质疑其形式、深层结构，甚至质疑“小说”这个概念本身。②

雷诺多奖不仅使格里桑赢得了评论界的高度评价，而且也让他在广大读者中家喻户晓。二十世纪五十年代，所谓“介入”并不仅仅是个崇高的理念，而是一种实实在在的激情。那个年代，政治斗争异常激烈，知识分子不得不面临艰难的抉择。格里桑也不例外，他选择介入这股政治浪潮，同时又拒绝让自己的文学创作屈从于时局。1956 年，匈牙利十月事件爆发，苏联采取武装行动，镇压了布达佩斯发生的暴动。格里桑与艾梅·塞泽尔、安德烈·布勒东等一批法国知识分子一道，在第一时间对苏联的暴力行为表示了强烈的谴责。当然，格里桑最为人熟知，也是最主要的介入活动仍然在反殖民领域。就这一主题，他曾经

① Edouard Glissant, *Les Indes*, Paris, Seuil, 1965.

② 《洛桑报》，1958 年 11 月 19—30 日。

在非洲黑人学生联盟以及非洲文化协会中掀起论战，并在《非洲在场》杂志上撰文表达自己的观点。他始终强调安的列斯社会的独特性。当时，日益凸显的"非裔"问题无人问津，格里桑不无担忧地指出，必须关注安的列斯作为殖民社会的现状，关注其独特的社会基础。1959年，在罗马召开的第二届国际黑人作家与艺术家大会上，格里桑结识了时任法国殖民部主管的阿勒贝尔·贝维尔(Albert Béville)[①]。他们志同道合，一见如故，在"去殖民化"等问题上看法一致。1961年，格里桑与贝维尔、柯思奈·玛丽-约瑟夫(Cosnay Marie-Joseph)以及律师马塞尔·孟维尔等人共同谋划创立了安的列斯-圭亚那阵线(Front antillo-guyanais)，希望通过这一组织为法属安的列斯和圭亚那的"去殖民化"而斗争。1964年，格里桑的小说《第四世纪》问世，并一举获得了夏尔·维庸国际文学奖。这部作品是他献给朋友、诗人阿勒贝尔·贝维尔的礼物，书中再现了安的列斯群岛上混乱的现实，作者将安的列斯社会的悲惨生活化作了文字。格里桑试图在交织的叙述中呈现被官方历史所抹去的记忆，同时展现殖民地克里奥尔化的历史进程。

1965年，格里桑回到故乡马提尼克定居。此后，他频繁往返于巴黎和法兰西堡，并于1967年在法兰西堡建立了马提尼克研究院。他希望通过教育，帮助安的列斯的年轻人正视安的列斯的历史事实，正视他们自己所处的地理文化环境，反对一切"同化"行为。1969年，诗集《诗歌意图》(*L'Intention poétique*)出版，格里桑从"克里奥尔化"的独特体验出发，深入思考了原初话语的公平性。1971年，格里桑在马斯佩罗出版社创办杂志《阿科玛》(Acoma)，希望通过这一阵地，让安的列斯人自己思考自己的问题，直面安的列斯残酷的社会现实，在寻求自我身份认同的同时，也直面社会最阴暗的角落。这一时期，格里桑对戏剧创作表现出浓厚的兴趣，1961年创作了以海地革命领导人杜桑·卢维杜尔为题材的剧作《杜桑先生》。1977年，该剧由黑人戏剧公司搬上舞台，

---

① 法国作家，笔名保罗·尼日尔(Paul Niger)。

在巴黎大学城剧院成功上演。1975 年，他出版了小说《马勒莫尔》(*Malemort*)，无论是故事情节还是小说结构上都赢得了评论界的赞许。1981 年，格里桑又发表小说《长官的茅屋》(*La Case du Commandeur*)，重点追寻了安的列斯人的文化之根。同年，格里桑最重要的随笔集之一《安的列斯演说》出版，作者借助人类学、社会学、文学和历史学的视角，全方位地展现了安的列斯残酷的社会现实。在写作的过程中，格里桑既抨击了封闭的社会模式，又以开放的心态努力构建新世界的话语。二十世纪八十年代初，格里桑的人生又有了一个新的转折。在应邀至联合国教科文组织发表演说后，他被推举为《教科文通讯》(*Courrier de l'Unesco*)杂志的主编。这是一份极具声望的国际性刊物，有 26 种不同语言的版本，其中有 6 种在巴黎发行。格里桑在任期间，各语种版本数多达 36 种之多。

1988 年，格里桑离开联合国教科文组织，接受美国路易斯安那州立大学的聘请，赴美任教。格里桑对路易斯安那州混杂的文化生态、对那里特殊的地理位置颇感兴趣。当地操法语的居民所说的克里奥尔语更是让他惊奇不已。在那里，他积极组织跨学科论坛，为路易斯安那和安的列斯群岛的交流创造机会。他始终致力于将自己的思想传递给年轻学子。1994 年，纽约城市大学聘请格里桑任研究生院法国文学教授。在美国执教的同时，格里桑作品的国际影响与日俱增。1990 年 10 月 24 日至 27 日，葡萄牙波尔图召开了国际研讨会“不同视野中的爱德华·格里桑”。1998 年，巴黎索邦大学召开了“爱德华·格里桑的诗学”(Poétiques d'Edouard Glissant)研讨会。在索邦大学举办研讨会期间，许多文学界的名人纷纷参会，表达他们对格里桑及其作品的崇高敬意，如尼日利亚作家、诗人和剧作家渥雷·索因卡(Wole Soyinka)，叙利亚诗人、思想家和文学理论家阿多尼斯(Adonis)，以及同样来自法属马提尼克的法国作家帕特里克·夏穆瓦佐(Patrick Chamoiseau)。这一时期，格里桑还相继获得了诸多荣誉，多伦多约克大学、特立尼达西印度大学和意大利博洛尼亚大学分别于 1989 年、1993 年和 2004 年授予其荣誉博士学位。

作为一名作家，格里桑从未停止过文学创作。二十世纪九十年代，他先后出版了三部小说：《一体世界》(*Tout-Monde*，1993 年)、《萨多里尤斯：巴图托人传奇》(*Sartorius: le roman des Batoutos*，1999 年)以及《奥尔姆罗德》(*Ormerod*，2000 年)。此外，从 1990 年起，他还出版了几部随笔，其中最具影响力的当属《关系诗学》(*Poétique de la relation*，1990 年)和《一体世界契约》(*Traité du Tout-Monde*，1997 年)。在他的笔下，作者的"开放"理念始终如一。进入二十一世纪，格里桑发表了一系列重要的随笔，对"关联"概念(La Relation)的阐述愈加深刻，视野也更加开阔，如《世界的一个新区》(*Une nouvelle région du monde*，2006 年)以及《关联哲学》(*Philosophie de la Relation*，2009 年)。可以说，散文集里包含了格里桑思想的核心，拓展了其"诗学"的内涵。

2010 年在美国期间，格里桑的健康状况每况愈下。当年夏天，他回到法国静养，社会活动也减少了许多。11 月，巴黎奥戴翁剧院举办集会，庆祝格里桑诗选《土、火、水、风：一体世界诗选》的出版。格里桑本人到场参加了庆典，这也是他最后一次在公共场合露面。2011 年 2 月 3 日，82 岁的格里桑于巴黎逝世。"世界的鲜活灵魂"，弥留之际，他将这句话挂在嘴边。2 月 9 日，格里桑被安葬于马提尼克的迪亚芒公墓，离海边的奴隶纪念碑不远的地方。

格里桑的文学创作具有鲜明的个性色彩，他对佐贝尔笔下所谓的"我们的故事"表示怀疑。他认为，抛开安的列斯群岛的历史和神话，作家笔下的"我们"以及与之相对立的"我"并不是一回事。他对"我们的故事"存在的可能性总是有所保留："我们"(nous)不堪重负，"我们"(nous)的不可能性决定了"我"(je)的不可能性。马提尼克人听不到"我是谁?"这样的问题，而是常常被问到"我们是谁?"[①]。自传体作品常常书写"我们的故事"，但是，就像兰波说的那句名言"我是一个他者"

① Edouard Glissant, *Le discours antillais*, Paris, Folio, 1997, p. 153.

一样，格里桑坚持认为：我是“我们中的他者”。此外，格里桑认为，加勒比海语言上的“混杂性”或者说“克里奥尔化”（créolisation）和安的列斯人特性（antillanité），意味着一种“语言层面的关系诗学”（poétique de la relation），或者用英文来说就是所谓的“跨文化诗学”（cross-cultural poetics）。在格里桑的笔下，边缘文化、有色人种、特殊族群的审美体验和价值取向得到了充分的体现，尤其是他独特的文化视野越来越受到人们的关注。

2014 年，法国文化交流部将格里桑档案归为“国宝”（Trésor national）之列。2015 年 9 月 21 日，格里桑的部分手稿在法国司法部展出。当晚，法国文化交流部联合司法部和海外行省部举行了隆重的纪念仪式，向格里桑这位黑人作家致敬。在这次浓重的纪念仪式上，马提尼克作家的帕特里克·夏穆瓦佐应邀发表了讲话：“在很长一段时间里，我们都生活在绝对之中。由于历史的分崩离析，我们安的列斯人出现了混杂的身份。多重性已然存在。格里桑从这种新的复杂性出发，意识到所有的民族、文化和个体都在运动，都在相遇。我们的确发现一切事物都在运动中相互发生关联。因此，我们要学会如何在永恒的关系流当中思考自身的身份。‘一体世界’这个概念给我们开拓了新的生存空间，这个生存空间就是整体的世界。”①夏穆瓦佐提及了格里桑思想的缘起，同时也高度概括了他毕生的信念：“一体世界”——这既是格里桑对未来世界的美好展望，也是他所有作品的思想之所在。

综上所述，格里桑对文化身份的探寻始于《裂痕河》，随后，在描绘安的列斯宏伟历史画面的《四世纪》中也有所思考。通过梳理一段被歪

---

① À voir Philippe Triay, *L'hommage de Patrick Chamoiseau à Édouard Glissant : son œuvre nous donne la clé du monde contemporain*, mis à jour le 22 septembre, 2015. URL：http://www.la1ere.fr/2015/09/22/l-hommage-de-patrick-chamoiseau-edouard-glissant-son-oeuvre-nous-donne-la-cle-du-monde-contemporain-288859.html.

曲的、破碎的历史，小说让过去的一切变得清晰可见，一目了然。他所说的话、他所做的一切都准确无误地给读者传递了一种坚定的信念。他用法语和克里奥尔语混合的方式进行创作，给法语语言赋予了一种神奇的魅力或魔力。从这个意义上来说，他可以与福克纳、加西亚·马尔克斯等人平起平坐。格里桑善于在不同的作品里描写同一种主题，采用同一种语言策略，不仅使他的“群岛思想”“安地列斯人特质”“克莱奥尔化”以及“世界一体观”深入人心，而且使他的作品成了世界文学的一个重要组成部分。

第五章　卡马拉·莱伊：用乌托邦的想象悬置残酷的社会现实

非洲最早的一批流散作家可以追溯到二十世纪五六十年代，几内亚作家卡马拉·莱伊(Camara Laye，1928—1980年)就是其中一个重要的代表人物。1928年，卡马拉·莱伊出生在几内亚的库鲁萨市(Kouroussa)，父亲是个勤劳善良的金银匠兼铁匠。由于学习成绩优异，他从首都科纳克里技工学校被保送到了法国阿尔让特汽车中心学校继续深造。1956年，卡马拉·莱伊回到几内亚，做了两年工程师之后开始担任信息部一个研究中心的主任。在接下来的十年里，他为《非洲在场》等期刊写了许多短篇小说。1954年，《国王的目光》问世，这部小说被一些评论家认为是莱伊的最佳作品，故事的主要情节是，一个白人在丛林中寻找一位非洲国王的过程。《黑色少年》的续集是《德拉莫斯》(*Dramouss*，1966年)，这部作品里的非洲梦比以前的作品少了几分怀旧，更多的是社会评论，主人公在巴黎待了六年后回到故乡，发现政治暴力已经取代了他在国外所向往的价值取向和生活方式。从1964年开始，莱伊流亡塞内加尔，并在达喀尔大学从事伊斯兰教研究工作。

莱伊出身于马林凯族。尽管该地区几个世纪前已全面皈依伊斯兰教，但仍保留了祖先万物有灵的思想。他的父亲卡马拉·科马迪(Camara Komady)是一名铁匠和金匠，是马林凯家族的后裔。卡马拉家族的谱系一直可追溯到十三世纪。他的母亲达曼·萨丹也来自一个铁匠之家。莱伊童年时代很传统，充满了幸福感。对他来说，非洲永远是他年轻时的非洲，他总是用情意绵绵的眼睛看着她。

《黑孩子》(*L'Enfant noir*，1953 年)这部小说是莱伊的成名作。在这部作品中，作者回忆了幸福的童年和青少年时代，生动描绘了作坊里的劳作、丰收的庄家、校园生活、非洲的传统节日以及割礼仪式等动人的场面，将马林凯族的社会生活表现得淋漓尽致。卡马拉·莱伊酷爱非洲的传统生活，尤其是法国殖民入侵前的非洲文化。在他的作品里，他对法国的殖民统治深恶痛绝，对非洲黑人因文化变化而带来的悲伤表示了深深的同情。他的小说《黑孩子》集中体现了几内亚人文化身份的割裂与重构。这部小说具有多重文化交织含混的特征，字里行间流露出的并不是同质恒一的情感表达，而是身份游离的自我迷惘，以及传统与现代思潮冲击下的自相矛盾的复杂心态。这种对现代性的渴望以及对传统社会的怀念，成了最早一批流散知识分子的集体意识。在对自身文化身份的割裂性和尝试修复的过程中，有些人走向了怀旧式的神秘书写，但是并不能真正摆脱"他者"留下的痕迹，他们的作品总是建立在一种边界模糊、界限不明的身份指向体系之上。莱伊的自传体回忆与他的个人经历构成了巨大的互文场域，叙事空间与主体所面临的社会空间相互呼应。

《黑孩子》这部小说以法国统治的几内亚为背景，以青少年巴巴为主要人物，描写了巴巴和他的家人生活在尼日尔河畔的动人故事。小时候，巴巴和家人生活在一起，跟家人很亲近，也很幸福。当然，无忧无虑的他也会惹上一些意想不到的小麻烦。后来，为了让巴巴今后过上更好的生活，他的父亲不得不把他送到寄宿学校读书。但是，患得患失的父亲仍然不放心，觉得还没有尽到父亲的责任，最后把巴巴送到了首都科纳克里。可是，在这座滨海城市里，巴巴时而感到兴奋，时而感到困惑。一开始，他总是在学习上信心不足，后来在中产阶级叔叔穆萨和家人的帮助下，巴巴适应了那里的生活。日子就这样一天天地过去了。一年后，巴巴终于以一个成熟的年轻人形象回到了自己的村庄。

在这部小说中，卡马拉·莱伊一方面竭力表现殖民文化所带来的文化异化与割裂；另一方面，他试图想尽一切办法进行文化身份的重构。《黑孩子》的故事发生在1933—1948年，那个时候几内亚还没有独立。故事的开头刻画了生活在几内亚库鲁萨地区的莱伊一家的日常生活，生动地描绘了莱伊爸爸带有神秘色彩的炼金过程，以及母亲的通灵天赋。接着，小说重点描绘了莱伊舅舅家所在的丹迪岗收割水稻的农忙场景。之后，作者为我们描绘了法国人开办的学校、锻炼胆量的习俗，以及残忍的割礼仪式。小说的最后追忆了莱伊考进科纳克里技校在叔父家度过的快乐时光。由于成绩优异，他被保送到法国阿尔让特汽车中心学习。从库鲁萨到科纳克里，再到宗主国法兰西，不同场景的变化象征着主人公莱伊不断走向成熟。但是，在残酷的别离过程中，莱伊意识到了因身份游离而产生的痛苦。因而，他的内心深处不时地会发出这样的问题："我是谁？""我从哪里来？""我要到哪里去？"在小说的开头，借助父亲之口，作者表达了莱伊的未来道路一定会偏离家族的期盼："总有一天，你会离开这个学校，跨进更高的学府，你将离开我，孩子……"[①]面对父亲的不舍和牵挂，莱伊陷入继续上学与留在工坊之间的困惑。在几内亚的传统社会里，炼金术是一个技艺和人品要求极高的职业。在懵懵懂懂的小莱伊眼中，世界上没有什么职业比得上炼金术，唯有炼金的作品才能称得上艺术品。但是，他又无法将自己确定为家族事业的传承者，本能地感受到内心深处有着更为远大的追求。这种身份上的困顿同样表现在丹迪港割小麦时陷入的沉思："我不在这儿生活……也不在父亲的铁匠铺生活，可我到哪儿生活呢？"[②]田野里团结协作、互帮互助的场面深深地感染着他，他体验到了大都市里少有的幸福和温暖。但是，尽管如此，他依然无法排解自身与出身地格格不入的疏离感。当他的叔叔认定他未来不会从事农活时，他尽管极为反感这种将自己身份特殊化的说法，但又仿佛在纷乱的身份迷宫里找到了

① 卡马拉·莱伊：《黑孩子》，黄新成译，重庆：重庆出版社，1984年，第12页。
② 同上，第45页。

一个出口，可能他更喜欢在学校里学习。因此，充斥整部小说的“我不知道”“我没有把握”等说辞在内容上得到了暂时的填补。他选择了一条与家人，以及与非洲传统生活方式截然不同的道路。这种个人意识的觉醒也许是法国殖民所带来的现代性召唤，但是，这种意识又必将在代际传承之间出现一个难以逾越的鸿沟，预示着传统文化在现代性面前的软弱与失落。在得知莱伊将要远赴法国深造的消息后，他的母亲难以接受。她根本无法面对阔别四年后再次别离的残酷现实。悲切之下，她骂儿子“忘恩负义”，将她抛下不管。显然，莱伊母亲的责备不是她个人对母子离别的情感发泄，而是化身为非洲大陆无数母亲对游子的殷切不舍，或者说，是非洲大陆对于流散子民的强烈呼唤。母亲哭着将莱伊紧紧地搂在怀里：“你不会把我抛下不管的，是吗?”①这种带有普遍性的患得患失的不安全感，象征着非洲母亲精神上的失落与情感上的困窘。实际上，家庭内部上演的别离意味着整个非洲大陆正遭受史无前例的文化身份的割裂。当莱伊将远大梦想寄托在几内亚领土之外的“他者”身上时，其实他已跨越了与原生文化之间的距离。从他的身上，我们可以感受到殖民时期流散黑人的心态。这种心态既洋溢着强烈的爱国情怀，对非洲及其家族谱系有着坚定的信仰，但是另一方面，又梦想趋近法兰西帝国的现代神话，对帝国文化有着自发内化的认同。辗转流徙的经历决定了他在不同文化域之间的摇摆，个人际遇同民族文化特性深深地缠绕在一起。

《黑孩子》记录了莱伊童年和青年时期的美好回忆。作者用流畅的、诗意的散文笔触再现了几内亚的美好时光。他描述的非洲传统城镇的生活，是一种田园般的、诗意盎然的生活，其中人的价值是至高无上的。然而，长期以来，这部小说的自传性饱受诟病。其主要的原因就在于，作者对父母神秘能力以及超现实现象的情有独钟。这些元素与非洲本地的风俗交织在一起，构成了一种对传统社会的神话书写。在

① 卡马拉·莱伊：《黑孩子》，黄新成译，重庆：重庆出版社，1984年，第171页。

小说的开头，莱伊从他父亲的口中得知，经常前来探望他的那条小黑蛇竟然是整个家族的守护神。他父亲名扬四海的手艺都应归功于这条能够预知未来的小动物。当“爸爸”用手抚摸小黑蛇的时候，蛇的身体微微颤动着，这在年幼的小莱伊眼中就是一种神秘的、仅限于两人之间的亲密对话。更有甚者，“爸爸”的炼金过程也被赋予了强烈的魔幻色彩：“他的嘴唇一动一动的……这些话不是咒语又是什么呢？难道他不正在向火神与金神，火神和风神祈求保佑吗？”[①]神祇的在场被视为炼金必不可少的条件，在很大程度上体现了非洲原始的宇宙观和精神信仰。莱伊妈妈的形象也具有浓厚的象征意义。一方面，她能干精明，深受当地人敬重；另一方面，从非洲的传统思想来看，紧接着双胞胎之后出生的孩子“赛勇”具有巫师的能力，能够凭借自身的智慧对孪生兄弟的矛盾进行斡旋和调解。小说对“妈妈”的神化可谓登峰造极，尤其是对图腾的描述令人心潮激荡。由于他的母亲继承了外祖父的鳄鱼图腾，当她前往鳄鱼密布的尼日尔河打水的时候，鳄鱼不会对她造成任何伤害。在作家的笔下，母亲几乎成了全知全能的通灵者，不管是对看不见、摸不着的怪异自然现象的化解，还是与动物之间维系的亲缘关系，聪明的读者能够发现非洲原始万物有灵论的痕迹。自然界与人类不再处于凝视与被凝视的二元对立状态，而是走向了更深层次的本体结合。但是，《黑孩子》的神秘书写也难以掩饰背后的怅惘之情，字里行间无不流露出对社会急剧变化的焦虑心态。莱伊写道：“世界在动荡，在变化……我们再也不是我们过去的那副样子，我们再也不是这些奇迹在我们眼前出现时的我们。”[②]

在对父母神秘能力的极度夸张的描绘中，“我”却始终处在“失语”的尴尬境地。作为客观的观察者，“我”时时处处记录着父母家族中发生的超自然现象，但从来不知道这种神秘能力的渊薮。面对母亲在鳄

---

① 卡马拉·莱伊：《黑孩子》，黄新成译，重庆：重庆出版社，1984 年，第 17 页。

② 同上，第 60 页。

鱼前坦然自若的样子,“我”只能向读者坦白自己从来不知道自身的图腾,“我”就像个被排除在非洲原始文化之外的“异邦人”。实际上,这就是现代化进程中年轻一代的身份困惑,也是客居他乡的作者内心深处的异化之感的真实写照,自身的不在场表现了对非洲人宗教信仰与精神迷失的双重状态。毫无疑问,对于几内亚作家莱伊来说,写作成了一种精神上的疗伤,书写神秘成了追寻自我身份的特有方式。在莱伊的第二部小说《国王的目光》中,书写神秘和超现实的表现手法也占有重要的位置。作者曾说:“在布满绝望和骗局的世界里,一切可见的让位于不可见的,不可言明的神秘重新确定了至尊的地位,那是神所在的地方。”①在经历了巴黎的幻灭之后,或许只有神秘的想象才能接近神祇,从而抗拒世事无常的秩序。阿贝尔·库乌阿玛曾经指出:“对他们(作家)来说,不是要对过去的历史和当下事件的过程来进行书写,而是要从这些事件的整个过程中发挥出另一个虚构的叙事……历史与虚构的关系被确立为自我认同与叙事认同的关联点。这个点也是书写话语与叙事话语的连接点。”②面对时代的斗转星移和自身存在的虚无感,在《黑孩子》中,莱伊通过亦真亦幻、虚实结合的手法赋予了非洲文化诸多特性:原始、梦幻、野性和活力等等。作者用鲜活的文字再现了挥之不去的美好记忆,展现了故土的强大无比的感召力,从而激发了对几内亚民族文化身份的认同,用诗意的想象为漂泊的人生提供了休闲的片刻。小说中“小黑蛇”“鳄鱼”等图腾所代表的“无限的神秘”与父母所代表的“有限的生命”被重叠在一起,融合在一起。作者也由此实现了生命意义的融合,在现象流逝的偶然性之外找到了绝对的安心场所,从混乱和异化中找回了自信。

自 1953 年问世以来,《黑孩子》这部有关非洲传统的社会习俗和风

---

① Jacques, Chevrier, *Un écrivain fondateur Camara Laye*, in *Notre Librairie*, No. 88/89, 1987, p. 73.

② 阿贝尔·库乌阿玛:《法语非洲文学中文本意图的来源》,汤明洁译,载《社会科学战线》,2017 年第 10 期,第 138 - 145 页。

土人情的小说就一直受到西方读者的广泛好评和青睐。在非洲大陆，这部作品作为最早一批非洲法语创作进入许多国家的中小学教材。流畅的笔触、平易质朴的语言、真挚的情感表达，所有这些使卡马拉·莱伊成了公认的美誉度最好的非洲作家之一。

当然，《黑孩子》的问世也引起了激烈的论战。问题是，回避沉重社会现实的自传体小说是不是为了满足西方读者的猎奇心理呢？法国前殖民地文学是否能够独立于历史伤疤且不以社会现实为导向呢？非洲最早的一批流散作家可以追溯到二十世纪中叶，他们跟其他时代的流散作家一样，带有时代强加给他们的文化标签。但不同的是，这批作家身处极为复杂动荡的社会，往往被直接卷入地缘政治的旋涡。一方面，他们是非洲传统文化的代言人；另一方面，从某种程度上来说，他们从内心深处认同了宗主国的价值取向，不知不觉地成了殖民神话的共谋者。继“黑人特质”成为热门话题之后，法语作家协会主席雅克·切夫里尔(Jacques Chevrier)提出的“流动性”(Migritude)这一概念引起了评论界的高度关注。人们不约而同地将目光对准了自二十世纪八十年代以来定居在法国等地的非洲裔作家。如果说这些作家的文学创作有一个共同的特点，那就是“流散书写”。边缘体验、身份焦虑、种族歧视、文化寻根等，所有这些主题成了他们笔下最为重要的思考对象。在这一类作家中，用法语进行文学创作的几内亚作家卡马拉·莱伊就是其中一个最为杰出的代表。

1955年，有位叫蒙戈·贝蒂的喀麦隆作家在《非洲在场》杂志上曾发表了《黑色的非洲，玫瑰色的文学》一文，他把几内亚作家卡马拉·莱伊的《黑孩子》称作“玫瑰文学”。他觉得，莱伊为了刻意消除西方对非洲的刻板印象而忽视了表现非洲真实的一面。① 在文章中，他旗帜鲜明地提出了法国前殖民地文学的根本任务，首当其冲的一条，就是要揭

---

① Mongo Beti, «Afrique Noire, littérature rose », *Présence Africaine*, Vol. i-ii, No. 1-2, 1955, pp. 133-145.

露法国的殖民历史及其罪恶……书写撒哈拉沙漠以南的非洲，就是选择支持还是反对法国的殖民统治，作家不能对其避而不谈。文章一发表便引起了非洲大陆整个学界的激烈论战。法国前殖民地文学究竟“为谁写?”“写什么?”“怎么写?”等话题进入了大众的视野。在蒙戈·贝蒂看来，《黑孩子》就是一部为取悦西方读者而对非洲社会现实进行美化的作品，作者刻意淡化了几内亚沉重的殖民历史和残酷的社会现实，用理想化的写作构建了一种文学奇观，而这种奇观与非洲大陆的现实主义文学相去甚远。这里应该指出的是，几内亚一切文学基础的建设都依赖于法国，这造成了自身受制于宗主国的被动局面。任何与宗主国格格不入的作品都会遭到查封，严格的审查制度扼杀了相当一部分几内亚作家的才华。为了躲避审查，作家们不得不流散海外。几内亚文学生态四分五裂，呈现出了碎片化的特征，未能形成群体的整体意识。要理解和把握莱伊的创作，我们就必须要了解这一残酷的社会现实。莱伊回避了现实主义创作手法，但是用文学虚构的方式来拐弯抹角地隐射身边的一切。其实，怀旧文学同样也是一种非洲民族文学的书写形式，对宣扬非洲传统文化、提振民族自信心起到了十分重要的作用。《黑孩子》固然有美化法国殖民地之嫌，但作者对于几内亚传统文化的热爱，对于非洲原始宗教的书写都是基于一种引以为豪的民族情感。这对非洲文化的弘扬具有十分重要的意义。

就法国前殖民地法语文学的价值取向而言，“文化身份”是人们最为关切的核心。写作遭遇了外部力量的干扰之后，在符号的建构过程中消解了主流叙事，这种写作就是霍米·巴巴后殖民理论中所说的通向调和的“第三空间”。文化身份问题直接面向主体身份，文学作品就像主体在与“他者”或“他世界”的关系中所经历或想象的空间。法国解构主义理论家福柯始终坚信:话语就是权力。在他的眼里，话语内部存在着一种制约、役使、支配或者界定社会实践主体的力量。这种话语也渗透在非洲作家的个人经历和写作实践之中。就几内亚作家莱伊来说，他早期赴法深造就是塞内加尔知识分子的一个小小的缩影。他的教育经历在风云变幻的时代中被赋予了深层的意义。众所周知，二十世纪二三十年代是法国在非洲办学方兴未艾之时，法国人对非洲学生在语言文字、宗教理念、思维方式等方面的渗透和同化已构成一种“润物细无声”的殖民文化景观。法国人通过资助留学把非洲学生的个人发展与宗主国海外拓展战略联系在一起，试图通过潜移默化让非洲人在不知不觉中对法国文化产生情感上的认同。莱伊选择留法深造看似无可非议，而实质上他的选择早已被纳入法国文化战略的考量之中。在二十世纪的非洲，几内亚作家可以被视为法国殖民教育下的特权阶层，其中，有不少人先后进入了国家的权力中心。莱伊学成回国之后被任命为政府的外交官，从某种意义上来说，他的个人发展也体现了法国文化渗透路线的一部分。尽管《黑孩子》一问世就获得了西方文坛的高度评价（这也是“玫瑰色文学”这一看法的由来之一），但是，费尔迪南·奥约诺（Ferdinand Oyono）、詹姆斯·奥尔尼（James Olney）、克里斯多夫·米勒（Christopher Miller）等一批非洲作家或评论家不以为然，他们对《黑孩子》的评价始终停留在“幼稚”“虚幻”“自恋”等印象里。他们觉得这部小说并非取材于真实的非洲体验，而是更多地满足了西方的审美逻辑，有媚俗之嫌。此外，这部作品的写作背景也遭到非议，有人认为莱伊是在欧洲人的鼓动下之撰写的。小说文本的产生受到了西方价值评判体系的监督和规训，不可能出现任何有损殖民主义或有损西方形象的元素。这样的写作在受众和语言层面都是一种毋庸置疑的异化行为。

在《异化颂》一文中，非洲学者艾琳提出了十分新颖的观点，她觉得非洲现代文学中的任何表达都与在非洲人民心中对殖民行为的病理情结有关。[①]莱伊等一批非洲作家对传统社会的怀旧书写、神秘建构乃至神性的称颂，都无法回避一个既定而深刻的事实。但是，艾琳同时认

① Kevin Frank, *Censuring the Praise of Alienation: Interstices of Ante-Alienation in Things Fall Apart, No Longer At Ease, and Arrow of God*, The Johns Hopkins University Press, Vol. 34, No. 4, 2011, pp. 1088 - 1100.

为，非洲在拥抱异化的过程之后，逐步过渡到意识和身份的双重独立阶段，异化是非洲人走出困境的唯一出路。那么，我们究竟如何理解艾琳的“异化颂”呢？我们认为，艾琳笔下的异化并非对殖民同化行为本身的赞颂，而是一种对特定历史环境下身份杂糅性的正视和接纳。只有客观地认识到一切表达都是殖民行为的产物，我们才能够在包容“他者性”的基础上展开积极的行动，向外做出更多“求异”的身份探索。不断涌入的新鲜元素由此构成了本体对外界的反抗和挑战。从这一点来看，莱伊的神秘书写凭借其“异质性”表达了对西方现代性叙事的消解和颠覆。实际上，莱伊的写作时常表现出同化与抗争并行的特点，文本之中并非全然没有对社会现实的回应。在《黑人法语作家的抗争》一文中，阿奇里加（Jingiri J. Achiriga）指出，《黑孩子》并不是一派祥和安宁，那只是个表面现象而已。这部小说旨在通过对过去的追忆表达对残酷现实的抗争，转向过去只是因为现实遭到了否定。[①] 如果说莱伊的写作主要面向的是广大的西方读者，那么小说中非洲传统诗性元素的存在便成了一种看似混乱的、无序的、不确定的杂糅美学，因为作家成功地将外部力量的牵引导向了未知的开放场域，打破了原本单一的、稳定的西方秩序，动摇了其不容置喙的专断权威，在“震动”中走向了兼容调和的所谓“第三空间”。话语在语义生成和符号的构建过程中逐渐偏斜了原本的轨迹，因而出现了话语与“反话语”共生并存的现象。

卡马拉·莱伊的《黑孩子》深刻地反映了一个非洲儿童的心路历程。从自传体的角度来看，叙事首先是作者自己想要展现的故事。作者成功地克服了殖民主义带来的自卑心理，最终获得了广泛的赞誉。在《黑孩子》中，个人的经历已超越个体层面而成为集体记忆，回到了原点，寻回了儿时的记忆或非洲的根源。从小说的题目来看，作者试图通过自己的自传来展现非洲儿童的形象，表达对母亲达曼·萨丹（Daman

---

① Léonard Sainville, *Revue de La révolte des romanciers noirs de langue française*, in *Présence Africaine*, Nouvelle série, No. 91, 1974, pp. 162 - 165.

Sadan)，以及对黑人女性崇高的敬意。这不仅出现在小说的开头，还体现在叙事过程中的各种不同场合："我知道我母亲所表现出的权威似乎令人吃惊。多数情况下，人们认为非洲妇女的地位是低下的。确实，在一些国家，妇女的地位很低，但是非洲幅员辽阔，差异很大。在我们国家，这种习俗中有一种固有的、与生俱来的独立意识和自豪感；只有愿意被侮辱的人才会被侮辱，而女人很少被侮辱。"①在一个动荡不安的时代，非洲局势十分紧张。作者给我们描绘了一个田园诗般的无忧无虑的非洲；在那里，小卡马拉回忆童年时代在库鲁萨幸福而美好的时光，特别是祖父母的小村庄廷迪坎。那些地方令人想起一个个人无法离开群体而存在的时代。生活就是与父母、朋友、亲戚、生意人相处。莱伊总是有人陪伴，成了团队里的一员。作者回忆了与他人相处的日子，那时候的人与人的关系体现了团结和对他人的信任："他们在唱歌，他们在收割；他们齐声唱歌，一同收割。他们的声音交织在一起，他们的手势不约而同。他们团结成一人，一起工作，一起唱歌。志同道合，每一个人都享受着完成一项共同任务的快乐。"②那个时候，黄金冶炼是个令人兴奋的集体活动："没有什么比冶炼黄金能让我更兴奋的了；也没有什么比冶炼黄金更高级、更需要技巧了；每一次都像组织一次聚会，一次真正的、打破了单调日子的聚会。"③

《黑孩子》中叙述的故事发生在人与自然关系之中，更具体地说，发生在最野蛮的或最和谐的那个时代。可怕的物被超自然所驯服，消除了人们的疑虑和恐惧，给人们带来了一片祥和的感觉。至于主人公的母亲，她拥有丈夫种姓的力量，并继承了他的图腾：鳄鱼。当然，面对遗憾，面对殖民者所造成的精神伤痛，小男孩的目光时而也会变成局外人的目光。他对属于自己的东西感到陌生，因而无比痛苦。"但是世界在变动，世界在变化，我的世界可能比任何其他人都变得快，所以我们似

---

① 卡马拉·莱伊：《黑孩子》，黄新成译，重庆：重庆出版社，1984 年，第 73 页。
② 同上，第 63 页。
③ 同上，第 24 页。

乎不再是我们原来的样子，实际上我们确实不再是以前的我们。当这些奇迹在我们眼前实现的那一刻，我们就已经不再完全是我们自己了。”①

从非洲特定的文化来看，莱伊推动了一种具有参照意义的叙事话语，并代表数个世纪以来一直被边缘化的整个种族。在一定程度上，他接受了一定的文化差异或找回了文化上的认同。在《话语大师》(*Le maitre de la parole*)一书中，卡马拉·莱伊试图强调非洲口传文化的重要性，并以此来提高非洲人在当代世界中的地位。卡马拉·莱伊曾经说过，在非洲比在欧洲更接近生命和事物，其原因其实并不神秘。也许非洲人只是过着不那么忙碌的生活，也不那么分心：确实是这样，那里很少有什么花招或设施能够形成遮挡我们的屏障。

在法国和非洲文化的双重影响下，怀旧成了莱伊摆脱彷徨与不安的重要手段。通过个人记忆的书写，作家从“无根”和“边缘”走向了精神上的“独立”和“自主”。虽然这种怀旧带有神秘主义和理想主义的色彩，但是通过这一手段，主体与社会之间的联系得到了加强。神话书写成了莱伊抗拒现代社会的一种方式，我们不能简单地将他的作品视为一种纯谄媚或纯媚俗的政治文本。《黑孩子》所营造的乌托邦，可以被理解为作家个人和所有几内亚人的美好梦想。毋庸置疑，莱伊用玫瑰色的想象悬置了残酷的现实，为漂泊在异国他乡的游子提供了心中的乐土。

---

① 卡马拉·莱伊：《黑孩子》，黄新成译，重庆：重庆出版社，1984年，第80页。

第六章 阿尔贝·曼米：当代突尼斯犹太人的代言人

阿尔贝·曼米(Albert Memmi,1920—2020年)是突尼斯第一位小说家,是马格里布地区获奖最多、享有国际声誉的法语作家和思想家之一。1920年,曼米出生在突尼斯城的犹太人社区。他的父亲是意大利犹太人,靠经营手工马鞍店为生。他的母亲是柏柏尔人,目不识丁,在家照料12个孩子,是个典型的家庭主妇。曼米在犹太语和阿拉伯语混杂的环境中长大。由于小学成绩出众,他获得了一笔高额奖学金,并顺利地进入由以色列国际联盟(Alliance israélite universelle)创办的学校。初中毕业后,他进入突尼斯卡尔诺中学(lycée Carnot)正式接受法语教学。在那里,他遇到了两位恩师安路西(Jean Amrouche)和巴特利(Aimé Patri)。从此,他立志从事哲学和文学研究。高中毕业后,他就读于马格里布地区文学文化运动的中心——阿尔及利亚大学。然而,第二次世界大战的战火很快波及北非,维希政权接管了法国在北非的殖民地。不久,犹太人在大学里被除名,曼米被德军抓捕。第二次世界大战结束后,曼米前往法国索邦大学攻读哲学。1951年,他在巴黎跟信仰基督教的阿尔萨斯姑娘结婚。婚后,曼米携妻子回到突尼斯,并任教于卡尔诺中学。1953年,曼米发表第一部自传体小说《盐柱》(*La Statue de sel*)并大获成功,次年发表小说《琼脂》(Agar)。1956年,突尼斯独立前夕,曼米决定移居巴黎,1973年加入了法国国籍。

曼米最具影响力的社会学著作是《被殖民者肖像》(*Portrait du*

colonisé，1957 年）。这部作品分析了殖民者和被殖民者的处境，论述了他们在各自的角色中的所作所为。曼米对人剥削人、人压迫人的制度深恶痛绝。这种思想倾向主要集中体现在《犹太人肖像》（*Portrait d'un Juif*，1962 年）和《被统治者》（*L'Homme dominé*，1968 年）等作品中。他的论文集《被统治者》思考和分析的主要对象是妇女、黑人以及传统意义上的被统治者，对他们的悲惨遭遇寄予了深切同情。作为一名作家和文学评论家，曼米对北非法语文学做出了巨大贡献。在巴黎高等研究院，他创立并指导了北非文学研究小组。他的反殖民、反压迫思想立场跟他所生活的犹太人聚居区有关，跟他自己所处的复杂身份有关。在突尼斯，他是欧洲人中的阿拉伯人、资产阶级中的犹太人、一个被法国文化同化了的犹太人。这种身份为他的第一部自传体小说《盐柱》（1953 年）提供了极为丰富的创作素材。这部作品一问世便获得了迦太基奖（Prix de Carthage）和费乃翁奖（Prix Fénéon）。此外，他还出版了有关不同种族通婚问题的小说《阿加尔》（*Agar*，1955 年），一部有关心理反省的作品《蝎子》（*Le Scorpion*，1969 年），一部有关暴力和不公正的作品《沙漠》（*Le Désert*，1977 年）。由于篇幅的限制，在这里我们就曼米的处女作《盐柱》展开论述，深刻揭示作家笔下二十世纪北非犹太人所遭遇的文化身份问题。

《盐柱》的主人公叫亚历山大·莫德凯·贝尼鲁奇（Alexandre Mordekhaï Benillouche）。这个名字具有三重文化的特性：亚历山大（Alexandre）代表的是法国文化，莫德凯（Mordekhaï）象征的是犹太人的历史和文化，而贝尼鲁奇（Benillouche）则指向阿拉伯—柏柏尔文化。众所周知，这三重文化是互相排斥的。亚历山大出生在犹太区边缘的死胡同塔尔弗纳（Tarfoune），胡同的一头是公墓的高墙。胡同闹中取静，将喧闹无比的阿拉伯社区严严实实地隔离在外。童年时代的亚历山大是属于家庭的，是属于那个死胡同的，生活在特定的规则中并乐意接受违规的惩罚。这种归属是与生俱来的，根本不需要解释和思考。

那个生活区在小主人的内心深处是巨大的、安全的、完整而统一的。亚历山大七岁到以色列联盟学校读书的时候，虽然学校仍然在死胡同内，但是封闭的世界已然被打开。说话的口音是区分社会身份的一个重要标志。亚历山大讲的是阿拉伯语的突尼斯方言，在其内心深处，穆斯林小孩的阿拉伯语口音是字正腔圆的。但是，当他真的学着向穆斯林口音靠近的时候，不仅让犹太同学感到可笑，而且让穆斯林小朋友也难以接受。亚历山大成了“另类”，失去了内心的平衡和精神的归属。在《盐柱》中，曼米为我们生动地刻画了突尼斯社会群体之间的隔阂，而隔阂主要来源于宗教信仰。突尼斯的犹太人之于穆斯林就如同维也纳人之于德国人。[①] 在突尼斯犹太人的意识中，阿拉伯语是信伊斯兰教人的，而伊斯兰教是可以与阿拉伯文化画等号的。犹太人嘴里的阿拉伯语仿佛就是他们“借来的”语言，具有不由分说的“他者性”。在这部小说中，曼米很少提及突尼斯人这一概念，而且根本就没有把生活在那里的犹太人看成真正意义上的突尼斯人：“我的同学有法国人、突尼斯人、意大利人、俄罗斯人、马耳他人，也有犹太人。”[②]这句话看起来没有任何语病，但是国籍的分类似乎时刻提醒着我们，在突尼斯犹太人的认知中，突尼斯人中并不包括生活在那里的犹太人，哪怕是在那里生活了若干代，犹太人是被突尼斯这个民族身份排斥在外的。年轻的亚历山大进入法语中学后，仿佛进入一个被西方目光所建构的东方形象之中。他成了这个形象具象化的所指，招来了同学们好奇的围观，甚至是鄙视和嘲讽。

从词源学的角度来看，亚历山大这个名字源于犹太教祭司长家族马加比家族的英雄人物，使用这个名字仿佛就是向世人大声宣告：“我是犹太人！”“我住在犹太人社区”“我是本地土著人”“我遵循东方的风俗”“我是个穷鬼”[③]。在这些话语的背后，读者理解到的则是西方人视

---

① Albert Memmi, *La Statue de sel*, préfacé d'Albert Camus, Paris, Gallimard, 1966, p. 43.

② Ibid., p. 119.

③ Ibid., p. 108.

野中的东方人以及他们的野蛮、落后和贫穷。亚历山大暴露在这样一种视野里,成了彻头彻尾的“另类”。面对冷嘲热讽,他变得很敏感,而且对他人充满了敌意和攻击性。他总是猜测别人的笑容和耳语,试图通过对方的眼神来读懂其心思,对别人随口说出的一个词或一句话也要掂量半天。只要听到别人议论什么,他就毛骨悚然,甚至产生一种难以克制的冲动。在长期的冷嘲热讽中,西方视野中建构起来的概念和特定的价值判断成了一种定式,也就是犹太区人成了“贫穷”的代名词,东方习俗可与“迷信”和“落后”相提并论。这一概念被内化到主人公的精神世界里,而且让他接受了所谓的“本质”。亚历山大自己穷,因而觉得犹太人的本质就是穷,而且是天生的、永远的穷。显然,他从内心深处产生了对“他者”的艳羡崇拜以及对自我贬低的情绪。为了摆脱这种自我否定的情绪,亚历山大不断地试图放弃自身与西方文化相异的那部分,想以此来逃避饱受讽刺挖苦的“卑贱”身份。书写自己名字的时候,他会下意识地省略掉“Mordekhaï”这个具有犹太人身份的名字。在学校读书的时候,他拼命练习小舌音,希望获得纯正的巴黎口音。遗憾的是,他怎么也无法在演讲的时候,同时兼顾巴黎口音和他自己的思维逻辑。另一方面,他试图通过追溯家族的历史,并以此来证明自己出身的高贵,获得精神上的自我肯定。然而,家族的历史已模糊不清,勉强考证出来的身份却迎来了更加残酷的现实:“我是柏柏尔部族的后裔,而柏柏尔人不承认我,因为我是犹太教徒而不是穆斯林,来自城市而不是大山。我继承了画家的姓氏,但意大利人并不欢迎我,因为我是非洲人而不是欧洲人……我仅仅是殖民地国家里的一个土著人,反犹世界中的一个犹太人,欧洲至上世界里的一个非洲人而已。”[①]曼米成了永远被排斥、被抛弃的流亡者,在历史和当下都无处可依。在《意识形态与意识形态国家机器》中,阿尔都塞曾把教育视为具有一种典型意识形态

① Albert Memmi, *La Statue de sel*, préfacé d'Albert Camus, Paris, Gallimard, 1966, p. 109.

的国家机器，显然，这种机制在宗主国对殖民地的统治中也同样存在。

在《盐柱》这部小说中，亚历山大不由自主地将基督教堂的富丽堂皇与犹太教堂的简陋进行比较，对基督教教士绚丽无比的服装与犹太教士破烂的衣衫进行对照。他对基督教徒很欣赏，同时又觉得自己背叛了犹太教的信仰。[①] 因为这种欣赏并不是来自基督教堂本身，而是源于他所接受的法式教育。法国学校通过文学、文化、历史、艺术等课程展现一个被美化了的基督教形象，并将这种形象植入学生的内心深处。这对作为殖民者后裔的学生是一种爱国主义教育，对于接受法国教育的土著人也是一种极为理想的同化手段。看到基督教堂的那一刻，从前通过教育埋下的种子一下子发芽了。一切都得到了印证，他从内心深处产生了对西方文化的认同感。当然，这种对基督教的欣赏并不意味着亚历山大转而皈依基督教，而只是他心中理想化的法国文化和法国人形象的一部分。接触到西方现代的科学知识之后，亚历山大对哲学产生了浓厚的兴趣，这完全改变了他对生命的理解。他积极地思考着欧洲人思考的话题，尤其是有关艺术、道德、机器时代、社会主义等等。相比之下，对犹太人安息日能不能开车这样的问题在他看来显得很无聊，传统的宗教仪式显得荒诞可笑。他开始渴望走出这种僵化的宗教生活。亚历山大欣赏法国人简洁精准的表达和礼貌绅士的举止，他仿佛在法式思维方式和生活方式中看到了一种社会的解放和智力的解放[②]。相比之下，本民族的人在他的眼里显得粗鲁无知，说起话来唠唠叨叨，而且不着边际。这种巨大的落差使亚历山大对本民族产生了失望的情绪。经过美化的崇拜排斥一切不遵循其规则的存在，最终演变成了一面自我观照的镜子。这面镜子从对他者的盲目崇拜中投射出了自身的失落心理和可笑的矮化现象。

---

① Albert Memmi, *La Statue de sel*, préfacé d'Albert Camus, Paris, Gallimard, 1966, p. 66.

② Lajri, Nadra. *Des maux et des mots* : *Une lecture de La statue de sel d'Albert Memmi*, in *Études littéraires*, volume 40, No. 3, 2009, p. 181.

亚历山大凭借优异的成绩如愿以偿地进入了综合性大学。他想借由学术研究进入这个世界，然而，第二次世界大战爆发了。法国沦陷，维希政权将他打回了犹太人的原形，强迫他带上歧视性的六芒星，并把他交给了德国纳粹。具有讽刺意味的是，这次居然是那些亚历山大在精英学校十分厌恶的犹太富二代间接地将他从劳动营中解救了出来，而他极为崇拜的哲学老师则对他避之不及。当他满怀希望想要加入戴高乐领导的“自由运动”时，人们要求他把犹太名字改成穆斯林的名字“穆罕默德”(Mohamed)，否则就不让他实现自己的心愿。后来，他用括号在登记簿上毅然决然地写上自己的犹太本名，而且头也不回地离开了军营。法国存在主义作家萨特一针见血地指出：犹太人是被其他人视为犹太人的，犹太人并非不可同化，恰恰相反，反犹主义者将他们死死地钉在犹太人的身份上，让他们不得不意识到自己是犹太人，而且除了成为犹太人，他们不能融入其他任何民族和组织。①

“La statue de sel” 在法语中是“盐柱”的意思。这部小说的题目来自《圣经》里的一个典故。有一天，上帝派了个天使去告诉罗得夫妇赶紧逃离他们的居住地。天使反复叮嘱，逃离时千万不要回头，可是，罗得的妻子在逃离的过程中忍不住地回头看。于是，她化作了一根盐柱。曼米用这个典故作为这部小说的题目，用意不言而喻。在这部小说中，具有不同文化背景的主人公亚历山大不断地回望自我，不断对自己的身份探寻。这样的举动在曼米看来跟罗得的妻子是同一回事。小时候，亚历山大被所有人瞧不起。学校的同学看不起他，老师对他有偏见。哪怕是跟朋友一起看电影，也因为他的身份遭遇他人扔果壳和垃圾。但是，这还不是故事的全部。因为家里穷，他住在犹太人聚居的贫民区，穿别人剩下的衣服。父亲后悔送他到学校读书，因为他觉得这样的话，他的儿子就无法早日赚钱养家。同学们优越的生活，甚至是资产

---

① Jean-Paul Sartre, *Réflexions sur la question juive*, Paris, Gallimard, 1956, p. 84.

阶级的出身给他带来了精神压力。第二次世界大战期间，作为被拘押的犹太人，亚历山大在劳工营见证了各种卑劣的行径。此外，由于他接受的是法国教育，在劳工营里就连跟本地的突尼斯人说句话也感到不自在，不会说方言让他感觉生活在另一个世界里。他曾经努力学习法语，努力学习法国文化。他想要融入更高级的法国背景里，然而法国同学看不起他，就连自己最喜欢的教授也拒绝帮助他，甚至拒绝帮忙隐藏他。那么，他本民族的犹太文化是否靠得住呢？答案是否定的。在他与本地人交流时，他的犹太人的、被殖民的突尼斯文化背景也遭到质疑，因为本地人并没有把他当成自己人。他究竟归属于哪一种文化呢？既然回不到本民族的文化之中，他是否能够融入一心向往的法国文化呢？当亚历山大想要为法国效力，想要进入法国大学，但是他的名字有犹太文化的味道，学校要他改名，最好改成穆斯林的名字，因为那样比较好操作。所有这一切令亚历山大感到无比迷惘。他究竟是谁？他来自哪里？他又要到哪里去？他想要有所作为，却处处遭遇排挤。他想要回到过去，却发现早已没有退路。在阶级等级中，他试图摆脱贫穷，却遭遇上流社会的排斥，就连喜欢的女孩也无情地离开了他。最后，他不得不离开突尼斯。但是，在前往法国的船上，他跟罗得的妻子一样回望故乡，回望过去的一切。在寻找自己来路的过程中，亚历山大究竟找到了什么？我们无从知晓。但是，可以肯定的是，在这样的一个追寻自我的过程中，他更好地认识了他自己，也更好地认识了我们所在的这个荒诞的世界。

亚历山大的前半生就是在这种不断被不同身份排斥的过程中度过的。每当想要融入某个身份的时候，他就会发现自己的身上有种不一样的东西，阻止他获得一个稳定的、纯粹的归属。客观上讲，《盐柱》中主人公无论怎么努力都无法成为“法国人”亚历山大(Alexandre)，他的不幸遭遇实际上是所有被殖民的犹太人的挣扎和迷惘。由于“他者”文化的干预和排斥，让亚历山大与自身固有的文化产生了隔阂，同时又无法被“他者”文化所接受。这种疏离感让他不得不审视自己。最终，亚历山大将自己的身份确定为被殖民者和犹太人。这种定位绝非主观归属，而是一种现实。他生来就是犹太血统，而且在被法国殖民了的突尼斯长大。这些背景成了他永远无法摆脱的底色。

这部小说不是严格意义上的自传，但是作品中的主人公毫无疑问就是曼米自己。曼米将自己复杂的身世以及定居法国之前所有重要的人生经历都挪到虚构的主人公身上，他让我们发现相互冲突的文化身份给他内心深处带来的挣扎、撕裂、迷茫和痛苦。他不属于任何人，不属于任何团体，他只属于作为自由个体的自己，独立地进行观察和文学创作。年轻的时候，曼米也试图靠近以加缪为代表的法国左翼知识分子，因为他们秉持人道主义精神，也似乎跟他自己一样反对殖民行径。《盐柱》获得如此广泛的影响，一举夺得费米娜文学奖桂冠，并非没有加缪作序的功劳，但是曼米没有成为加缪的信徒。很快，阿尔及利亚战争爆发了。面对紧张的局势，法国左翼知识分子立场尴尬，左右为难。曼米很快洞察到这一点，他将加缪为首的左翼知识分子称作“好心的殖民者”①，但是，他希望殖民地的人民消除对殖民者过于浪漫的幻想。在出版后的五六年时间里，《盐柱》成了所有法国非洲殖民地人民反抗殖民的战斗檄文。他与加缪断绝了来往，直至1960年后者不幸离世也未重归于好。

曼米曾认为民族独立能够为国家带来光明而美好的未来，然而突尼斯独立之后迎来的并不是多民族的民主共存，掌握政权的穆斯林开始压迫、排斥当地的犹太人，不断挤压他们的生存空间。曼米呼吁“政教分离的伊斯兰国家”推行民主政治，给予少数族裔应有的权利。但是，他没有看到任何希望，他决定离开故土突尼斯，前往地中海对岸的法兰西。曼米密切关注世界范围内的犹太人生存处境。以色列建国后

---

① Albert Memmi, *le portrait du colonisé*, précédé du *portrait du colonisateur* et d'une préface de Jean-Paul Sartre, Paris, Payol, 1973, p. 57.

与巴勒斯坦摩擦不断，曼米充分认同以色列建国的必要性和合理性。在1967年第三次中东战争中，以色列占领了整个耶路撒冷并驱赶了那里的巴勒斯坦人。曼米旗帜鲜明，公开支持以色列的进攻。他认为以色列跟法国不同，法国不需要殖民仍然拥有自己的土地，仍然可以发展自己的国家，而以色列如果不"殖民"，犹太人就连基本的生存空间也得不到保证。显然，曼米秉持的犹太复国主义与属于阿拉伯联盟阵营的突尼斯国家意志处于敌对的立场，因而曼米在突尼斯遭到了前所未有的质疑和抵制，以至于对许多人来说，曼米是否属于突尼斯作家成了一个值得商榷的问题。值得注意的是，曼米支持以色列并不代表他是狂热的犹太教徒，与《盐柱》的主人公亚历山大一样，曼米不参与犹太教的宗教生活。在《犹太人的肖像》(*Portrait du Juif*，1962年)中，通过总结并区分犹太主义(judaïsme)、犹太人身份 (judaïcité)和犹太文化特性(judéité)这三个概念，曼米将宗教信仰与犹太人身份区分开来，认为不应用任何宗教的、政治的、经济的、心理的、外在的、孤立的元素，甚至反犹主义的言论来解释犹太人，从而为世界上无数处在各种不同境况下的犹太人，特别是不信教的犹太人找到自身身份认同和归属感的理论依据。此外，曼米并非犹太至上主义者。虽然他认为以色列能够为流离失所、到处流浪的犹太人提供理想的家园，但仍然呼吁必须要建立一个独立的巴勒斯坦家园①。曼米骨子里文化上的疏离感让他无法站到极端主义的那一边，特别是与民族有关的政治立场。他对一切阵营都有所保留。他克服偏见，是一个真正的思想独立与自由的知识分子。二十世纪六十年代末，曼米从自己作为犹太人和被殖民者双重压迫的经历出发，将视野扩展到世界上所有被压迫者：《被统治的人》(*L'homme dominé*，1968年)将无产者、黑人、女性等弱势群体统统视为一个整体。《从属地位》(*La dépendance*，1979年)和《种族主义》(*Le*

---

① https://www.independent.co.uk/news/obituaries/albert-memmi-dead-writer-tunisia-a9551066.html.

racisme，1982 年）则通过更为抽象的理论剖析了被压迫者的生存境况，揭示了压迫本质。前一部作品对以烟酒为代表的有形的依赖关系与存在于知识、政治、宗教中无形的依赖关系进行了区分。后一部作品则探讨了种族主义背后所蕴藏的“对异质的厌恶感”（hétérophobie）。尽管曼米 1973 年加入了法国籍，先后在法国多所高校任教，而且所有的作品都是用法语创作的，但是他始终与法国学界保持一定的距离。正因为这一点，在文化身份上他从未被认作法国作家。无可否认的是，尽管曼米一生都遭遇排斥，但是这位“被孤立的”思想家不断向“他者”开放自我，从不成为任何党派、任何宗族的附庸。

2004 年，曼米最具争议的作品《阿拉伯—穆斯林“去殖民者”的肖像及其他》（*Portrait du décolonisé arabo-musulman et de quelques autres*）问世。在这部作品中，曼米认为民族独立并没有实现美好的蓝图，新的社会并没有遏制对妇女的暴力行为，监禁和处决甚至比殖民时代更多。与殖民时代相比，作家因思想自由而受到的迫害更多。可怕的部落战争爆发了。政治独裁和军事暴君代替了殖民统治，统治者试图让人民相信邪恶的永远是外国人的统治。在统治者的心目中，如果说国家经济出现了问题，那总是前殖民者的过错，而不是新主人对经济进行的系统性的破坏。他们将经济社会发展的停滞归因于全球资本主义的阴谋或新殖民主义，甚至把所有问题都归罪于犹太人和以色列。曼米认为，这一切都是荒谬的，不可接受的。与罪恶的殖民主义相比，新的统治者也干净不到哪儿去。曼米就是这样一位作家，既具有表达受压迫群体苦难所具有的同情心，又兼具谴责同一群体自相残杀所具有的勇气。他总是认为，如果我们要帮助人们实现真正的“去殖民化”，就必须对他们说真话。曼米从来不是任何党派的旗手，他只代表他自己。他善于独立思考，无论多么逆耳，只要是真话，就一定要说，而且一定要一五一十地说。

众所周知，突尼斯在民族、语言、文化方面呈现出了极大的丰富性和混杂性。突尼斯地处非洲西北部，与欧洲隔海相望，最近处距离意大利西西里岛只有140公里。西西里海峡，又称突尼斯海峡，是进入北非的通道。由于优越的地理位置，这片古老的土地历史上经历了柏柏尔人、腓尼基人、罗马人、拜占庭人、汪达尔人、安达卢西亚人、阿拉伯人、西班牙人、土耳其人、热那亚人等众多民族的征服。其中，影响最为深远的是公元七世纪大批阿拉伯人的涌入，原住民柏柏尔人遭遇同化，皈依伊斯兰教，改说阿拉伯语。今天，阿拉伯人在突尼斯人口中占绝对多数。突尼斯宪法规定，伊斯兰教为国教，阿拉伯语为官方语言。1881—1956年，法国殖民当局在那里推行的语言和文化同化政策，使法语和法国文化渗透突尼斯的文化基因中。在独立之后，法国殖民者的语言反而成了突尼斯知识分子反思殖民历史、反对压迫、寻求表达自由的有力武器，一批又一批优秀的法语作品不断涌现。曼米所接受的教育无法让他获得常人的身份，他成了一系列文化的集合体，其中的每一个碎片都能够折射出一个令人深思的世界。可以毫不夸张地说，几乎每一个读者都能在他的作品里发现自己身上的某种断裂的碎片。从这一点来看，他可以与阿尔及利亚的作家卡泰布·亚辛相提并论，在《纳吉布》中，亚辛通过女主人公复杂的身世影射了每一个阿尔及利亚人至少是四种文化的集合体，因为阿尔及利亚在历史上曾经有过四次大规模的外族入侵，其中有柏柏尔人、阿拉伯人、奥斯曼土耳其人、法国人。①

在《盐柱》的序言中，加缪曾这样写道："这部作品的作者既不是法国人，也不是突尼斯人，只能勉强说他是个犹太人。但从某种意义上来说，他根本不想做个犹太人。对一个具有法国文化背景的突尼斯犹太人来说，他已无法成为任何一种人。大家都拒绝他，他只能靠拒绝得更彻底才能来界定他自己，通过拒绝来反抗这个荒诞的世界。"②不过，曼米通过写作证明了他自己存在的合理性和正当性，在语言中找到了自

---

① 刘成富、刘一戈：《亚辛：阿拉伯文化和世界主义的捍卫者》，《学海》2022年第5期，第197页。

② Albert Memmi, *La Statue de sel*, préfacé d'Albert Camus, Paris, Gallimard, 1966, p. 19.

身的归属感。年近九十岁的曼米曾直言不讳地说道:"尽管我在法国居住了 50 多年,然而法国并不是我的故乡,法语才是。"[①]确实,犹太人身份的特殊性一言难尽。曼米把犹太人的历史视为苦难的历史,为犹太人散居世界的境遇定下了悲情化的基调。这样的书写范式为文学研究者和跨文化研究者提供了有益的参照。众所周知,犹太民族从诞生的那一天起就命运多舛,在历史上遭遇了各种磨难。从大流散时期开始,他们便失去了故土,散居到世界各地,四处飘零,遭遇了令人难以想象的苦难。二十世纪四十年代,希特勒发动了惨绝人寰的大屠杀,600 多万犹太人惨遭杀戮。但是,作为一个小说家,曼米的任务不是书写整个犹太民族的历史,而是要从他的自身经历中以小见大,让读者从个人的小故事中感受到整个犹太民族所面临的精神困惑。

对一个具有法国文化背景的突尼斯犹太人来说,曼米无法成为其中任何一个国家的人。他的身世和所受的教育让他难以获得常人的身份,他本人就是一系列文化的集合体。曼米与任何狂热的立场、流派或主义都保持着一定的距离,矛盾和困惑是他的创作留给读者最深刻的印象。显然,这与作者的身世和他所处的时代有关。他笔下的每一个碎片似乎都能够折射出一个世界。这种碎片越细碎、越彻底,就越能够把世界折射出立体感,以至于每一个读者都能够发现自身身份中的某种不连贯。要戳到人们的痛处,使其产生愤怒,使其冷静思考,最后使其直面矛盾并消解文化上的困惑,这就是曼米作为一名作家、社会学家、思想家所要发挥的作用。在《盐柱》这部作品中,我们能够体会到作为一个"无根民族"的矛盾和孤立,但也能够理解犹太文化在困境中坚守的意义。很多人认为,犹太人和穆斯林在大部分的时间里和睦相处,相比基督教世界,伊斯兰世界对待犹太人要好得多,但是读了《盐柱》之

① https://www.independent.co.uk/news/obituaries/albert-memmi-dead-writer-tunisia-a9551066.htm.

后，我们不能不为犹太民族的遭遇而扼腕叹息。在近代欧洲社会转型期，虽然部分犹太人走出了“隔离”，而且大胆拥抱理性，接受了世俗文化，但是曼米似乎并不是那么幸运。在他的精神世界里，他仍然面临宗教与世俗、传统与现代、同化与认同等诸多困境。曼米的成名作《盐柱》是一部自传性小说，这部作品让我们看到了突尼斯作为一个多民族、多宗教的国度，生活在那里的少数族裔并没有真正融合主流社会，他们仍然是“边缘人”“异乡人”。书中所揭示的问题，诸如思想意识、身份困惑以及犹太民族的文化特质等问题促人深思，发人深省。

第七章　玛丽斯·孔戴：在种族、性别和文化中不断探寻的女作家

玛丽斯·孔戴(Maryse Condé,1937 年—),本名玛丽斯·巴科隆(Maryse Boucolon),是法属瓜德罗普著名的女作家,从小在法国接受教育,之后前往美国学习工作,在巴黎和纽约轮流居住。她的作品有:《赫尔马克霍恩》(*Hérémakhonon*,1976 年)、《利阿塔的一季》(*Une saison* à Rihata,1981 年)、《塞古》(*Ségou*: *Les murailles de terre*,1984 年)、《会哭会笑的心:童年趣事》(*Le Cœur à rire et à pleurer*: *contes vrais de mon enfance*,1999 年)。2015 年,她获得最后一届英国布克国际文学终身成就奖提名。在文学创作中,她关注种族、性别和文化等话题,被瑞典"新学院"称作最杰出的加勒比作家之一。《芝加哥论坛报》(*Chicago Tribune*)曾这样评价这位女作家:"孔戴创造了一种独特的叙事手法,吸引、唤起并使得我们思考那些触动我们的人类的情感。"《纽约时报书评》(New York Times Book Review)这样评价她:"玛丽斯·孔戴的作品令人印象深刻,她是一个娴熟的作家。"在马德莱娜(Madeleine Cottenet-Hage)看来,"孔戴的作品是对当前安的列斯社会现实毫无保留的揭示:个体应通过客观的或历史的途径(如新殖民主义和全球化)来了解自我处境,这也就意味着个体和社会需要变革,意味着要追求完全彻底的自主"。

16 岁的时候，孔戴离开安的列斯群岛前往巴黎，就读于费奈隆中学(Lycée Fénelon)。高中毕业后，她进入索邦大学攻读现代文学并获得学士学位。1959 年，她嫁给了几内亚演员玛玛多·孔戴(Mamadou Condé)。后来，孔戴回到非洲，曾先后在科特迪瓦、几内亚、加纳、尼日利亚和塞内加尔等地的中学任教。1973 年，孔戴回到法国，在巴黎七大、十大和三大教授法语国家文学。这一时期，她发表了大量的安的列斯文学作品。与此同时，她在索邦大学攻读博士学位。1981 年，孔戴与玛玛多分手，之后嫁给了英国人理查·菲尔考克斯(Richard Philcox)——孔戴大部分作品的英译者。1985 年，孔戴获富布赖特奖学金，先后任教于弗吉尼亚大学、哈佛大学和哥伦比亚大学，2004 年退休。在哥伦比亚大学任教期间，孔戴创建了法国与法语国家研究中心(le Centre des études françaises et francophones)。1986 年，孔戴回到故乡，并创作了《罪恶的生活》(*La vie scélérate*, 1986 年)、《穿越红树林》(*Traversée de la mangrove*)等小说。2001 年 1 月，孔戴获得法国艺术与文学勋章。2004—2008 年，她担任奴隶制记忆委员会(le Comité pour la Mémoire de l'Esclavage)主席。该委员会创立于 2004 年 1 月，其职责是履行于 2001 年颁布的多比拉(Taubira)法令。根据该法令规定，奴隶制和黑奴贩卖是反人道的罪名。

孔戴是一位多产作家，丰富的学术生涯和多元的文化背景为她的文学创作提供了丰富的素材，并使她的作品带有深刻的批判与反思意味。孔戴的小说大多探讨种族、性别和文化问题，关注非洲人和海外黑人，特别是加勒比海各民族之间的关系。玛丽斯·孔戴的作品拒绝单一性，为读者呈现出一定程度上的不一致感：她拒绝加入任何文学流派，不断探寻新叙事形式来揭示我们与世界的关系中被忽视的问题。在她的作品里，我们能够发现许多被放逐和被诅咒的人，以及有关流浪、流亡、旅行等主题。在《小说的艺术》中，米兰·昆德拉为读者提供了这样一个意味深长的比喻：人类与世界就像蜗牛与它的壳一样是紧密相连的。格里桑也说过类似的话：作家的写作总是源于某一个地点。

在孔戴的小说中,我们发现她总是借助于虚构的人物或历史名人来探讨身份问题。当然,孔戴的小说世界里也体现着世界主义的伟大思想。

跟法农的观点恰恰相反,玛丽斯·孔戴似乎更为关注的是黑色面具而不是白色面具的问题。1976 年,她的《赫尔马克霍恩》则体现了另外一种安的列斯女人的形象。小说主要的故事情节是,维罗妮卡·梅西耶以女教授的身份参与了海外工作,并在 9 个月之后抵达了类似于塞科·图雷独裁统治下的西非国家几内亚。这部小说虽然是以第一人称叙述的,但是不能被视为一部有关二十世纪六十年代生活在独立国家的自传。作者曾开诚布公地告诉我们,起初故事是以第三人称写的,但后来又以第一人称进行了重写。她告诉我们,当她重新阅读的时候,似乎根本不像她想要的那样,因为她想要的是纪实故事。第一人称的使用意味着作品中的女主人公与作者由第三人称叙述的非洲故事出现了偏差。用第三人称叙述的时候,孔戴可以假装自己是个局外人。如果第一人称作为证人,第三人称作为演员,那么韦罗尼卡的“我”就成了观众,对那些“他们”的非洲演员所上演的后殖民国家的舞台剧就会显得多少有些无动于衷。与她的内心生活相比,她笔下的“我”也就成了一个面具的实例。在面具之下,黑人的自我与怀疑的反自我之间反复较量。在玛丽斯·孔戴的内心深处,文学只是一种自我掩饰的方式,借用女人之口来讲述这个女人就会成为反自我。在这部小说中,时空的错综复杂有时令读者感到云里雾里,不知所云。但是我们可以知道,她去非洲的一个重要任务就是要沉浸在过去的一段旅程,在探索内心的自我中找到慰藉。玛丽斯·孔戴希望采用反讽的手段,因为这种手段能够避免先入为主的偏见。因为在她看来,她不应该进行选择,否则就会写成一部说教小说,一种观点性小说,一部口号式小说。她觉得必须要揭示一个非常复杂的现实,然后让读者自己作出选择。

在《赫尔马克霍恩》(*Hérémakhonon*)一书中,作者试图要表现的是两种不同的阵营。对种族白人化的渴望与来自黑人种族的约束规范夹杂在一起,撕扯着女主人公维罗妮卡。为了平息内心的冲突,维罗妮卡踏上了非洲之途。但是，她错了，她错误地认为这趟非洲之行可以彻底解决黑白两个人种的互换问题。从整个故事情节来看，维罗妮卡是黑人道德准则的受害者，但是她的经历完全不同于《我是马提尼克女人》(*Je suis martiniquaise*)和《白皮肤的女黑鬼》(*La négresse blanche*)中的女主人公。后者因公开选择白皮肤遭遇人们的批评和蔑视，而维罗妮卡的过错则在于佩戴了一副黑面具。从某种意义上说，玛丽斯·孔戴在安的列斯民族异化方面似乎走向了法农(Fanon)的对立面。法农坚持认为："一个在正常家庭里长大的正常黑人小孩，一旦与白人世界有了接触，哪怕是一点点接触，也会变得不正常。"[①]但是，维罗妮卡的反常行为并不是因被置于白人世界的面前，而是因为她接受了他人不断灌输的思想，过于看重黑人的尊严。在这尊严的背后其实隐藏着某种意义上的白种同化。我们称这种集体异化行为为"黑色假面"。琼·里维耶尔(Joan Riviere)曾对女性化装的心理进行过较为深刻的分析。这位英国心理分析学家认为，职业女性戴着一副女性特质的面具，她们每天都在与男性展开激烈的竞争，以便躲避来自男同事幻想出来的嫌恶。一种防御机制因而出现了。她们过度女性化，以此来掩饰对男权的渴望[②]。但是，在孔戴的笔下，这种机制不是表现在性别方面，而是在种族方面。在小说中，难道父亲没有戴着以"曼丁哥隐士"为特征的非洲面具吗？这个面具不就是一种为了掩饰黑人家庭白种化的伪装吗？这个假面具不就是强加给年轻女主人公的吗？不就是自童年时代起就给她带来精神痛苦和折磨的吗？

维罗妮卡开始逃离，她先去了巴黎，随后又去了非洲。一开始，她出身于一个"黑人资产阶级"的社会环境，那里的种族和阶级身份可以

---

① *Peau noire*, *masques blancs*, op., cit., p. 117.

② Joan Riviere, *La féminité en tant que mascarade*, trad. Victor Smirnoff, Paris, Seuil, 1994, p. 198.

互为交替。有句安的列斯谚语说得好，“黑人无钱，有钱不黑”①，女主人公就是这样处在一种矛盾之中。这种矛盾因米歇尔·莱里斯(Michel Leiris)所谓的“种族内婚制”②显得更加突出。值得注意的是，从种族上讲，在梅西埃(Mercier)的家族内部，男人象征着纯洁，而女人则像个挺不起腰杆子的私生子。父亲在家庭中掌握大权，而母亲则处于次要地位。维罗妮卡用绰号“曼丁哥隐士”来称呼她的父亲，来表现出他的非洲相貌，或者说来表现黑人的真实性。父系辈凭借勤奋努力的家庭传奇而闻名遐迩：奴隶制时期对自由的救赎。③ 家族长老试图通过教育上的投资将这份家族“遗产”传给子孙后代。“‘曼丁哥隐士’总喜欢说教育就是对外开放，因而人们总是拿这些事情对我们进行说教，让我们厌烦透顶。他总是处处争第一。”④

黑人资产者的生活准则在女儿出嫁的时候表现得更突出。女主人公的两个姐姐在结婚时或多或少都遵循同种结婚的规矩。一个嫁给了医生，男方的父亲也是个黑人医生，这也就满足了同种族结婚有关黑色人种和资产阶级这两个要求。另一个姐姐有所不同，她嫁给了国家工会的一个左派律师，这门婚事有些背离了阶级要求，但除此之外，她并没有违背种族内结婚的规定。最小的维罗妮卡并没有遵守这两个原则，她清楚地意识到自己从外祖母那里继承了一滴“白人的精子”，因为她的外祖母是安的列斯一个白人后裔的孩子。母亲在家中的隐形角色

① Maryse Condé, *Pourquoi la négritude? négritude ou révolution?*, in *Les littératures d'expression française: Négritude africaine, négritude caraïbe*, Paris, Francité, 1973, p. 152.

② *Contact de civilisations en Martinique et en Guadeloupe*, Paris, Gallimard/UNESCO, 1955, p. 134.

③ Maryse Condé, *Hérémakhonon*, Paris, Union generale d'editions, 1976, p. 27.

④ Ibid., pp. 25 - 26.

就像是父母刻意隐藏着白种人的那一部分基因①。维罗妮卡说，“关于我母亲的家庭，我们并不经常谈起”②。此外，宝拉婶婶并没有被家庭所接受，她就像是个安的列斯的玩具，仇视黑种人而且放荡不羁。我们发现，自年轻时候起，她就与黎巴嫩人、叙利亚人等其他种族的人有过私情。如果与父亲的竞争是围绕女性特质面具下所隐藏的男性化，那么对于维罗妮卡而言，则是围绕黑面具下隐藏的白皮肤。需要指出的是，在挑战父亲的同时，她还要与戴有非洲面具的父亲进行对抗。“特别是跟他，我还有笔账要算。母亲从未给我留下太多的印象。”③

过分夸大孔戴的文字是毫无意义的。但是，朱迪斯·巴特勒(Judith Butler)关于同性恋女性化伪装的论点，似乎对同种结婚规则的探讨是有益的。在有关两个性别中的“拥有”与“存在”生殖器的论述中，他认为，有阳具的男性应该是“拥有”生殖器，而没有这种生殖器的女性则试图假装拥有这种生殖器：为了能够拥有这种属于男性的生殖器，女人必须要变，要“拥有”(这里的意思是她们应“假装”拥有)男人所不具备的东西。正是有了这种不具备的东西，女人才能够建立类似于男性的基本职能。因此，“存在”生殖器意味深长，男性主体可以从中寻求加强并扩大自己身份的影响。

女性对于“存在”生殖器的要求和态度，与维罗妮卡对黑人资产者父亲的态度具有一定的可比性。这种可比性与种族有关，而非性别，因为她的身上流淌着白人的血液，无法像他的父亲那样拥有纯黑种人的血。就社会等级而言，她试图通过优异的学习成绩来实现父亲对她的期盼。“是的，‘曼丁哥隐士’希望有个做医生的女儿。在他的三个女儿当中，我是最有天赋的，这个任务自然也就落到了我的头上。”④她勤奋

---

① 琼·里维耶尔(Joan Riviere)注意到父亲这一角色在女性面具中的重要性；她从女儿的身上看到了他的恋母情结，女儿试图显示自己与父亲的不同，进而与其形成了竞争；另一方面，母亲则构成了仇恨的对象。

② *Hérémakhonon*, op. cit., p. 30.

③ Ibid., pp. 50 - 51.

④ Ibid., p. 180.

好学，力求获得父亲的认可，力求满足黑人资产者的要求：用父权法来说，拥有生殖器意味着在成为工具的同时，成为其对象；并且为了重新获得话语权，要成为权力的标志和预兆。从人类学的角度来说，维罗妮卡就像她的两个姐姐一样，被认为是黑人资产阶级同种内通婚的楷模。后来，她对自己是否满足家庭自豪感产生了怀疑："这是我公开表示的一个承诺。但也由于这一点，他们对我恨得要死。为什么啊？为什么一定要我去满足他们的虚荣心呢？"[①]她的困惑来自她的黑色面具，一与黑人资产阶级有关，二与殖民现实有关。换句话说，这种内心的不安和躁动来自她对黑色面具的疑虑。黑色的伪装掩饰了她与白种肤色之间的基本关系。因此，她的困惑开始于青春期对颜色的抗拒。一方面，这种违反同族规范的行为，是拒绝社会种族内婚姻习俗的一种姿态；另一方面，这种姿态植根于遥远的童年记忆，她看到了家族种族的异化。在开始关注当地社会资产者的黑色伪装之前，我们先来关注一下女主人公年轻时候的故事。

16 岁的时候，维罗妮卡爱上了一个同龄的混血儿，闹得满城风雨。那个混血儿出身于一个卖朗姆酒的富商家庭。盛怒之下，父亲把女儿送到了遥远的法兰西，并不许她重返瓜德罗普。维罗妮卡无视黑人资产阶级的行为规范，她认为她的不端行为并不是来自对白人化的渴望，正如她自己所说："荒谬！我又不是马约特・卡贝西亚（Mayotte Capécia）。不可能是！用不着担心……但问题在于印象，在于别人对我的印象啊。"[②]让她心里感到不痛快的是，在黑人疑神疑鬼目光的注视下戴着白人的面具。流浪到巴黎之后，尽管有巴黎的白人朋友，但她还是无法摆脱心中的顾虑。在参加加勒比狂欢节的时候："他们咬牙切齿，侮辱性的话语时高时低，句句直戳我心。"[③]在一家巴黎酒馆，有人用好奇的目光打量着她："其他桌子上的人盯着我们看，毫无疑问，有一

① *Hérémakhonon*, op. cit., p. 180.

② Ibid., p. 61.

③ Ibid., p. 127.

个黑人女性陪伴并不会有什么坏的影响。”[①]她感到坐立不安，满脑子是别人灌输给她的黑人意识，以及内心深处与种族规范的抗争。换句话说，不是在巴黎酒馆里白人的目光令她惴惴不安，而是自童年起就闷在她内心深处的、来自黑人的目光。

但是，维罗妮卡情人的绿眼睛一直浮现在她的眼前。这种迷恋一直让她很困惑。这种感觉可以追溯到她的童年。在她的记忆里，在寻找这种迷恋之缘由的时候，她在前往非洲海岸的、类似瓜德罗普的小岛时发现了其中的奥秘。她回想起 8 岁的那一年，她跟两个姐姐和女仆一道前往巴斯特尔(Basse-Terre)以南的小岛游玩。在接待她们的朋友家里，猫的绿眼睛和老夫人结了白膜的双眼给她留下了深刻印象。这让她回忆起了几年前刚刚过世的祖母。年幼的维罗妮卡特别不适应那里的生活，她们三个不得不早早地返回到了皮特角(Point-à-Pitre)。假期结束后，她的父母决定和女儿们一起去圣克洛德(Saint-Claude)，因为那里曾经是白种人和混血人种的主要居住地[②]。维罗妮卡对家人提出的健康借口深表怀疑，因为他们去那里的主要目的是让她“感受白种人”，也就是说为了与白人同化或模仿白色人种：“无论如何这是他们说的。对我而言，我从不相信这是为了我。他们找个借口去圣克洛德随便逛逛，在这片全是混血人种的地方，黑人处处小心谨慎，白人后裔也远远地避开了那里的生活。”[③]这次探访使她对人的虚伪感到极度失望，尤其是黑人自豪感的异化和无法逾越的种族轻视。在她的心目中，在社会不平等面前，无论是社会地位还是经济实力提高，还是后天受到了良好的教育，哪怕你穿得很得体，而且整天颂扬美德，都无法改变残酷的社会现实。

---

① *Hérémakhonon*, op. cit. ,p. 132.

② 米歇尔·莱里斯曾将这个城市与大财主居住的马提尼克岛的迪迪埃大道相提并论(Michel Leiris, Contacts de civilisations en Martinique et en Guadeloupe, in Revue Économique, Programme National Persée, Vol. 7(3), p. 165.)。

③ *Hérémakhonon*, op. cit. , p. 228.

“在距离拉普安特80公里的地方，他的名字引起了极大的轰动，而‘曼丁哥隐士’这个人则没有人认识……我们跟普通人一起坐在摇摇晃晃的长椅上……人们压根儿也不会看我们一眼。在圣克洛德，我们成了不速之客。简言之，我们根本就不存在。对我来说，一切都是从那里开始的。”①

显然，在黑白混血人种面前，并不是黑人难以表现的自豪感让她大失所望，而是渴望玩弄同样的种族游戏。维罗妮卡成了黑人资产阶级内婚制的象征。黑面具最终不就是为了掩饰仅在提及白色人种的殖民者时才有意义吗？换句话说，黑人资产阶级不就是被“曼丁哥隐士”的面具所覆盖的白人文化吗？她拒绝的原因，就是为了不参加黑面具的游戏，她因此被疏远，并遭到了排斥。“是的，就在那时，当我知道这种神秘的渴望以及这种欲望的耻辱时，他们同样在撒谎。对他们自己撒谎，也对我撒谎。这次‘玩具洗礼’是对我自己的报复。多年的教育之后，梦想顽强地复活了，实现了。”②维罗妮卡的痛苦在于黑人和白人之间的鸿沟。玛丽斯·孔戴在童年时期就有了这种难以言表的经历。

有人不断地反复对我说，做个黑人是好事，我们的家是最聪明的、最杰出的，要我去鄙视我周围的所有人。在我们的身上，我看到了对西方生活方式的一味模仿，对价值观的绝对推崇，一句话，就是绝对的异化。这就是我所遇到的难以言传的经历，我很想找真正的黑人来解决这个问题，因为只有他们才有权说“让我们对成为黑人而感到骄傲和自豪吧”，因为他们的生活，他们的生活方式，他们的文化与所说的话是一致的，他们所做的与所说的是一致的。③

霍米·巴巴曾经这样阐释被殖民者的模仿行为：“不是白人那样，

① *Hérémakhonon*, op. cit., p. 229.

② Ibid., p. 232.

③ *La parole des femmes*, op. cit., p. 126.

但几乎是那样。模仿总是出现在明令禁止的地方。那是一种主体间陈述殖民话语的形式。”[1]对于黑人资产阶级来说，圣克洛德是个禁区，处在可言的（黑人的骄傲，换句话说，是黑色的面具）与不可言的（为白面具套上的黑色伪装）的交会处。事实上，即使黑人在经济和文化上表现得很出色，那也是徒劳的。“黑人无钱，有钱不黑”，这句话并不是说黑人资产阶级白人化之后，就可以被同化，就可以真正被认可，就可以完全独立于白人之外的世界。

> 对于维罗妮卡来说，第二次去非洲流亡就是为了逃避异化：“我来这里就是为了寻找一个没有黑人居住的地方，尤其没有‘黑人特质’。我要寻找的是真正的黑人所居住的地方，也就是说，我在寻找可以被留在过去的东西。”[2]维罗妮卡想使自己摆脱与白种人有关的黑色象征的冲突：“这就是为什么我要选择这个据说受西方影响非常小的国家，远离帆船的喧闹，可以让我好好注视那些眼睛。”[3]

如果说她的父亲代表安的列斯岛真正的黑人，那么她试图寻求摆脱的就是他的影响。她寄希望于非洲，寄希望于殖民之前的那个过去，寄希望于一个从未受到奴隶制影响的黑人种族。然而，她找到了那个国家的年轻部长伊卜拉希马·索里（Ibrahima Sory），而且愿意嫁给他。非洲或这个“地地道道的贵族后裔”[4]能否符合她的愿望呢？是否存在真正的黑人呢？黑人的理想不是想与白人互补吗？如果是这样，真正的黑人存在吗？维罗妮卡在种族层面上所寻找的似乎是殖民话语中塑造出来的东西；非洲黑人的真实性和安的列斯黑人资产阶级的伪装都植根于白人至上的观念。她很快意识到非洲并不是她想象中的祖先所

---

① *La parole des femmes*, op. cit., p. 153.

② Ibid., p. 104.

③ *Hérémakhonon*, op. cit., p. 42.

④ Ibid., p. 49.

在的地方，也不是她想象的殖民时代之前的那个过去，而是后殖民时代了。在那片大陆跟她的家乡一样，正进行着类似的模仿："对许多人来说，"她最后指出，"黑人化的过程似乎已经开始"。[①] 玛丽斯·孔戴有个儿子，他的肤色比其他孩子的肤色相对要白一些，这让她想起了几内亚的经历："你妈妈是医生"[②]意思是"白人妇女"。伤害她的不仅仅是这个修饰语听起来像是一种侮辱，正是由于否认了她的安的列斯人特性，她才想起她父母以前采用的那种方式。肤色不就是一种肉眼看不见的对虚伪的掩饰吗？

孔戴小说的一大主题是，个体在异域环境中对自我身份的探寻。如果说孔戴小说具有社会历史的特征，那么其中对人的思想起颠覆作用的旅行是不容忽视的。我们知道小说不同于游记和史书。为了让一切更加明晰，史学家通常会抹去模棱两可的、似是而非的东西。而小说家则恰恰相反。孔戴揭开了格里桑所说的禁欲主义历史的面纱，让历史的阴暗面和昔日的幽灵暴露在光天化日之下，因为这些丑陋的对象仍然影响着集体意识形态和个人命运。孔戴的小说中让读者感兴趣的，就是内心的旅行，就是主体对自己内心的追寻。这位女作家希望通过写作来激励黑人女性在当今人种混杂、传统迷失的社会中立足于自我，追求"本真"。小说《赫尔马克霍恩》的创作灵感来源于1962年的古巴导弹危机事件。故事发生在塞古·杜尔（Ahmed Sékou Touré）执政的几内亚，讲述了一个梦想幻灭的故事。维罗妮卡在巴黎生活和任教，是一个迷失了自我，苦于寻找身份的加勒比女人。她曾这样问自己："我们在非洲的土地上做些什么？我们一定以某种方式在那里生活过，吃过，睡过，养育过子女。那些回忆是如此的原始且令人恐惧，以至于我们都必须选择了忘记。谁能告诉我？没有人。因为没有人了解事实，所有人都把获得的东西视为理所当然。"维罗妮卡试图在西非广袤

---

① *Hérémakhonon*, op. cit., p. 217.

② 医生穿白大褂，比喻是"白人""白皮肤"。

的土地上找寻自己的过去，收集与自己的祖先有关的信息。但是，她却只看到了贫穷落后、专制腐败的资本主义。除此之外，女主人公情感上的纠葛也进一步加剧了思想上的幻灭。维罗妮卡爱上了易卜拉希马·索里(Ibrahima Sory)，一位当地政府的高级官员。可是在交往的过程中，维罗妮卡逐渐发现索里不择手段的罪恶本性，发现他就是害死她朋友比拉姆(Birame)的幕后凶手。维罗妮卡开始怀疑自己与索里感情的意义，更对自己来到非洲这一决定产生了怀疑，而她仅有的选择便是逃离。

与《赫尔马克霍恩》不同的是，孔戴的另一部小说《塞古》(*Ségou*)为她赢得评论界的赞赏。这是一部有关马里的班巴拉帝国历史的文学巨著，由上下两卷组成《土城》(*Les Murailles de terre*，1984年)；《破碎的土地》(*La Terre en miettes*，1985年)。《赫尔马克霍恩》和《塞古》展现了两个截然不同的非洲。如果不是因为作者坚定地想要让人们听到她的声音，《塞古》就不会与读者见面。这部小说的材料搜集就花了十年的时间，小说情节的材料原本是打算用于撰写博士论文的，但被教授们驳回了，因为后者认为口头资料不可靠。面对这一打击，孔戴改变了计划，他把自己的研究写成了一部小说。

《塞古：土城》已译成12种语言，奠定了她在当代加勒比作家中举足轻重的地位。孔戴的历史小说探讨不同历史年代和背景下的种族、性别、殖民和文化身份问题，关注非洲人和海外黑人，尤其是加勒比海民族之间的关系。与此同时，她还致力于研究法属加勒比岛屿的奴隶和殖民政策的后果残余影响，例如：马里十九世纪的班巴拉(Bambara)帝国(《塞古》)、萨勒姆的猎巫事件(《黑人女巫蒂图芭》)、巴拿马运河的修建及其对西印第安中产阶级的影响(《罪恶的生活》)。此外，孔戴的作品带有强烈的女性主义色彩，并对泛非主义高度认同，而后者也是许多非洲作家反复议论的主题。近年来，孔戴逐渐转向自传类写作，发表了《笑与泪》等一系列自传或自传体小说。《胜利，味道与词语》则记叙了其外祖母从混血的孤儿成长为沃尔伯特白人家庭的一名厨师的经历。

《塞古》(Ségou)是孔戴的代表作，这部作品由罗贝尔拉封(Robert Laffont)出版社出版。小说故事的时间横跨两个世纪：从十八世纪的黑奴时代一直到十九世纪末法国殖民部队的到来，记载了西非以塞古为首都的班巴拉帝国(l'empire bambara)走向覆灭的过程。《塞古》将真实的历史人物和事件与一个虚构的家族特罗艾(Traoré)家族的兴衰巧妙地结合在一起，使这一家族的历史成了当时整个非洲社会的缩影。在小说的开头，作者告诉我们家族的族长杜西卡(Dousika)富有而傲慢，后来中了小人的诡计而丧失权势，不久便离开了人世。他的四个儿子选择了完全不同的人生轨迹。小说接下来的部分叙述了这四个儿子各自的经历，同时还掺杂着十八世纪非洲的重大历史事件，并涉及欧洲、巴西和安的斯群岛的社会形势。

家族中的大儿子名叫提克罗(Tiekoro)，他是族长杜西卡与第一个妻子妮雅(Nya)的儿子。提克罗信仰伊斯兰教，先后在通布图(Tombouctou)和内杰(Djenné)两地读过书。他与姘妇纳迪耶(Nadié)生过三个孩子。后来，忧心忡忡的纳迪耶和女儿选择了自尽。提克罗经历了短暂的抑郁，随后前往麦加(Mecque)朝圣，并在那里娶玛丽耶(Maryem)为妻。纳迪耶的自杀标志着提克罗的彻底皈依，他也因此被其同辈视为圣人。希加(Siga)是杜西卡和一名奴隶生的儿子。他从小就被父亲和哥哥提克罗歧视，只有妮雅给予他些许的关怀。希加在非斯(Fès)当皮鞋匠，并与身为穆斯林的法蒂玛(Fatima)结为夫妻。他总是给予父亲莫大的帮助，并最终赢得了父亲的尊重，但因象皮病而过早地离开了人世。纳巴(Naba)也是杜西卡和妮雅的儿子，他和哥哥提克罗关系亲密。来到通布图后，纳巴便寄宿在堂兄家并成了一名猎人。在一次猎狮的过程中，纳巴被一群拥护黑奴制的人所俘获，并被作为黑奴贩卖。后来，纳巴爱上了黑奴女子埃约德莱(Ayodélé)，并与之生育了三个孩子。埃约德莱遭到主人强暴，生下了主人的孩子阿比奥拉(Abiola)。成年后的阿比奥拉施计报复了名义上的父亲纳巴，指控其穆斯林身份，纳巴被巴西法庭斩首。他的妻子和孩子回到非洲，成了当地社群的一员。马洛巴里(Malobali)是杜西卡和他的奴隶希拉(Sira)的儿子。执着于身份问题并拒绝服从杜西卡的权威,马洛巴里离开了塞古并成了阿散蒂(Ashanti)帝国的雇工。后来有一天,马洛巴里与另一名雇工一同强暴了一个未成年的女子。为了逃避法律的制裁,他选择了四处逃亡。后来,马洛巴里与他哥哥的妻子成了婚,成了一名富有的商人,并决心回到故乡。然而在回乡的路上,他被当作马伊(Mahi)的间谍关进监狱,后来死在狱中。

孔戴到后期的作品具有强烈的自传色彩。1998 年,孔戴的自传《会哭会笑的心:童年的真实故事》问世。2006 年,有关外祖母的回忆录《我母亲的母亲》也与读者见了面。孔戴花了三年的时间搜集有关外祖母的资料,发现她是个目不识丁的孤儿,在殖民地克里奥尔贵族家里当厨师。但是,孔戴母亲的经历与外祖母不同,她长大后成了一名教师,并嫁给一个生活自在的中产阶级。虽然她不是殖民者,但有了一定的身份地位。通过追溯家族史,孔戴发现母亲是得到外祖母主人家的资助才接受了良好的教育,并进入上流社会。她的母亲在她 14 岁的时候就早早地离开了人世,给孔戴留下的唯一印象是个性傲慢、惹人生厌。过去,孔戴一直明白她母亲的行为举止,但是,在了解了外祖母坎坷的生平之后,她终于明白母亲一直因阶级压迫而试图逃避、隐瞒低贱的家庭出身。从此,孔戴也解开了心中一直未能解开的那个结。

《会哭会笑的心:童年的真实故事》是一部集写实、消遣与教育为一体的作品。孔戴的记忆是碎片式的,零零散散地分布在作品的每一个章节之中。她曾毫不犹豫地问身边的人:为什么大家要殴打黑人?没有人回答她,这样的沉默让她觉得要依靠自己的力量去寻找答案。年幼的孔戴已经看到了殖民主义给安的列斯群岛所造成的创伤。孔戴在一个相对宽裕的环境里长大,她的父母是被教育同化的一代。他们把自己当成了地地道道的法国人,并由衷地崇敬法国本土的一切。在自传中,孔戴揭露了法国对前殖民地瓜德罗普(1946 年成了“海外省”)撒下的谎言。

在“黑人特质”文化运动出现之前，安的列斯作家面临的是一种真空状态，但是，随着这场运动以及后来的“克里奥尔特性”“安的列斯性”运动的发展，他们遇到了诸多挑战。孔戴首先要冲破“黑人特质”运动所形成的范式思维。2009 年，在与伊丽莎白·纽奈兹（Elisabeth Nuñez）的访谈中，她开诚布公地说道，开始写作的时候，她并不自由。塞泽尔对她的影响如此之深，以至于她就像被囚禁在牢狱里一样，她用了很多年的时间才摆脱这种影响。此外，她还需要与黑人激进主义、非洲中心主义作斗争。从《赫尔马克霍恩》开始，孔戴就冒着巨大的风险，不遗余力地揭露促使塞古·杜尔掌权的另一面，揭开重返非洲寻根之梦的神秘面纱。维罗妮卡是一个不关心政治的女人，在与独裁部长的关系中找到了自我。这部小说问世的时候，受到了评论界的猛烈地攻击，尤其是针对维罗妮卡这个角色。但是，她并没有因此放弃回归源头的幻想。

在《德西拉达》中，读者与女主人公玛丽-诺埃尔一起迷失在毫无线索的迷宫。每一次讲述都能够出现一个新的视野，但这个视野很快就消失。女主人公执着于自己身世的秘密，总是被过去的幽灵所困扰。她不停地跑向那些幻影，冲向那些无法捕捉的，并且一靠近就化为乌有的东西。一直到小说的结尾，读者也没有能够触及故事的真相。这种无形的、未知的部分成了小说叙述的核心，让读者意识到有些缺失是永远也无法填补的。因此，就像小说中的女主人公一样，我们应该带着这种未知、这种身后的谜团坚强地生活下去。

弗朗兹·法农年轻时在巴黎曾自称是白人，但是在大街上受到法国人的蔑视而被重新打入了黑人世界。同样，在孔戴的笔下，安的列斯女人自以为可以返回原籍国家，最后却发现自己被土生土长的非洲人无情地推到了殖民者的白人世界。安的列斯人既不是非洲人，也不是欧洲人，同时又是这两种人。从某种意义上来说，他们是否可以视为第三种人呢？这个问题有双重含义。首先，正如“克里奥尔特性”的追随者所说的那样，向加勒比的回归正在内化，这也意味着向身份独立又迈进了一步。理查德·E. 伯顿(Richard D. E. Burton)指出,"同化"与"黑人特质"在认识上存在共同点。[①] 其次,"回归"与"绕道"的差异是因角度的变化而出现的。如果回归的神话源于与"一个样"和"普遍性"的思想并存,是对"一"的痴迷,那么绕道而行的观点就必然会引发"多元性"和"整体观"。[②] 安的列斯与非洲之间关系的破裂,一方面是两者之间血脉传承产生了断层,另一方面是两者之间已经确立了横向的、非遗传的关系。"绕道"最终并不以彻底的倒退而结束,正如格里桑所言,重返自我的"绕道行为"带来了新的开始。[③] 这种回归或绕道之举意义深刻,既不是一种寻找容身之所的集体迁徙,也不像前殖民地首领在巴黎与殖民地之间往返走动。她善于将笔下的人物置于永恒的逃离中,通过逃离来发现真实的自我。

总而言之,孔戴从黑人聚居区的文化中获得了灵感,并在作品中融入了非洲和安的列斯的语言和风俗。同时,她还创造了一种特殊的表达手法:用身兼巫师、乐师及诗人的非洲黑人的口吻讲述一种集体的历史记忆,使得时代、个体与民族相互交融。她的语言清新明晰,而且总是令读者眼睛一亮,她把克里奥尔语、非洲方言和西班牙语词汇巧妙地点缀在法语作品中,总是能够让读者在不同的语言、不同的文化、不同的国度里尽情地神游,在阅读过后进行深入的反思。

---

① Jean Bernabé, Patrick Chamoiseau et Raphaél Confiant, Éloge de la créolité, Paris, Gallimard, 1989, p. 23.

② Le discours antillais, op. cit., p. 30.

③ Ibid., p. 34.

第八章　夏穆瓦佐：在写作中找回被忘却的记忆

在法国前殖民地文学中，帕特里克·夏穆瓦佐（Patrick Chamoiseau，1953 年—）举足轻重。他的第一部小说《梦魔的后代》就获得了克莱贝尔·海登奖和莫里斯岛奖。1992 年，他又以长篇小说《得克萨科》获得了龚古尔奖桂冠。帕特里克-夏穆瓦佐生于法国海外省马提尼克岛，青年时期在巴黎学过法律和社会经济学。在法国完成学业后，夏穆瓦佐回到故乡马提尼克，曾任法语教师、教育官、法院监视官。后来，在爱德华-格里桑作品的影响下，夏穆瓦佐对克里奥尔文化（法兰西堡市场的工人与讲故事者）产生了浓厚的兴趣，开始为克里奥尔语大唱赞歌。

33 岁那一年，夏穆瓦佐发表了第一部小说《梦魔的后代》（*Chronique des sept misères*，1986 年）。这部作品获得了克莱贝尔·海登奖、莫里斯岛奖。夏穆瓦佐使用了一种法国本土读者也能读得懂的"混合"语言，包括克里奥尔社会的象征价值，为我们生动地讲述了一个发生在法兰西堡的故事，展现了一种别具一格的语言风格，以及具有挑战性与颠覆性的价值取向。我们知道，在加勒比地区马提尼克省，当地的孩子从小学开始就不得不放弃本民族的语言。因此，这部作品的问世在很大程度上提振了克里奥尔人的民族文化自信心。随后，夏穆瓦佐发表第二部小说《出色的索里波》（*Solibo magnifique*，1988 年），绘声绘色地表现了有关马提尼克文化身份的主题。但是，真正让夏穆瓦佐在国际舞台上崭露头角的，则是他的第三部小说《得克萨科》(Texaco，1992年)。这部作品为我们讲述了宏大的时代背景下三代人备受煎熬的痛苦经历，时间的跨度从奴隶制直到当今所在的社会。这部小说获得了龚古尔奖，也奠定了作者在"克里奥尔特性"方面的先锋地位。

1989年，他与让-博纳贝、拉斐尔·孔费昂联名发表了一篇文章，题为《克里奥尔颂》(*Eloge de la créolité*)，详细论述了"克里奥尔特性"的基本概念。随后，夏穆瓦佐与拉斐尔·孔费昂发表了《克里奥尔信札》(*Lettres créoles*)，让读者对1635年至1975年安的列斯文学的发展脉络有了一个大致的认识。此外，夏穆瓦佐撰写了自传《童年的回忆》(*Antan d'enfance*)，出版了克里奥尔故事集《过去的时光》，与摄影师鲁道夫哈马迪联合制作了《圭亚那：苦役犯的痕迹—记忆》(*Guyane: Traces-Mémoires du bagne*)。夏穆瓦佐的作品风格总是游走在艺术理论与文学创作之间。1997年，他发表了有关奴隶时代的小说《年迈的奴隶与看门狗》(*L'Esclave vieil homme et le molosse*)以及带有自传性质的作品《在被统治国度创作》(*Ecrire en pays dominé*)。2002年，夏穆瓦佐发表第四部小说《最新功劳簿》(*Biblique des derniers gestes*)。在读者的心目中，夏穆瓦佐是继《长夜漫漫行》的作者塞里纳(Louis-Ferdinand Céline)之后法国文坛最具创新风格的作家之一。正如夏穆瓦佐本人所说，他的作品"也会在其他地方引起反响，触动其他民族。因为它开创了一种方式，说出了内心的真话"[①]。与许多面临多重文化困扰的作家一样，夏穆瓦佐始终对自己的身份进行不断的拷问和探寻。

《梦魔的后代》讲述了一个黑人独轮车夫的故事。这个独轮车夫叫"皮皮"，在马提尼克岛首府法兰西堡靠卖苦力为生。他是他的母亲熟睡时被"梦魔"(守墓人)奸污后而生的。皮皮十分强壮、果敢，是独轮车夫中的老大。他带领可怜的车夫们在商贩与货摊之间打拼着。夏穆瓦

① 刘成富：《文化身份与现当代法国文学》，南京：南京大学出版社，2017年，第192页。

佐的叙事技巧很高超，情节险象环生，在幽默和谈谐中一次次让主人公化险为夷，让读者惊叹不已。《得克萨科》是夏穆瓦佐于 1992 年发表的小说，同年便获得法国龚古尔奖。“得克萨科”是法兰西堡市里的一个区，因“得克萨科”石油公司在此建仓库而得名。这部小说以个人视角介绍了得克萨科的历史，那个地方原来是马提尼克岛首府法兰西堡郊外的一个棚户区。故事的主要叙事来自玛丽-索菲，一个被解放了的奴隶的女儿。她讲述了她的家庭历史，时间跨度长达三代人。她的回忆内容包括个人记忆以及父亲曾经告诉她的经历。故事开始不久，一个名叫克里斯的市政雇员来到得克萨科，负责得克萨科棚户区的工作。《得克萨科》遵循着一条非线性叙事模式，而玛丽-索菲的个人叙事则提供了她家庭的视角。夏穆瓦佐还收录了来自笔记本、期刊和信件的简要摘录。这些文字为小说创作提供了马提尼克岛的历史背景。

夏穆瓦佐从来没有忘记对黑人文化的探寻，在《得克萨科》中，他多次使用“Noutéka”(法语即 nous étions，意为“我们曾经是”)一词，用以表达“找回失去的我们”的强烈愿望。在《梦魔的后代》中，小说的叙述者用的是第一人称复数“我们”，也是表达认同的集体人称。文化寻根是夏穆瓦佐小说中的一个重要内容。在《得克萨科》中，为了在“城里”找到自己的位置，每一个非洲同胞历经千辛万苦。读者可以感受到同一文化的人在另一片土地上是如何生存或自我建构的。在这部小说中，女主人公玛丽-苏菲・拉巴丽厄的祖父是一个来自几内亚的奴隶。这是一个为数不多的、有着非洲文化历史记忆的老人：“他们那一辈人所知道的东西要比我们多。他们仍然保留着业已远去的美好记忆：故土、母语、那片土地上的宗教神明……”[①]这位来自几内亚的老人常常提及遥远的故乡：“他突然说起自己在那片遥不可及的土地上的美好回忆，那片土地就是他喃喃自语的非洲。”[②]非洲源头的记忆，对共同未来

---

① Patrick Chamoiseau: *Texaco*, Paris, Gallimard, 1992, p. 45.

② Ibid., p. 50.

的期盼成了文化寻根的重要体现。

小说《出色的索里波》(*Solibo magnifique*, 1988 年)既是一出悲剧,也是一出喜剧。故事从一份警方的询问笔录和凶杀嫌疑人名单开始。在一次狂欢节活动中,小说的主人公索里波在众人的面前死去,他身边的人没有为他准备葬礼,而是讨论让他复活的最佳方式。这些人围着索里波的尸体,形成了一幕极为荒诞的画面。在这个过程中,有人讲述着索里波特异功能的故事。例如,有个农夫没能成功地杀死一头猪,索里波去看望了他。农夫表达了他的沮丧,只见索里波眼睛盯着猪并命令猪死去,猪真的就死了。显然,夏穆瓦佐想通过这个故事来突出"口语"的神奇力量。确实,口语与书写语之间是有差距的,或者说,克里奥尔语与官方法语之间是有本质区别的。在一起案子中,有个嫌犯被带到了警局进行询问。只会法语的警察问道:"你的地址在哪里?"以及"你是什么时候出生的?"嫌疑人不能明白其中的任何一个问题。当一个说法语和克里奥尔语的警察询问时,他立刻就能回答了。那个警察的问话方式是:"你在哪里吃晚饭?""你是在哪场飓风之后出生的?"在这些例子中,作者让我们理解了法国同化政策的深层含义。也就是说,即使法国人主宰了马提尼克岛,他们也没有在那里真正扎下根。

这部小说其实就是一个"反同化"的故事,并且力图证明这种"反同化"的价值。这种抗争是从文化层面提出来的,意味着我们不应认为只有书面语才是有价值的。说书的人在马提尼克岛的生活中占有举足轻重的地位。这种职业的消失是一种无可挽回的损失,但是并没有引起人们的察觉。说书人是连接克里奥尔文化源头的纽带。夏穆瓦佐正是试图用小说中的人物回忆来追溯文化源头。他认为,克里奥尔文化正在消失,正如在众人面前死去的说书人那样。回忆是重要的,是对黑人传统文化的追寻。"从人类社会发展的角度看,语言在人类文明和文化的发展进程中占据了核心的地位。不同的语言认同其实是一种人为的文化选择。语言不单是一种交际工具,而且成了一种文化的象征。有了文化身份,使用一种语言,就是选择了一种文化,并以这种文化身份存在。”[①]两种语言的杂糅和冲突无所不在，“在马提尼克岛，讲两种语言是个普遍的现象，但是，社会语言与文学语言之间的符号割裂是无法超越的”[②]。众所周知，马提尼克岛成为法国殖民地之后，语言和文化的冲突给当地人带来了无尽的痛苦。当地人的母语是克里奥尔语，而这种语言被法国殖民者和“上流社会”所鄙视。从口语到书面语，两种语言的切换对于当地人来说是痛苦的，甚至是残忍的。两者的背道而驰给他们带来一种撕裂感，使他们在每次切换的时候都感觉到极大的痛苦。

法国殖民者使法语以一种近乎残暴的方式进入了当地人的生活。学校里禁止使用克里奥尔语，一个克里奥尔黑人小孩就这样被迫接受了一门完全陌生的语言。对于孩提时代的夏穆瓦佐来说，学校里用于写作的绿色硬皮作业簿成了挥之不去的梦魇，因为说和写成了一件十分痛苦的事。孩子们在说法语之前得在脑子里将一门语言翻译成另一门语言，正如夏穆瓦佐所说：“可以确定的是，当我描述一个场景、一个人、一种情形的时候，我会在心里用克里奥尔语念出来，我首先想到的是克里奥尔语。”[③]法国前殖民地法语文学在反殖民主义、反种族迫害与歧视的斗争中，把大量的笔墨花在展现殖民地人民的传统、文化、语言、意象与梦幻上。其中，对克里奥尔语的歌颂是一个不容忽视的重大文学现象。年轻时代的夏穆瓦佐用克里奥尔语创作漫画，用法语作诗。克里奥尔语是他的母语，是与生俱来的语言。这种语言代表着固有的文化。

在法国殖民当局的高压下，克里奥尔语被法语的一词一句挤向“索里波”(solibo 在克里奥尔语中意为“衰落”)[④]。因而，口语化写作

---

① 刘成富：《文化身份与现当代法国文学》，南京：南京大学出版社，2017 年，第 93 页。

② Jean Bernabé：*Solibo Magnifique ou le charme de l'oiseau-lyre*，in *Antilla Special*，No. 11，1989，p. 37.

③ Ibid，p. 26.

④ Patrick Chamoiseau：Solibo Magnifique，Paris，Gallimard，1992，p. 42.

(oraliture)成了夏穆瓦佐文学创作的显著特征。在夏穆瓦佐看来,写作是一种缺失,因为叙述者的那些语音语调、喃喃低语和手势比画都无法显现出来。写作凌驾于口语之上,就跟法语凌驾于克里奥尔语之上是一回事。他借笔下人物索里波之口说道:"用法语写作,就好比将皇后海螺从大海中捞出来后告诉别人:这就是皇后海螺。对此,作为母语的口语一定会反问道:大海在什么地方?"脱离大海的皇后海螺,就等于脱离母语之后的写作。夏穆瓦佐甚至把用法语创作的自己比作"被阉的人"①。

与语言冲突并存的另一主题是流浪漂泊,其内心的文化冲突和撕裂感不言而喻。夏穆瓦佐叙事中的回忆表现了人物意识的话语,而不是强调人物的语言。这个隐秘的内心世界是捉摸不透的,让我们来借助于多里特·科恩(Dorrit Cohn)、巴赫金(Bakhtine)、热奈特(Genette)等人的相关理论吧,尤其是通过心理叙事、间接内心独白以及直接内心独白等三个层面来展开讨论。这样,我们才能了解作者是否真的把内心还原给了读者。尽管从表面上看,夏穆瓦佐笔下的心理描写是小心审慎的,或者说是尽量克制的。至少,其原动力应该是马提尼克人的集体的记忆或作家个人的记忆。在以打零工的群体或讲故事的人索里波为背景的小说中,回忆性的书写耐人寻味。前一个故事讲的是一个正在消失的行业,而后一个则是一个面临威胁的活计。这样一种悲惨的社会现实借助种族灭绝的概念多次出现在夏穆瓦佐的前几部小说里,从不同的角度再现了主人公的"内心空间"。在《莫洛伊》(Molloy)中,贝克特(Beckett)曾经描述过这一内心空间。在《内心的透明》(La transparence intérieure,1981 年)一书的题词中,多里特·科恩写道:"所谓内心,也就是我们永远无法看见的整个内在空间——大脑、心脏以及其他情感或思想喧嚣的地方。"②

---

① Patrick Chamoiseau:«Interview»,*Antilla Special*,No. 11,1989,p. 25.

② Beckett (1951/1982),Minuit,p. 11.

夏穆瓦佐的小说通过记忆的话语营造了内心世界的“喧嚣”。在《梦魔的后代》一书中，叙述者采用了上帝的全能视角，人物的话语真切地反映了零工们的精神世界。这些话语来源于零工们的，即被泛化了的、作为集体的“我们”经努力而获得的记忆。在小说的心理叙事中，专门为别人介绍零工的一家人——菲利克斯·索莱依（Félix Soleil）、法诺特（Fanotte）以及他们的外孙皮皮（Pipi）给我们留下了极其深刻的印象。人物的心理活动由菲利克斯的失望逐渐展开，他的妻子第九次分娩后仍然没有得到“命运”的厚爱，没有生下一个男性后代。这桩倒霉的事使老人家痛苦万分，从开始的呼天喊地逐渐过渡到喃喃自语。他陷入了彻底的绝望：

> 如果说在罗伯尔镇上或是绿草地镇上，家家户户的零散泥水活占用了他整个白天的时间，那么他夜晚的一部分时间就得花在农活上。干活的时候，在对农活毫无兴趣的女人当中，他感到十分茫然。他不时嘀咕道：女人呀，女人，在我身后的都是一些女人。在这个充满傻大姐的女儿国里，他极力要求女儿们接受那些粗暴的规矩。可是，当他走到山脚看到正在等候他的老骡子时，他的妻子法诺特对那些所谓的规矩并不是那么坚守。[①]

源自这一心理活动的痛苦继而围绕人物的性欲展开了。埃洛伊丝·索莱依（Héloïse Soleil）被强奸后伤心地离开了绿草地镇。跟她的父亲一样，她的心理活动并不是由她自己亲口说出来的，而是由他人转述的：他们发现她若隐若现的恐惧后，不是赞美她丰盈的体态，就是询问她的精神状况。

在夏穆瓦佐的笔下，城市空间就像一个纷繁复杂的谜团，我们很难参透其中的真假善恶。克里奥尔式的城市生活犹如一个西洋景，将各

---

① Chronique des sept misères, p. 20.

种各样的命运遭遇呈现在读者眼前。居无定所的人群、奔波忙碌的独轮车夫、与不同男人生下孩子的姑娘，所有这些无不表现出流动无序的状态。他们的命运飘忽不定，生命没有意义，如潮起潮落，随波逐流。[①]这正是克里奥尔生活所赋予他们的身份，这就是活着的人机缘巧合下的相遇。[②] 就好像独轮车夫所在的市场，到处熙熙攘攘，但是一切井然有序，“每一位同胞在‘城市’的周围都找到了自己的位置”[③]。

通过多元而统一的城市生活，作者向我们展示了另一种某种程度上与非洲“根茎”文化身份截然不同的一面。夏穆瓦佐借《得克萨科》女主人公之口，表达了对这一文化身份的认同：“克里奥尔的城市生活重建了一种新的身份：多语言、多种族，对世界多样性开放包容。一切因此而改变。”[④]至此，夏穆瓦佐基于对非洲根茎文化的探寻和认识，克服了多语言和多文化的障碍，最终超越了所有冲突和差异而构建起“和而不同”的文化身份。

跟皮皮一样，比乔尔(Bidjoule)、阿娜斯塔兹(Anastase)也遭遇了感情的痛苦。例如，比乔尔的生母克拉里娜(Clarine)爱上邮差蒂・若日(Ti-joge)之后，他觉得自己被母亲抛弃了，内心深处产生了一种极度的不适，这种不适根本无法从经济角度来理解。后来，他的养母芒・古尔(Man Goul)的消失再一次加重了他内心的痛苦。比乔尔内心的痛苦与不安拖垮了自己的身体。但是，这种痛苦并不是通过他内心独白的形式表现的，而是在他消失六天之后通过警察之口告诉读者的。考虑到这一人物的悲剧命运，叙述者采用了较为委婉的口吻。他的痛苦通过几个简练的形容词“困惑”“狂怒”“慌张”等被传达了出来。在描写皮皮试图帮助年轻的独轮车夫时，作者使用了“窘迫”一词，其实，这个形容词属于同一类。克拉里娜改名叫芒・若日(Man Joge)，她的晚熟

① Patrick Chamoiseau: *Texaco*, Paris, Gallimard, 1992, p. 136.

② Ibid, p. 283.

③ 刘成富:《法国海外文学概观》,《译林》,1995 年第 5 期。

④ Patrick Chamoiseau: *Texaco*, Paris, Gallimard, 1992, p. 243.

引起了许多男人的遐想,尤其是她的勾引使零工们好奇。有关克拉里娜的叙事性描写可谓入木三分:

> 我们曾一度认为那个能干的女人另有图谋,因为她试图向蒂若日表明"你不仁,我就不义"的立场。但是,这种想法是站不住脚的:她投向比乔尔的目光中从来就没有老一代人的恩怨。看到他丧魂失魄的样子,她比谁都痛心[……]

后来,阿富卡尔(Afoukal)的坛子引出了一段更为确凿的心理叙事。有关希诺特(Chinotte)的财产谣言四起,社会上的流言进一步刺激了叙述心理的出现。希诺特致富的手段被披露后,他陷入一阵眩晕。尽管女冒险家漠不关心,他却任由自己被想要发财的狂热所主宰。正如随后的一段心理叙事所证实的那样,伴随着间接的独白,他又有了另一段更具有叙述特征的独白:

> 他在艾哈迈德的一家店铺里度过了三小时。把最近到货的纸板箱压平的时候,那神情比停在苍蝇面前的一只蜥蜴更加想入非非。希诺特没有金币,也没有镇邪宝贝昂蒂克里。这简直是无法想象的。如果真是那样,巫婆会变成什么模样?她怎么会在哥伦比亚市场或亚马孙河流域的三叶橡胶种植园里汗流浃背地干活呢?在撕碎最后一只纸箱的时候,他终于得出了结论,她是在骗他。神使鬼差的秘诀让她在世界的某个地方找到了财宝,并在这一带上岸,雍容华贵,神秘莫测。这样的秘诀她是不会告诉别人的。这位敢于冒险的女人对他的竭力劝阻,使他更加坚信在古老的地层下面几乎到处都是钱箱。皮皮的脑海里清晰地浮现出镀金铰链的大箱子、带抽屉的小箱子、一大堆金子。一想起这些,他的举止就有些反常。艾哈迈德看在眼里,不觉暗暗纳罕,心想这一定又是中午的朗姆酒后劲发作了。

在这一段描写中,心理叙事中交织了另外两种生活的叙事模式。

也许是为了放慢叙述的节奏，叙述者口中出现了许多令人浮想联翩的动植物画面，出现了大量的明喻和隐喻，为表现梦境的到来做了很好的铺垫。在夏穆瓦佐笔下，读者似乎根本无法将谵妄与人物的心理活动、心理的言语活动进行区分，叙述的记忆维度和言语维度融合到了一起。由于地理关系，皮皮想到了阿富卡尔。在他的心理叙事中，已被内化的奴隶语言填补了他记忆里的空白。当然，这只是一种说法而已，并不能抹杀阿富卡尔虚幻且神奇的一面。这些奇妙的现象与人物内心的“骚动”是一致的。阿富卡尔突然从地里冒出了声音，芒·扎比姆（Man Zabyme）进入了一个新的空间。他们选择生活在精神世界里，生活在主人公的内心世界里。但是，所有这些都无法证明奇异的现象根植于人物的想象，或者说，根植于作者本人的想象之中。

比乔尔内心的“骚动”压垮了自己的身体。但是，这“骚动”并没有通过独白来表现，而是在他消失六天后向警察口述出来的。出于幽默和讽刺的目的，比乔尔摆出了讨女人喜欢的架势。考虑到这一人物的疯狂和悲剧性的命运，叙述者采用了更加委婉的语气。至于皮皮，他爱上了芒·古尔太太的女儿阿娜斯塔兹，陷入了三角恋，成了叙利亚人佐佐尔·阿尔西德-维克多（Zozor Alcide-Victor）的情敌①。读者发现夏穆瓦佐十分擅长通过回忆来呈现人物的意识，而非强调人物的言语。他创作的原动力在很大程度上出于个人记忆，往大了说，是出于集体记忆或民族的记忆。这样一种悲惨的社会现实，借助于种族灭绝的概念曾多次出现在他的前几部小说里。夏穆瓦佐笔下的“内心空间”内容丰富，颇值得我们探究。小说中心理叙事离不开名词和形容词的扩展，也离不开过去分词、代动词或感官动词。

综上所述，身份不是固有的，而是建构起来的。的确，身份具有多

---

① 这一隐秘的心理叙事的特征在皮皮对阿娜斯塔兹的激情中再次出现：“心醉神迷”“入迷”“疯狂的希望”“变得云遮雾障”“冥思苦想”“幻想破灭”“使我们十分难受”“因这个令人绝望的举动而感到悲痛”“情欲的深渊”（参见第 125 - 127 页）。

重性、流动性和建构性。就像与中国的文化已经混凝到不可分割的法国作家亨利·米肖一样[①]，无论是文学作品还是文化身份，夏穆瓦佐都被深深地打上了法语和法国文化的烙印。但值得注意的是，夏穆瓦佐并未在两种语言和文化中迷失自己，而是找准了方向，甚至自命为"博采多种言语之长的作家"。他将法语和克里奥尔语融合在一起，凭借其精妙的语言表达力和魔幻现实主义风格，为我们描绘出了一幅幅动人心魄的文学景观。通过口语和书面语的结合，他把笔下的不同角色串联起来，融合了民间传说、巫术、殖民历史，以生动的故事见证了马提尼克的社会变迁。对两种语言创造性的把握和演绎，"法语和克里奥尔语的融合——昨天还是离经叛道的悖谬"[②]使得口语化写作成为夏穆瓦佐独树一帜的写作方式，两种文化之间的关系也悄然发生了变化。安的列斯的社会结构既冲突，又融合，十分奇特。从夏穆瓦佐的创作倾向来看，我们可以深切地感受到安的列斯知识分子的责任担当。

① 程抱一：《法国当代诗人亨利·米修》，《外国文学研究》1982 年第 4 期，第 5 - 15 页。

② 帕特里克·夏穆瓦佐：《梦魔的后代》，陈耐秋、凌晨译，北京：中国文学出版社，1997 年，序，第 3 页。

第九章 法国前殖民地法语文学：一座永远也开采不完的富矿

就非洲法语文学而言，作品的原创性是不可否认的。随着时间的推移，审美的标准发生了巨大的变化，作家们更加重视审美和原创，尤其是极具颠覆性的文字。当然，要真正脱离法国文化的语境并非易事。例如，艾哈迈德·库鲁马的《独立的太阳》（*Les soleils des indépendances*，1995 年）以及索尼·拉布·坦西（Sony Labou Tansi）的《生活与半生活》（*La vie et demie*，1998 年）虽然使用了非洲“口头文学”的元素、非洲语言的词汇或文学片段，或者是在非洲的传说，但仍然被视为传统意义上的“小说”。这些作品具有一定的文学性，写作的语言是法语。当然，像迪翁戈（N'gugi Wa Thiongo）一样，坚持用民族语言进行文学创作的也大有人在。应该指出的是，这种情况很特殊，且不具有典型意义。所以说，尽管非洲作家肩负起了历史赋予他们的使命，但是，他们的作品总体上受到了法国文学艺术形式的影响。

聪明的读者发现，法国前殖民地文学作品离不开非洲文化和口头文学。由于非洲作家不得不用法语进行文学创作，而且要根据法国人的要求来写，因而他们创作方式也使西方的规范遭遇了一定的反向力。黑人作家通过注释和文本语境的设置（脚注、词汇表）对非洲民族语言进行了较为规范化的运用。这种方法可以被视为民族文化冲突下作者真实情感的表达，至少是对先前法国殖民当局强迫模仿的一种抗拒。让-马克·莫拉（Jean-Marc Moura）称之为文化“不平静”的表现。这一现象使我们不得不对非洲作家与法语之间的内在冲突进行思考。有人曾说:法语殖民了我,我又殖民了法语。这句话显然表明了非洲作家的创作心态。对于许多非洲知识分子而言,如果说他们被迫使用法语并按照法国人的文艺观进行写作,那么他们肯定希望法语能最大化地表现他们的身份、他们的世界观,以及他们的内心感知。毋庸置疑,《独立的太阳》这样的好作品就产生于这种借鸡下蛋的心理。从这个意义上来说,非洲作家与西方文化之间存在一种辩证的、互动的关系。当然,这种关系本质上是矛盾的,难以调和的。也许,正是因为这种特殊的关系,法国前殖民地法语文学才成了一座永远也开采不完的富矿。

在北非法语文学中,除了突尼斯的犹太作家阿尔贝·曼米,在摩洛哥、突尼斯、阿尔及利亚等国还有许多作家值得我们去研究和探讨。这里,我们再观照一下卡泰布·亚辛(Kateb Yacine,1929—1989 年),这是一位用法语写作的阿尔及利亚小说家、诗人、戏剧家。在法国前殖民地法语文学中,卡泰布·亚辛也是个举足轻重的人物。可以说,他的每一部作品都与阿尔及利亚的现实生活联系在一起,堪称北非法语文学中一道亮丽的风景线。其主要作品有:诗歌集《内心独白》(*Soliloques*,1946 年)、《被围的尸体》(*le Cadavre encerclé*,1962 年),小说《内吉马》(*Nedjma*,1956 年),剧本《报复圈》(*Le Cercle de représailles*,1959 年)。在他的笔下,常常既有童年的美好回忆,也有惨烈的阿尔及利亚战争。卡泰布·亚辛来自一个文人家庭,就像在法国学校里培养出来的其他年轻人一样,他的内心深处备受基督教与伊斯兰教冲突的煎熬。1945 年 5 月 8 日,他参加了塞蒂夫穆斯林抗议游行示威。这场示威遭遇了残酷的镇压。他被逮捕、虐待、监禁。出狱之后,他被逐出了校门。监狱里的经历让他明白他要关注两件事,一个是诗歌,另一个是革命。他不断接触民族主义团体,成了一名共产党党员。他在阿尔及尔共和国担任过记者。1951 年,他流亡至欧洲并出版小说和剧本。1972 年,他又回到阿尔及利亚。

卡泰布·亚辛的小说中有着史诗般的氛围。在谈及处女作《内吉马》之后的《多角星》(*Polygone étoilé*)时，他说道："那里是凯布洛特和拉赫达尔的故乡，也是我的故乡。我们的族人就生活在传奇史诗之中。"[①]卡泰布·亚辛是殖民地独立的史诗作家，他拒绝按照时间的线性顺序进行叙述，偏爱描写青年团体。在他的笔下，这个团体通常围绕某个谋杀案或围绕一个到多个女性人物展开。他采用多重的叙事视角和错综复杂的家族关系，尤其通过收养关系来叩问脆弱的人性。也许，由于受到威廉·福克纳(William Faulkner)的影响，并且他的文学生涯始于新小说时期。从作品的主题上讲，这位美国作家对他的影响是无可否认的。[②] 米歇尔·达什(Michael Dash)曾经指出福克纳作品对格里桑的影响，认为福克纳对格里桑最重要的影响在于秩序与亲子关系的主题。虽然当时卡泰布·亚辛流亡在法国，但他的早期作品同步于殖民地独立前夕民间史诗创作的大潮。

1956 年，在《内吉马》问世的时候，作者在一次采访中谈到了他的创作初衷。他回忆了这部书写祖国和同胞的小说的动因："一开始，我身陷一大群人物形象里，他们每个人都显得很急切。那是一些无名无姓的阿尔及利亚人的面庞，不属于现实世界，而是属于传说中的野蛮生活。紧接着，从这一大群人中慢慢地走出了一个人——或许是偶然，是个女人，或者说是个女人的影子。就这样，我笔下的一个又一个人物，连同我自己在内，都被这个叫内吉马的女人给迷住了。"[③]

在内吉马这个人物形象现身之前，出现在卡泰布·亚辛眼前的是一群模糊不清的人群。这些既真实又虚幻的人物群像其实就是《内吉马》这部作品的基石。作者希望面对整个民族："不能将一个民族当作一个个体来感知，如果那样的话，就会迷失在一片海洋里。但我们要下

① Jean Lacouture, L'Algérie a besoin de ses écrivains pour affirmer son existence, in *Le monde*, 10 janvier 1963, p. 12.

② Edouard Glissant, Cambridge, Cambridge University Press, 1995, p. 75.

③ *Le Nouveau Rhin*, No. 245, 18 octobre 1956, p. 8.

潜，要一直下潜。”[①]面对广阔海洋时的震动正符合沃尔特·本杰明(Walter Benjamin)所说的史诗的特征。“在史诗中，存在就像海洋。海洋比任何事物都更像史诗。——正是这种特征将史诗叙事和纯小说区别开来。”[②]面对阿尔及利亚人民时，他涌起的海洋般的感觉是何时又是从何处产生的呢？创作史诗的意图是怎样与阿尔及利亚人民的历史联系在一起的呢？正是1945年5月8日那一天，作者在塞提夫亲眼见证了法兰西共和国虚伪的一面。让-保罗·萨特指责法国对阿尔及利亚的不平等同化：“殖民者们摧毁穆斯林群体，拒绝穆斯林同化，认为自己的做法合情合理；真正的同化是指阿尔及利亚人的所有基本权利得到保证，让他们能从我们的社会保障机构中受益，并在法国议会中占据一百个属于阿尔及利亚代表的席位，还要通过土地改革和工业化以确保他们的生活水平与法国人相同。”[③]在这之前，年轻的卡泰布·亚辛曾天真地被法式教育所同化。“我贪婪地看书吸收知识，觉得自己已经长大了；我常看波德莱尔的书……然后在这些书中建立自我认同，这也是我的热情所在。但这些都是法国的东西。”[④]5月8日那一天，法国反抗德国纳粹获得了自由，但是在塞提夫和盖勒马却极其残酷地镇压了阿尔及利亚人民的自由。这一事件的反差意味着阿尔及利亚必须要与法国进行决裂，要对阿尔及利亚的法国属性进行质疑。卡泰布·亚辛是这样描写自身的感受的：正是1945年在塞提夫，他那空泛的人道主义观念受到了最残酷的景象所带来的冲击。他永远也无法忘记成千上万名穆斯林惨遭屠杀的场面。从那时起，他的民族独立信念再也无法

① Jean Duflot et Lakhdar Amina, «Kateb Yacine: les intellectuels, la révolution et le pouvoir », *Jeune Afrique*, op. cit., p. 27.

② La crise du roman: à propos de Berlin Alexanderplatz de Döblin », *Œuvres II*, op. cit., p. 189.

③ *Le colonialisme est un système*, in *Les temps modernes*, No. 123, mars-avril 1956, p. 1385.

④ *De si jolis moutons dans la gueule de loup*, in *Le poète comme un boxeur*, p. 1.

动摇了。

卡泰布·亚辛从小受到马格里布文化的熏陶，后来，与法国学校学校有了越来越多的接触之后，他的民族意识和批判精神变得越来越强烈。可以说，5月8日的决裂对于他的创作生涯起到了至关重要的作用。他拒绝了法兰西共和国宣扬的"人道主义"精神，并揭露"法国的阿尔及利亚人"这一身份的虚假性。在他的内心深处，阿尔及利亚的民族意识开始觉醒。这次历史事件对他的影响不仅写进了《内吉马》，而且也写进了《被围的尸体》和《多角星》。同样，作者也在《多角星》的开头提到了该事件和随后的入狱："他们闭着双眼，跌进了一声狂喊。即刻间他们已是囚徒。[……]他们只是呐喊，喊声越来越大，他们被绑在一起的手随着喊声彼此挨近。"①显然，这次冲击对卡泰布·亚辛来说是刻骨铭心的。有关5月8日的游行，《内吉马》是这样描绘的：

> 今天是5月8日，胜利是否真实？
> 童子军列队走在前面，大学生们随其后。
> 拉赫达尔和穆斯塔法肩并肩。
> 人群在壮大。
> 四倍的乘法。[……]
> 旗手倒下了。
> 老兵握紧号角。
> 是起床号还是圣战？
> 农民将军刀插进没戴头巾的大学生的肩头，
> 把他误认作了欧洲人。
> 穆斯塔法扔掉了领带。
> 法国市长被警察殴打。

① *Le Polygone étoilé*, *op. cit.*, p. 7.

餐馆老板身着红色呢斗篷穿行而过。①

卡泰布·亚辛并没有夸大这场戏剧性的事件。游行中小状况的意外扩大导致了大事件的发生。正是在这种情况下，年轻的拉赫达尔——这个人物是年少的作者的化身——见证了人民的力量："他们害怕我们，怕我们，怕我们！"②后来，拉赫达尔被关进了监狱。几天后，他的同伴穆斯塔法也锒铛入狱。关于这场游行与抓捕行动，有两点需要特别注意。首先，拉赫达尔是与其他老百姓绑在一起的："手铐不够了，把小饭店的老板跟我铐在一起；我们被关在宪兵队的干草棚里：小老板，面包店小伙计和我。"③游行示威者被关押、被捆绑在一起，这一偶然的结合则成了团结一致的象征。这也使亚辛本人意识到了团结的伟大力量。他曾多次承认，被关押的经历让他认识了人民。实际上，在这次事件以前，他创作的都是波德莱尔式的诗歌。但这次入狱经历改变了他的创作轨迹："我说阿拉伯语，用法语写作；十五岁以前的我只活在书本中；我看不到人民。十五岁那年我进了监狱，监狱是'众所周知'的地方。在那里我明白了一切。我是阿尔及利亚人。"④其次，这次冲突并不仅仅是由殖民者与当地人之间的矛盾引起的。当游行渐渐滋生出革命苗头的时候，这种殖民对立似乎被混乱的人群削弱了，变成了一锅粥：农民刺伤了大学生，警察殴打了市长，等等。需要始终注意的是卡泰布的作品是多元的，并不只聚焦于阿拉伯与伊斯兰世界。他关注的是复杂矛盾的内部，不仅仅局限于殖民者和殖民地人民之间的简单对立。他塑造了很多身份暧昧的人物，比如《报复圈》中殖民地人民的背叛者（继父塔哈尔和商人）和殖民者阵营中协助被殖民者的人（玛格丽特护士）。卡泰布拒绝将一切简化为二元对立："人并不是非黑即白的，反

① *Le Polygone étoilé*, *op. cit.*, pp. 243 - 244.

② *Ibid.*, p. 60.

③ *Ibid.*, p. 59.

④ Colette Godard, «Kateb Yacine le passionné», *Les Nouvelles lettres*, no. 2056, 26 janvier 1967, p. 13.

而是黑白相间的。还有些是难以言明的，像先祖的信使秃鹫一样。”[①]

在《内吉马》中，作者主要塑造了四个人物形象：拉赫达尔、穆拉德、拉希德和穆斯塔法。作者是否希望通过这四个人物来搭建部落族谱或回溯阿尔及利亚的文化之源呢？不是。我们发现作者并不迷恋亲子关系与血缘的传承，而是重点关注代代相传的神秘结构。在《多角星》中，作者生动地描写了四重回归：“但先祖们注定要重生，四人一队，无可避免地踏上流亡之路，但周遭风景变了：他们听见后人们的怒吼，归天之路被革命之风阻断。先祖们无法离开大地也无法播撒种子：他们被困住了，面前是后人四人一排地列队走过。走过的人们发出了动物般无声的叫喊，这叫喊声中有爱，有耐性、乡愁和暴力。”[②]在《内吉马》中，先祖的回归总是通过四个人物来表现的。安托万·雷博（Antoine Raybaud）曾将亚辛作品中的这种结构称作“隐迹脚本”：女主人公身边有四个人物，内吉马母亲周围有四个追求者，凯布洛特部落有四个分支，阿尔及利亚东部有四座主要城市（伯恩、君士坦丁、塞提夫和盖勒马），历史上有四次入侵（罗马、阿拉伯、土耳其和法国）。[③]

在亚辛的笔下，内吉马的出生是被刻意模糊的。就像威廉·福克纳（Faulkner）笔下的黑人一样，内吉马缺乏内心独白，总是十分神秘。她既能够将这四个男人联合起来，也可以一举毁灭他们。这四个男人聚在博纳城（Bône）姑娘身边，争先恐后要得到她。内吉马既可以说是来自博纳城，也可说是来自其他地方，既是本地人也算是外地人。一方面，她跟她的父亲同属一族；另一方面，她的母亲是法国人，因此也就意味着她是个外地人。她身份上的双重矛盾还来自“杂种”（batardise）这个词的双重含义：家族里的私生子和生物学上的混血。我们究竟如何来把握这个难以捉摸的人物呢？毫无疑问，我们必须要彻底改变传统

---

① *Propos sur une trilogie : Le Cercle des représailles*, in *Dialogues*, No. 36, janvier-février 1967, p. 25.

② *Le Polygone étoilé*, op. cit., p. 10.

③ *Nedjma* Palimpseste, in *Europe*, No. 828, avril 1998, pp. 93 - 104.

的家谱概念。即使我们想将其定位在父系家谱的纵轴上，她也无法列入这个常规的体系，因为她的出生是非常规的。现在，让我们来揭开女主人公的身世之谜。起初，西迪·艾哈迈德(Sidi Ahmed)劫走了她的母亲，一个无名氏法国女人。西迪·艾哈迈德的放荡行为导致家庭破裂，他休了原配妻子佐拉(Zohra)，抛弃了两个儿子穆拉德(Mourad)和拉克达尔(Lakhdar)。接着，这个无名氏法国女人又祸害了另一个男人。第二个男人是个清教徒，他从西迪·艾哈迈德的身边劫走了她，并将其安置在君士坦丁堡[①]。第三个劫持者名叫西·莫科塔尔(Si Mokhtar)，他串通清教徒的合法妻子莱拉·纳菲萨(Lella N'fissa)，打着为西迪·艾哈迈德报仇的幌子，从清教徒手中抢走了这位法国女人，以此达到再次羞辱他的真实目的，上一次羞辱他还是跟他妻子通奸的时候。之后，西·莫科塔尔勾结他的好友，即拉希德(Rachid)的父亲，成功完成了第三次劫持。他把法国女人带到了树林中的一个山洞里，手持猎枪的拉希德的父亲紧随其后。最终，这个故事淹没在一片茫茫的黑暗之中。拉希德的父亲被发现死在山洞里，脖子上留有被猎枪打中的伤口[②]。这就是内吉马出生前后的谜团。最后，西·莫科塔尔与拉希德的父亲，谁才是她的亲生父亲呢？这种不确定性给下一代产生了另一个问题：内吉马身边的多个追求者有着乱伦的潜在可能。

在《内吉马》这部小说中，主要人物内吉马的文化身份也是模糊不清的。为了让这个形象更明确、更具体，让我们一起来追根溯源吧。就文化身份而言，如果说内吉马是个阿尔及利亚人，那么，她究竟是哪一个种族的人？是柏柏尔人还是罗马人？是阿拉伯人还是西班牙人？是土耳其人还是法国人？其源头究竟在哪里呢？众所周知，在被法国占

---

① “我的父亲(拉希德的父亲)和西·莫科塔尔(Si Mokhtar)早就已经得知，这位清教徒，即卡梅尔(Kamel)的合法父亲，违反教规，爱上了一位海外的女子，该女子的丈夫是马赛的一个公证员，她已经和一个博纳(Bône)的绅士私奔了。”(Nedjma，第108页)

② 同上，第110页。

领之前，阿尔及利亚是奥斯曼帝国的天下。在奥斯曼帝国入侵之前，那里是希拉利亚的阿拉伯伊斯兰文化①。如果再往前推，那里曾是努米底亚或远古时代的某个国度。

当然，这种渊源也可以通过人物的心理活动来表现。通过回忆安达卢西亚的河流，拉希德在大麻的影响下，眼前出现了先辈们曾经生活的幻境。嗜烟成性的拉希德(Rachid)妄想重建祖先的起源历史，他找到了有关祖先辗转几个大陆的起源和有关内吉马(Nedjma)的那段隐藏的记忆：

> 拉姆梅尔河(Rummel)自诞生起就没有接受过悬岩下暴风雨的洗礼。唯一一次暴风雨见证了这条河流的诞生，滂沱大雨使它远离故乡阿特拉斯(l'Atlas)，朝着大海的方向奔流而去，并改变了它的流向。这条逃亡的干河，在沿海区域流淌。这仅仅是一条伪拉姆梅尔河，后来化身为一条长河，埃勒可比尔干河(l'oued el-Kebir)，用以纪念另一条已消失了的河：瓜达尔基维尔河(Guadalquivir)，一条被西班牙驱逐的摩尔人(les Maures)无法带走的河。瓜达基维尔河，即埃勒可比尔干河(l'oued el-Kebir)，这条被西班牙遗弃的河在海峡上方重现生机。但是，这次重生失败了，被悬岩挡住了。就像被安达卢西亚(Andalousie)驱逐出的摩尔人一样，拉希德的父辈们和拉希德本人一样，死里逃生，逃到了一个港口。而在那里等待他的是一位致命女人——安达卢西亚人内吉马(Nedjma l'Andalouse)。②

在这部小说中，读者可以明显地感受到这与那、此与彼，以及整个

---

① 希拉(Sirah)，英语称之为希拉利亚史诗，讲述的是巴尼希拉勒(Bani Hilal)部落的故事。该部落在公元十世纪从阿拉伯半岛穿越北非，在征服埃及失利之后，继续西行，最终占领了北非中部的一大片土地，后来被摩洛哥人消灭。

② Kateb Yacine, *Nedjma*, *op. cit.*, p. 191.

世界都是联通的，相互关联的。在《被围的尸体》中，一开头，作者就这样写道："这里是汪达尔人的街道。这里是阿尔及利亚或康斯坦丁的街道，是塞提夫或盖勒马的街道，是突尼斯或卡萨布兰卡的街道。"[①]言下之意，无处不在的汪达尔人的街道不仅出现在马格里布，也有可能出现在其他正走在独立道路上的被殖民国家。当然，这种思想也有可能出现在其他作家的笔下。这种或古代的或现代的，或虚构的或趋于真实的场景交织在一起，令人眼花缭乱。格里桑曾写道："所有的人在同一时间有同样的想法。除了素材不同，我们做着同样的分析并试图得出同样的结论。"[②]要在世界的多样性中找到共同点，也只能靠我们自己。

显然，亚辛用阿拉伯方言撰写的历史戏剧所反映的正是这种世界观。他把政治—历史的范围从自己的国家拓展到了为争取民族解放的所有被殖民国家。但是，促使他从二十世纪六十年代末开始创作戏剧的真正动因是亚洲的越南人民的解放战争。《穿橡胶凉鞋的人》(*L'Homme aux sandales de caoutchouc*，1970 年)已勾勒出"本地的世界主义(un cosmopolitisme vernaculaire)"[③]戏剧的雏形。1986 年，亚辛告诉我们，他创作巴勒斯坦戏剧的灵感来自遥远的越南。亚辛阐述了印度支那战争在政治层面上对阿尔及利亚解放战争所产生的直接影响。比如，在解放战争中，越南人民自己就是政治意识觉醒和武装斗争人员培训的最重要组成部分之一。

> 我们有另一个聚焦撒哈拉西部冲突的片段，叫"西部之王"。那是一个历史片段，我曾执迷于一个想法：在剧本中写历史。抵达越南之后，令我感到惊讶的是，越南人几乎把所有的历史都写进了剧本……我想在阿尔及利亚也这么做，就是说，把我们的历史和当务之急也写进剧本，以此来触及当下的

---

① *Le Cercle de représailles*, *op. cit.*, p. 15.

② *Mahagony*, *op. cit.*, p. 185.

③ 这个表达是霍米·巴巴的《文化的定位》(*Les lieux de la culture*)中前言的副标题。

时事政治。[①]

在二十世纪七八十年代的戏剧创作过程中，卡泰布·亚辛把越南、阿尔及利亚、巴勒斯坦这三个国家紧密联系在一起。他曾说道："关于巴勒斯坦，也是同样的道理：看起来似乎遥不可及，但实际近在咫尺，而且与我们休戚相关……与发生在两万公里之外的越南人民解放斗争一样，巴勒斯坦也遇到了同样的问题。"[②]但是，卡泰布·亚辛的作品涉及的不仅仅是政治意识形态，因为他是一个诗人记者。正如他自己所说，他是个公共作家。哪怕是一种政治语言，他还是希望把这种语言进行诗化。在创作的过程中，他善于把国际问题戏剧化。后来，他把写作的边界拓展到世界史和宇宙空间。1960 年，他在一家报纸上发表了一篇题为《三十年战争》的叙事，20 年后这个叙事竟演变成"两千年的战争"。从时间的维度来看，法国殖民阿尔及利亚的历史只有百年，但是从古代到现代的思考则长达数千年。同样，从空间的维度来看，空间范围已超出阿尔及利亚的国界，甚至超出非洲大陆。在 1985 年的访谈中，亚辛说道："我的确是个国际主义者，我的志向是在应有的范围内将世界革命融入戏剧里。"在 1988 年的一次访谈中，他对国家问题和世界性运动表示了自己的看法："我正在画一幅可以叫作'千年历史与革命'的壁画。我研究世界上的革命，目的是更好地分析发生在阿尔及利亚的事，并且首先是为了回答一个首要的问题：在阿尔及利亚，我们应该谈论一场真正的革命还是一场简单的为国家解放而进行的斗争？"[③]在生命的最后阶段，时值法国大革命两百周年之际，他的思想显然与整个世界的发展进程是一致的。表面上看，法国大革命受到英国的影响，其

---

① Arlette Casas, *Entretien avec Kateb Yacine* , in *Mots*, No. 57, décembre 1998, p. 99. voir aussi Kamal Bendimered, *À bâtons rompus avec Kateb Yacine*, in *Algérie-Actualité*, No. 238, 10 - 16 mai 1970, p. 17.

② Kateb Yacine, Parce que c'est une femme, Paris, Des femmes, 2004, p. 8.

③ Abdelkrim Djaad, *Voix diffuses*, in *Algérie-Actualité*, No. 1018, 18 - 24 avril 1985, p. 39. voir aussi Boualem Souibes, *La révolution vient de trouver son second souffle*, in *Algérie-Actualité*, No. 1206, 24 - 30 novembre 1988, p. 37.

实也受到了美国的影响。这场革命影响了俄罗斯、阿尔及利亚和越南。除此以外，还有其他互相影响的革命。这些革命可以被理解为世界性的革命，因为革命本身就是世界性的。革命还远远没有结束，也不可能结束，革命是世界性的运动。这场运动一定会被宇宙记录下来。地球在旋转，世界在前进。大革命并没有什么特别的，这是世界性的、再也平常不过的运动罢了。[①] 通过记录在革命中的"去殖民化"的双重定义，亚辛把国家的再生观扩展到世界政治的变化以及地球的轨道运动。从世界的整体观出发，他重新审视了阿尔及利亚的革命运动。

在阿尔及利亚的邻国摩洛哥，也有一位才华横溢的作家，他的名字叫塔哈尔·本杰伦（Tahar Ben Jelloun）。1987年，他的长篇小说《神圣的夜晚》（*La Nuit Sacreé*）一问世便在法语文学界引起强烈反响，并获得了当年法国龚古尔奖。小说通过女主人公拉赫扎的不幸命运，无情地揭露了封建宗法对人性的摧残，生动地展现了摩洛哥人民对自由和幸福的美好向往。拉赫扎刚出生就被父亲强迫扮成男孩，直到二十岁的那一年，病危的父亲才在那个"神圣的夜晚"将她解放，将其还原为女人。父亲病故后，拉赫扎离开了家，去寻找自己所谓的女性身份。在漫游摩洛哥的途中，她被一位王子骑士掳掠，被带到了一个仙境般的国度。但是，那个魔法世界很快就化为泡影。她离开王子，进入了残酷的现实生活：在树林里遭到歹徒的强暴。来到海边城市阿加迪尔后，拉赫扎遇到了一个好心的土耳其浴室女主人。女主人有个兄弟，从小双目失明。他们三人开始在一起生活。不久，拉赫扎喜欢上了女主人的弟弟。可是，觊觎她家财产的叔父，对她栽赃陷害，她怒不可遏，一气之下击毙了他。她被判入狱，却毫无悔过之意。后来，借助重重迷梦逃跑，她终于回到了自己的家，然而，姐妹们依然要求她扮演男性的角色……

相对于北非法语文学，近几十年来，西非文学也得到了蓬勃发展。

---

① Arezki Mokrane, « Yacine le fondateur », *Awal*, op. cit., p. 86.

这里，我们重点介绍一下科特迪瓦的文学。科特迪瓦法语文学大致分为两个阶段，第一阶段主要借鉴西方文学形式，因此这一阶段通常被称作“法语文学”阶段，这一时期的文学名义上是非洲的，而实际上是宗主国法兰西帝国的。第二个阶段，也就是约翰·尤德·比姆(Jean Eudes Biem)所说的“去中心化”与自我超越阶段。[①] 这一阶段的文学出现了有别于法国本土的法语单词和句法。从科特迪瓦法语文学的发展状况来看，科特迪瓦作家的“自我”书写出现了属于自己的美学观。这种写作样式不仅与“自我”的原生社会有关，而且越来越与普遍意义上的“他者”，尤其是与西方社会有关。众所周知，法国前殖民地法语文学与法国文学并不是相同的概念，前者是在殖民统治的背景下产生的。从决定论的视角来看，这种文学可以被视为西方殖民统治的产物。近几十年来，后殖民主义的专家和学者似乎都坚信这一点。

在这里，我们重点探讨一下让-玛丽·阿迪亚非的《心智遇难者》(*Les naufragés de l'intelligence*)[②]这部作品揭露了西非社会所面临的各种罪恶：犯罪、腐败、道德败坏和精神堕落，这部作品可以被视为一种对西非国家的社会诊断。这部小说有一条明确的故事线索，叙述了主人公恩达泰(N'da Tê)不断走向死亡的过程。作为“地狱义警”黑帮团伙的头目，在曼波(Mambo)民主共和国权贵的支持下，恩达泰肆意犯罪，疯狂地实施抢劫和强奸。他的罪过可以与欧洲臭名昭著的犯罪团伙相提并论，或者说，其残暴的手段不亚于陀思妥耶夫斯基笔下的拉斯科尔尼科夫。他遭遇警察的追杀，并最终受到了应有的惩罚。这部作品似乎是遵循了巴尔扎克的写作风格，有明确的开头和结局，围绕故事的主线串联了一系列富有逻辑的次要情节。毋庸置疑，这部作品是一

---

① 参见 www. africultures. com/revues/：Jean Eudes Biem，“statut et enjeux de la littérature africaine face à la française：hybridité，décentrement et transcendance”。

② 让-玛丽·阿迪亚非是“黑非洲”文学大奖的获得者。1980 年，他凭借小说《身份证》(*La carte d'identité*)一举成名。《智力遇难者》*Les naufragés de l'intelligence* 是让-玛丽·阿迪亚非的遗作，2000 年获得了伯纳德·达迪埃文学奖(le Prix littéraire Bernard Dadié)。

部传统意义上的小说。当然，我们也可以把这部小说当作一首长诗来品味，因为阿迪亚非既是个小说家，也是个闻名遐迩的大诗人。他在小说的主要情节中插入了许多诗歌的片段，通过排版将这些片段与作品的叙事区分开来。除了这种表面上区分两种体裁的方式，作家给故事的场景赋予了非同寻常的诗性。此外，小说中大量运用了诗歌中常见的艺术手法（如：形象、韵律、隐喻、拟物、抒情等），使读者在阅读小说的同时能够感受到诗歌的冲击。

《心智遇难者》这部作品生动揭示了后殖民主义文学中二元对立的问题：挪借与废除、模仿与抵制、拒绝与拼接。不可否认的是，《智力遇难者》受到了西方文化和西方写作模式的深刻影响，但是，除了不可否认的西方文化元素，作品中有关非洲传统、民族语言和保守思想的描写比比皆是，不胜枚举。所有这些都曾经遭遇过殖民主义封杀，而如今已成功摆脱了殖民主义枷锁，成了边缘地区话语的一个重要组成部分。最近几十年来，非洲法语文学不断由“边缘”走向“中心”，至少已如愿以偿地成了自己的“中心”。在这类作品中，法语与非洲语言交织在一起，既有历史传奇，又有虚构的故事。这些作品犹如一幅拼贴画，成了一种名副其实的多重元素融合在一起的文学。这种文学超越了后殖民主义框架下看似相对独立的思想：西方思想与非洲的思想。原先处于“中心”地位的法国文学被剥夺了至高无上的地位，而非洲“边缘”文学则创建了他们自己的中心。阿迪亚非之所以选择法语来进行写作，是因为那一时期科特迪瓦的文学必须要模仿西方。这部作品可以被视为宗主国“中心”文学在科特迪瓦临终前的垂死挣扎。尽管法国已失去了昔日的辉煌，但其地位并没有真正改变。从非洲民族特性和非洲口头文学的痕迹中，我们发现科特迪瓦的作家宁愿放弃西方文学和美学技巧，也要确立属于自己本民族文学的坚定决心。

在阿迪亚非的小说中，与叙事完美结合的诗歌片段比比皆是，不胜枚举。诗歌片段呈斜体，这一方法也用以表现嵌入式的故事。例如，在具有阿迪亚非风格的故事中，有先知阿科阿·曼多·苏南（Akoua

Mando Sounan）的故事。又如，葛岗专员幻想遇到一个叫法赛盖（Fasséké）的克里奥尔诗人，他鬼使神差，不时地吟唱忆非洲文学作品的片段，包括小说中插入的一些诗歌。每当他开口吟诵的时候，作者就用斜体字来记录他所说的话："兄弟们的黑色血液啊，你弄脏了我天真的被单。你们是汗水，沐浴着我的痛苦。你们是苦难，令我的嗓音嘶哑。请听一听我的声音吧。聋哑的天才。蚱蜢红的血雨。我对蓝天呐喊，对慈悲呐喊。不，你不会白死。哦，死亡！"[①]

从序言中我们可以看出，阿迪亚非希望改变一直以来的西方文学传统。他的写作风格是深入挖掘自己的民族文化，用阿坎语来体现混杂的文体。"花腰布（N'zassa）"是科特迪瓦的一个地方词汇。这个单词来自阿尼族（agni）和巴乌莱族（baoulé）的民族语言，指混合不同元素制造出来的一种特别的艺术效果。单词本义指"一种非洲腰布，是用裁缝铺丢弃的小块布料拼接而成的，腰布上有多种颜色和图案"[②]。阿迪亚非破天荒地将这个单词用到了文学创作里，将其定义为一种脱离传统体裁分类的新型文学样式。这是一种无体裁的体裁，试图将史诗、诗歌和散文融合在一起，当然也包括论文。在作品中，阿迪亚非采用了多种文学形式，即小说、诗歌、散文、侦探小说、神话等传统文学体裁，同时借助其他话语形式，如社会杂谈，也就是巴赫金所说的"多声部"概念下的文本互文性或话语互文性。[③]

塞内加尔女作家玛利亚玛·芭（Mariama Bâ，1929—1981 年）也是一位值得研究的女作家。玛利亚玛·芭一生写过两部法语小说。第一部小说《一封如此长的信》（*Une si longue lettre*）获得了第一届非洲诺玛

---

① Adiaffi，Préface des *Naufragés de l'intelligence*，p. 13.

② Ibid.，p. 5.

③ Bakhtine，pp. 122－151.

文学奖[1]，现已译成二十多种文字在世界各地出版。1981年，她的遗作《猩红之歌》(*Un chant écarlate*)问世后，在法语读者中引起较大反响，获得了当年的黑非洲文学大奖[2]。作为一位女作家，玛利亚玛·芭为我们无情地揭露了一夫多妻制的丑恶，对作为这一习俗的牺牲品的黑人妇女寄予深切的同情。这两部小说分别问世于二十世纪七十年代末和八十年代初，尽管那个时候塞内加尔已在多年前获得了民族独立，但是，妇女的解放还远远没有能够实现。她们在政治、社会、经济、文化、宗教方面仍然处于劣势，仍然生活在水深火热之中。玛利亚玛·芭试图借个人经验来折射黑人妇女在父权社会中所遭遇的不幸，来表达后殖民语境中黑人妇女的精神痛苦和感伤。

《猩红之歌》是玛利亚玛·芭的遗作。虽然作者在写作上已有了足够的自信，但是在写这部小说之前，她还是忐忑不安，生怕像前一部小说一样引起非议，因为《一封如此长的信》既非当时流行的非洲女性文学体裁——自传性小说，又不是消解性别特征的中性写作。当时，她已经是一个50岁“高龄”的女作家。话语权力关系的变迁，使塞内加尔原本被边缘化的女性声音有了广泛的听众。相较第一部小说，《猩红之歌》的叙事策略要大胆得多，因为这一次，玛利亚玛·芭采用了第三人称叙事手法，西方文化在这部作品中不再占据主导地位，取而代之的是塞内加尔的本土文化。而且，小说的情节不再是非洲本民族的爱情故事，而是黑白混血人种之间通婚的矛盾与冲突，哲理思辨的重心也从对民族主义的反思过渡到了对种族主义的批判。而且，在《猩红之歌》中，叙述者的社会身份不再是塞内加尔的社会精英，而是关注两种文化碰撞下女性生存状况的社会观察家。

---

① The Noma Award for Publishing in Africa，又称“非洲出版野间奖”，始于1980年，由日本讲谈社主办，奖金1万美元，以表彰一年来在非洲文学方面表现出色的作家。

② Le Grand Prix Littéraire d'Afrique noire：由法语作家协会(ADELF)于1960年设立，从1961年开始每年在巴黎图书沙龙期间颁发一次，一般为三月份，以奖励用法语写作的非洲作家，作品体裁不限。

在这一章里，如果仍然对热内·马朗的《巴图阿拉》(*Batouala*)保持沉默，我们将有愧于法国前殖民地法语文学的研究。在本专著的引言里我们曾经说过，马朗开启了法国海外文学的新时代。1921 年，法国龚古尔奖的评审委员会将奖项颁给了年仅 34 岁的热内·马朗。在第五轮的评选中，他的小说《巴图阿拉》(*Batouala*)与雅克·夏尔多纳(Jacques Chardonne)的《祝婚诗》(*L'épitalame*)展开角逐。这两部作品以 5 比 5 票数势均力敌，但是，具有裁决权的主席居斯塔夫·杰奥弗华把他那决定性的一票投给了马朗。1887 年 11 月 5 日，马朗出生在一艘前往法属殖民地马提尼克的船上。他的父母都是法属圭亚那人，小马朗三岁的时候，他的父亲谋得在加蓬担任殖民行政管理一职，于是，他跟随家人去了非洲。为了接受良好的教育，七岁那年，马朗进入了波尔多读小学，在法国度过了多愁善感的青春岁月。1902 年，他进入蒙田中学，与圭亚那裔的菲利克斯·艾布埃(Félix Éboué)成了同窗好友。1906 年高中毕业后，马朗前往巴黎继续深造。1909 年，他的第一部小说《幸福之家》(*La maison de bonheur*)在法国问世。1921 年，《巴图阿拉》荣获龚古尔奖。这部小说的问世曾引起一场激烈的论战，因为当时法国正处在帝国主义的殖民时期，身为殖民地行政官员，马朗竟然在小说中无情地揭露法国殖民当局的卑劣行径。1924 年，他不得不辞去殖民地的行政工作前往巴黎定居。1927 年，他娶了一个名叫卡米耶·贝尔特劳的白人姑娘。在二十世纪三十年代，马朗经常出入巴黎的文学沙龙。在那里，他遇到了来自塞内加尔的桑戈尔、马提尼克的艾梅·塞泽尔、海地的让·佩斯—马尔斯。马朗一生著作颇丰，除了小说《巴图阿拉》，他还撰写了一系列以动物为主的青少年读物，如：《大象穆巴拉》(*M'Bala l'éléphant*)、《丛林之犬祝玛》(*Djouma chien de brousse*)、《丛林诸兽》(*Bêtes de la brousse*)。他的诗集有：《内心生活》(*La Vie intérieure*)。此外，他还发表了自传作品《平常人》(*Un Homme pareil aux autres*)。

在马朗的作品中，《巴图阿拉》无疑是影响最大、成就最高的。这部小说讲述了非洲丛林中一位名叫巴图阿拉族长的故事，这位族长拥有神奇的力量、丰富的情感经历、卓越的战功和出色的狩猎能力。丛林里，即将为少男少女们举行宗教仪式的割礼，消息通过鼓声传到周边的村子。就在宣布割礼仪式的第二天，年轻的比斯班圭来到了巴图阿拉家。这是个帅气十足、颇受女性欢迎的青年，巴图阿拉的妻子们都暗暗地爱上了他。其中，巴图阿拉最爱的小妻子雅斯圭・恩佳希望有一天能向他表白。在割礼节正式到来的三天前，巴图阿拉受兄弟马库德的邀请去做客，他的妻子们由于嫉妒发生了激烈的争吵。割礼节的当天，人们伴随着达姆鼓载歌载舞，沉浸在盛大的节日气氛之中。村民们聚集在一起，议论着白人的虚伪、欺骗和压榨行为。他们对西方白人的问题似乎很了解，甚至还谈起当时正在进行的第一次世界大战、法国人与德国人之间的交战。随着割礼的进行，达姆鼓敲得越来越响。伴随着木拉琴的琴声和人们的高声喊叫（据说是为了分散正在被割礼者的注意力，以减轻他们的痛苦），节日气氛达到了高潮。但是，就在所有的人纵情舞蹈时，巴图阿拉发现心爱的妻子们背叛了他。当他正要惩罚她们以便挽回脸面的时候，殖民官员突然回来了。人们仓促逃离，现场只剩下巴图阿拉醉死的老父亲。葬礼按传统习俗有步骤地举行着，逝者的尸体在家停放八天。在此期间，巴图阿拉心里酝酿着如何报复妻子的计划：等到葬礼结束，先请巫师找出令其父亲死亡的人，然后安排大型的狩猎活动。雅斯圭・恩佳找到情人，请求得到他的保护。因为人们指责是她克死了巴图阿拉的父亲，人们会让她喝下毒酒，并把手放入沸水中以证明自己的清白。她向他表达了自己的爱意，并建议两人一起私奔，逃往首都班吉。夜晚来临了，比斯班圭应巴图阿拉的邀约去丛林狩猎。在巴图阿拉兄弟马库德家停留时，他嗅到了来自巴图阿拉的复仇的气息，因为后者脑子里一直盘算着如何要除掉对方。在夜色里他走了很久，终于来到了巴图阿拉的一个临时居所。在那里，他看到了巴图阿拉的母亲和小狗祝玛。巴图阿拉给他讲述火是如何发明的，以及太阳和月亮的传说，实际上是在暗示自己一定要复仇。翌日清晨，天气晴朗，非常适宜在丛林里驱赶野兽。巴图阿拉又向他讲述了狮子和豹子的传说，接着又给他讲了一个叫高科兰的白人故事。这位白人曾杀死大象穆巴拉，后来，因大象攻击的伤口一命呜呼。丛林里燃起火堆，以便把野兽驱赶到一起。在混乱的狩猎中，比斯班圭躲避一头向他扑来的豹子的时候，恰好也躲过了巴图阿拉向他投来的标枪。豹子转而扑向投掷标枪的巴图阿拉，并撕开了他的腹部。最终，身受重伤、奄奄一息的巴图阿拉被带回村子。在临终时，望着不用再躲藏的年轻妻子和情敌嘲笑的目光痛苦地死了。黑人女巫的法术也无力回天。

故事的主人公巴图阿拉所生活的地方，就是现今的中非共和国。十九世纪中后期，西方帝国主义国家掀起了第二次瓜分殖民地的浪潮。在第一次世界大战之前，非洲只有埃塞俄比亚和利比里亚处于独立的状态。在法国入侵之前，由于16—18世纪的黑奴贸易，那里的人口已大为减少。法国人来到这里，毁坏丛林，开垦种植园，强迫黑人劳动，并且雇佣当地人一步步向腹地推进。这段历史给中非人民留下了痛苦的记忆。在《巴图阿拉》中，作者通过主人公巴图阿拉这个人物，写出了中非黑人的苦难历史。巴图阿拉身体结实，四肢粗壮，健步如飞。无论掷投枪或飞刀，奔跑或战斗，都没有人能够与其匹敌。他拥有奴隶、战俘，拥有粮仓、家畜。他有九个妻子，其中他最喜欢的，也是最年轻的妻子，是他用七块缠腰布、一箱盐、三条铜项链、一只小母狗、四口锅、六只母鸡、二十只母山羊、四十大篮粟米，以及一个年轻的奴隶换回来的。巴图阿拉生活里的所有一切，都是按部族的传统习俗进行的。作为部落首领，可以说他最固守和捍卫传统。但是，在法国殖民者的统治下，巴图阿拉不得不与他的同胞承受繁重的劳动。除了橡胶园里的劳作，他们还要修路、修桥、运输，还要交税。更可悲的是，他们失去了自由和独立。

这部小说篇幅并不长，连同前言只有180页。小说的故事发生在20天左右的时间里。在对人物的生活、命运和生活环境的叙述中，作者表现了法国殖民统治下黑人的生活和命运，揭露了法国人在这片土地上的丑恶嘴脸，尤其是西方文明对黑人意识形态的影响。可是说，这是一部“写真主义”小说，在作者的笔下，非洲人更多地表现为一种感情的、感觉的而非理性思考的生命。在读这部小说的时候，我们不能不想到桑戈尔曾经说过的话：“情感是黑人的，理性是希腊人的。”1945 年，桑戈尔写给马朗的信中说：“你知道我是多么地欣赏你的作品。因为你的法国和非洲的双重文化背景，你比其他任何人更适合评价我的《影子之歌》。在这部诗歌集里，我尝试着完整而又真实地表达自己，尝试着去表达我在我的两个文化中试图达成的‘和谐的和解’。重要的是，你曾经对我说，我是在‘走一条正确的道路’。我不想满足现状，裹足不前，我要更进一步……”尽管马朗对“黑人特质”运动曾谨慎地持保留态度，担心运动的发起者会走上种族主义的道路，但是，他鼓励桑戈尔、塞泽尔等人为非洲的觉醒、争取非洲的独立而斗争。我们不得不说，马朗和他的作品在一定程度上唤醒了“黑人特质”意识。1956 年，桑戈尔在《埃塞俄比亚诗集》的题献中这样写道：“献给马朗，为我们准备了‘黑人特质’道路的人，为了我们的友谊。”

佐贝尔的一部自传小说叫《黑人茅屋街》，他所描绘的人生故事中也涉及了安的列斯群岛的殖民历史。这部小说是以第一人称来写的叙事，但从严格意义上来说，这部作品并不能被看成自传，因为作者与书中的人物并不是一个人。小说故事分为三个部分：前两个部分讲述了主人公诺泽的童年经历。他与祖母蒂娜一起生活在穷乡僻壤，许多种植甘蔗的农民也住那里，后来因上学搬到了珀蒂堡。第三部分主要讲述的是诺泽独自在法兰西堡读高中的经历，在与马提尼克有色人种的交往过程中，诺泽顿时领悟到了生命的真谛。虽然他不太适应高中的学习和生活，但是，他还是与那里的黑人工人们相处得十分融洽。诺泽听着工人们讲述自己的故事，渐渐发现与他们实际上存在很多相似之处，也就是安的列斯人的共同命运。例如，当一个司机朋友（克里奥尔人）向诺泽讲述童年经历的时候，他说道：“卡门（Carmen）出生在农田里，他的童年与我在珀蒂堡的童年十分相似，我仿佛觉得十多年前我们就一起玩过。但是卡门并没有跟我一道而行，他选择了安分守己，接受着黑人茅屋街给他安排的命运。”[①]同样，他的园丁朋友也有类似的经历。他们渐渐聊到自己的出身，相似的山丘、大同小异的田野、动荡不安却又自由自在的童年、组建起来的小乐队、准备上学以及后来的辍学经历。他们有着相同的开始，也都不约而同地选择了同一条道路。没有任何抱怨。这就是他们眼中克里奥尔人的存在和境遇。[②]

《黑人茅屋街》是一部再现马提尼克岛屿蔗奴生活的一部小说。在黑人聚居的陋巷，低矮的破木屋鳞次栉比，深受殖民主义者剥削的蔗奴常年生活在那里。辛劳了一天后，蔗奴拖着疲惫的身子回到陋巷，酗酒、打斗、狂歌……可怜的小若泽父母早丧，与年迈的祖母相依为命。他从小学习用功，疾恶如仇，敢于反抗。后来，他考取了岛上法国政府办的中学，对于他的家族来说是开天辟地第一回，因为他从此有可能摆脱了当蔗奴的命运。小若泽的成长得益于一个从非洲来的奴隶梅杜茨老人的启蒙、督促和培养，也得益于祖母含辛茹苦的养育。若泽在外读书，日夜思念儿时的伙伴和可爱的家乡。当返回家乡的时候，他只见祖母病危在床。他跪在祖母的床前，哭得死去活来。而可恶的农场主却嗤之以鼻，不是懒洋洋地躺在宽敞舒适的大厅里，就是坐着漂亮的汽车兜风，或是骑着高头大马在田野或林间游逛。他总是声色俱厉地发布命令、训斥蔗奴。更令人生厌的是，他糟蹋女佣，临死前躺在床上，也不承认站在面前的他的黑人孩子……这样一部好作品竟然被当局禁止发行达二十年之久。直到1951年才得以公开发行，并于当年获作家协会读者奖。数十年来，《黑人茅屋街》成了安地列斯群岛黑人青年的必读书目。

近一百多年来，法国文学对非洲的影响十分巨大。在法国殖民统

---

① Joseph Zobel, *La rue Cases-Nègres*, Paris, Présence Africaine, 1950, p. 257.

② *Ibid.*, p. 280.

治时期，非洲人别无选择，宗主国作为“中心”的力量主要体现在以下两个方面：一是非洲作家必须用法语进行创作，二是必须采用法国人灌输给他们的文学体裁：小说、诗歌、戏剧和散文。为了维护统治地位，法国人在殖民地开办学校，第一批黑人作家就毕业于殖民学校。这些作家模仿的对象通常是莫里哀、高乃依、拉辛、伏尔泰、雨果、巴尔扎克等等。在模仿的过程中，他们走上了创作之路。塞内加尔诗人总统桑戈尔就是个典型的例子。作为法语的捍卫者，在传达黑人的精神与情感的时候，他巧妙地运用了非洲的传统意象。在他的笔下，黑人的文化特性从他所使用的固定术语或带有非洲色彩的词汇中得到了充分的体现。

结 语

非洲特有的口头文学以一种古老的方式，将民族的历史变迁、伦理道德、祖先遗训乃至工艺技术代代相传，为我们展现了一幅幅充满活力和创造力的文化图景。但是，随着法国的殖民扩张，法语和法国文化堂而皇之地进入了非洲殖民地，改变了非洲文化的样式。起初，为了让非洲人改信天主教或基督教，法国传教士巧妙地借用非洲的原始宗教仪式，并从中注入新的内容，让基督的圣灵逐渐取代了非洲神灵的位置。而且，以宗教活动替代殖民地教育的现象随处可见，宗教团体充当了法国殖民教育行动的急先锋。在《法国在非洲的文化战略：从 1817 年至 1960 年的殖民教育》一书中，巴帕・易卜希马・西科详述了法国在其殖民地采取的教育举措，深刻揭示了法国大力进行文化传播的实质。应该说，宗教团体几乎包揽了普及教育的重任，肩负起了“向落后民族传播文明的历史使命”，通过教育将法兰西民族文化特性强加给了被征服的非洲人民。然而，这种带有种族主义的“同化”政策是失败的，因为黑人文化运动的兴起，非洲知识分子开始拿起武器，在文化、身份、种族等方面向白人发起了挑战。法国殖民强盗最终搬起石头砸了自己的脚。

过去，在许多西方作家的笔下，有关非洲题材的作品侧重描述的是秀丽的自然风光、野蛮无知的土著人以及神秘愚昧的社会风俗，字里行间流露的是欧洲文化以及白人种族的优越性。白人将自卑情结悄无声息地注入了黑人的灵魂深处。当然，这种刻板的印象并不是造成非洲

"失真"的唯一因素。为了消除偏见以及提振信心，非洲知识分子通过文学创作的形式把"传统的非洲"描绘成了"现代欧洲"的对立面。在他们的心目中，如果说欧洲人是理性的，那么非洲人便是感性的；如果说欧洲是一个充满剥削和压迫的工业社会，那么非洲就是一个充满和谐和幸福的人间天堂。他们认为只有这样，黑人同胞才能在世界文化中找到自己的位置，才能在不同于白人的价值理念中找到自信和尊严。必须承认，尽管黑人的文化传统及其内在的精神属于基本的历史事实，但是毋庸置疑，其特点和表征是在文学创作的过程中被加工和提炼出来的。通过对非洲传统文化的颂扬，桑戈尔、塞泽尔、达马斯、法农等人把流散在世界各地的黑人凝聚到了一起。在他们的笔下，非洲并不是眼前现实的非洲，而更像是一个令人神往的世外桃源，那里充满了祥和与幸福，那里成了自信和自尊的源泉。写到这里，我们很难得出真正意义上的结论，只能作出以下几点思考：

第一，不管是哪一种文学，要形象生动地描绘出其特征不是一件容易的事。众所周知，撒哈拉以南的非洲历史上没有文字记载的传统，有关非洲古代文明的文献更是凤毛麟角，许多人的脑海里仍然带有殖民主义和种族主义的偏见。直至今天，黑人在他们的心目中仍然是"愚昧""落后""懒惰"的代名词。但不可否认的是，越来越多的文学理论家和文学批评家开始致力于法国前殖民地文学研究，而且取得了一系列研究成果。当然，我们所面临的挑战仍然很大，因为跟所有的艺术一样，文学的价值必须从特定时代里的特定问题去认识。这里，我们只是针对一些代表性的作家和作品进行了研究，无法画出一幅令人满意的全景图，也无法按照时间的顺序来论述整个发展过程，更无法对这种文学话语的意识形态、主题及其艺术形式进行深入而全面的分析。

当然，法国前殖民地文学发展的基本思路是清楚的。自十八世纪末法国大革命时代起，非洲以及安的列斯群岛开始有了属于自己的文学，而且在法兰西第一帝国时期得到了较大的发展。从1789—1850年，法国前殖民地文学形成了属于自己的话语，因为这一时期奴隶主与奴隶之间的关系日益激化，克里奥尔社会遭遇了愈演愈烈的种族矛盾与社会冲突。1848 年，法国临时政府成立，种族对抗因奴隶制的废除而得以缓和。奴隶制废除之后，为了顺应时代的发展，非洲大多数作家纷纷加入了“去殖民化”的行列，开始重新审视本民族的文化根基。法属圭亚那人达马斯堪称“黑人特质”文化运动的开山鼻祖。1937 年，他的文集《颜料》(Pigments)在巴黎一问世，就受到了无数法国读者的青睐。接着，桑戈尔(Senghor)、塞泽尔承前启后，继往开来，使这场文化运动产生了巨大反响。非洲和加勒比地区掀起了反帝国主义、反殖民主义的新高潮。第二次世界大战爆发后，“黑人特质”文化运动成了黑人群体情感和思想革命的重要指南。二十世纪六十年代，法国前殖民地文学出现了转向。弗朗兹·法农的思想起到了关键性的作用。政治、经济和社会危机波及了北非、西非、东非和加勒比地区，作家们开始了新的形而上思考。他们希望通过创作来构建属于本民族的精神情境，对本民族特定的历史既能够表达个人的感受，也能够表现群体的共同记忆。在研究的过程中，除了撒哈拉以南的非洲和加勒比地区的法属殖民地，我们把北非马格里布法语作家也纳入了我们的研究范畴，卡布泰·亚辛、阿尔贝·曼米等人笔下的阿拉伯人和犹太人因殖民统治也揭示了文化身份的认同问题。当然，为了明确研究的目标以及站位和立场，我们没有论及圣琼·佩斯(Saint-John Perse，1887—1975 年)、加缪等白人作家。

第二，在法国前殖民地法语文学中，自传性的作品重点针对的不是个人而是更倾向于集体。也许有人会问，既然法国前殖民地作家采用了一种自传式的创作形式，那他们为什么不直截了当地写自传呢？因为当他们有意或无意地表达自己或同伴的命运时，自传对作者个人经历的真实性有一定的约束。为了既能凸显个性又能强调共性，与限制和约束个人生活的真实性相比，这些作家似乎更偏爱现实主义的创作手法，因为虚构更适合普遍性和集体性，而不易受到故事真实性的束缚。因此，建立在作者、叙述者、小说人物三重身份基础之上的自传，比基于作者与小说人物之间的作品显得更为重要。自传的写作方法注重的是形式，也就是注重前缀“自我”(auto)而忽略内容的实质，即中缀“传记”(bio)。法国前殖民地作家向我们描绘了一幅幅生动的非洲画卷，除了自然景观，抒情诗、叙事诗、小说、戏剧通常都带有浓厚的非洲元素，尤其是非洲民俗和民间传说。主题与意向是作家自己提炼的，每一个主题和意向都具有一种内在的相关性，而且与文化身份认同相关。尤其是面具和达姆鼓成了非洲人民生活和劳作的背景，或者说成了他们文化身份认同的最佳载体。

第三，“黑人特质”也是一个颇具争议的、无法绕开的重要话题。记得这一概念刚刚出现的时候，似乎带有不由分说的本质主义思想。桑戈尔曾经将黑人的情绪与希腊人的理性进行对比，并深入阐释了对“黑人特质”内涵的理解和认识。第二次世界大战结束后，他出版了诗选集《黑人和马达加斯加法语新诗选》，这部作品堪称“黑人特质”宣言书。在序言中，萨特把黑人诗人形象地比喻成“黑人俄耳甫斯”。这个序可以被视为萨特对殖民种族主义有关“黑人特质”本质的回答。有了这个序，“黑人特质”(主要是诗歌)的定义经过深思熟虑且得到了广大读者的一致认可。当然，就“黑人特质”的本质而言，萨特也直言不讳，他认为这部诗集实际也是一种反种族主义的种族主义，因为在黑格尔和马克思的哲学思辨中，一切都被消除了，一切都被分解了。不过，这样的表达并没有被“黑人特质”的先驱者所接受。萨特强调说，黑人特质的先锋是在白人学校里接受教育的，黑人大学生对白人文化感到震惊之余陷入沉思，黑人特质应运而生。这里所说的文化并不等于文明，就像1956年桑戈尔在巴黎召开的首届黑人作家与艺术家会议上所声称的那样，“黑非洲”的文明指的是所有技艺类作品和所有的文化作品，而文化就是一种文明所涵盖的精神内涵，或者说是所有价值的总和。面对“黑人特质”的本质，弗朗兹·法农高举“反本质主义”的大旗，就“黑非洲”和“白欧洲”的二元对立观发表了独特的见解。他认为“黑人特质”的颂扬者将古老的欧洲带到了年轻的非洲，将陈词滥调融入诗歌，将硬性的规定强加到活泼的天性之中，前者多为刻板，繁文缛节，生性多疑；而后者则勇于开创，崇尚自由，但也缺乏责任感。

第四，法国殖民主义所带来的严重后果，给被殖民者造成的精神创伤是无法治愈的。记得在《黑皮肤，白面具》发表几年之后，弗朗兹·法农指出，安的列斯人将遭遇一种新的身份上的流浪。他们想去非洲寻根，但是非洲大陆的人并不接受他们。因为非洲大陆的黑人发现他们自己才是"真相"的拥有者，是不可改变的纯洁性的理想载体。他们才是非洲大地上劳苦、受难和痛苦挣扎的人。安的列斯人对白人说不，而非洲人对安的列斯人说不。也许，法农本人也没有想到在他去世后，安的列斯女人的经历和遭遇完全印证了他的观点，这种裂痕在安的列斯黑人的意识形态中已打上了深深的烙印。起初，她们还天真地以为可以回到遥远的故土，然后重新融入那个乐土，在那里安家落户，过上无忧无虑的生活。但是，三个世纪的跨度和跨越大西洋的空间，使她们与非洲大陆不可逆转地分开了。在《关系诗学》中，格里桑通过黑人船的形象提出了新的见解。他断言，这种分割构成了被转移人口的新矩阵，体现了非洲大陆与美洲大陆之间断裂的形象。最后，安的列斯群岛妇女所经历的与我们所想象的一样，不是"回归"而是"绕道"。"绕道"不仅意味着"走开"、避而不看、逃离现实，而且还意味着"绕道而行"，在另一个地方终于找回了自己。她们最终回到自己的国家，回归到了自己的问题上。格里桑意识到了这个不可逆转的过程："绕道是另一方统治下的人的回归，要在别处寻找本地并不明显的统治原则，因为统治（同化）方式是最好的伪装。对于那些试图重返非洲的人来说，情况就是这样。对于大多数安的列斯女作家来说，尤其是对于孔戴来说，非洲似乎并不是一个张开双臂热情欢迎他们的'非洲母亲'。相反，在她们看来，非洲大陆有了另外一种不同的性别，'慈母'成了'严父'。"①重返非洲成

① Sam Haigh, *L'écriture féminine aux Antilles: une tradition féministe?*, in *LittéRéalité*, Vol. 13, No. 1, 2001, p. 25.

了一个虚幻的梦。那里的生活将她们排斥在外，使她们进入了一个左右为难的中间地带，不得不在加勒比海与非洲之间游荡和徘徊。

最后，法国前殖民地文学是一座富矿，具有开采不完的价值。在本研究项目中，我们重点研究了塞泽尔、桑戈尔、法农、格里桑、莱伊、曼米、孔戴、夏穆瓦佐、亚辛、阿迪亚非、玛利亚玛·芭、马朗等12位具有代表性的作家。从他们作品的文学镜像中，我们基本了解和把握了法国前殖民地文学发展的基本脉络、基本主题及其写作特色，感受到了非洲知识分子在“去殖民化”进程中的历史担当。历史在变迁，时代在进步，非洲以及加勒比地区涌现了一批又一批作家和思想家。在推动世界文明的进程中，他们有了更多的话语权，用“群岛观”“一体世界观”“克里奥尔特性”等光辉思想消解了本质种族主义，为纷繁复杂的后殖民时代提供了一盏明灯，为文化的多样性和世界的多极化指明了前进的方向。可以毫不夸张地说，法国前殖民地法语文学在世界文学史上谱写了光辉的篇章，为人类命运共同体的构建提供了极为宝贵的精神财富。

参考书目

一、外文书目

Aimé Césaire, *Cahier d'un retour au pays natal*, Paris: Présence Africaine, 1971.

Aimé Césaire, *Discours sur le colonialisme* (1955), Paris: Présence Africaine, 2004.

Aimé Césaire, *La tragédie du roi Christophe*, Paris: Présence Africaine, 2000.

Aimé Césaire, *Une tempête*, Paris: Seuil, 1969.

Aimé Césaire, *Nègre je suis, nègre je resterai*, Paris: Albin Michl, 2002.

Alain Badiou, *Abrégé de métapolitique*, Paris: Seuil, 1998.

Albert Memmi, *La Statue de sel*, préfacé d'Albert Camus, Paris: Gallimard, 1966.

Albert Memmi, *le portrait du colonisé*, précédé du portrait du colonisateur et d'une préface de Jean-Paul Sartre, Paris: Payol, 1973.

Albert Memmi, *La vie impossible de Frantz Fanon*, in *Esprit* 406, 1971.

Alice Cherki, *Frantz Fanon: un portrait*, Paris: Seuil, 2000.

Ann Laura STOLER, *Race and the education of desire*, Duke University Press Books, 1995.

AshisNandy, *L'ennemi intime, perte de soi et retour à soi sous le colonialisme*, Paris: Fayard, 2007.

ERGER Anne Emmanuelle et VARIKAS Eleni (dir.), *Genre et postcolonialismes. Dialogues transcontinentaux*, Paris: Éditions des Archives Contemporaines, 2011.

Bessone Magali, *Sans Distinction de race? Une analyse critique du concept de race et de ses effets pratiques*, Paris: Vrin, 2013.

Carl Jung, *The Structure and Dynamics of the Psyche*, *Collected Works of C. G. Jung*, Christine Delohy, *Race, caste et genre en France* (2005), *Classer, dominer. Qui sont les "autres"?*, Paris: La Fabrique, 2008.

Daniel Leuwers, *Léopard Sédar Senghor ou la naissance du poème*, in *Revue littéraire bimestrielle 17*, *Colloque de Cérisy: Léopard Sédar Senghor*, 1987.

David Caute, *Fanon*, London: Fontana, 1970.

David Macey, *Frantz Fanon: A Life*, London: Granta Books, 2000.

Édouard Glissant, *Introduction à une poétique du divers*, Paris: Gallimard, 1996.

Édouard Glissant, *La Case du commandeur*, Paris: Gallimard, 1997.

Édouard Glissant, *La Cohée du Lamentin* (Poétique V), Paris: Gallimard, 2005.

Édouard Glissant, *Les Indes*, Paris: Seuil, 1965.

Edward Saïd, *Nationalisme, colonialisme et littérature*, Lille: Presses universitaires de Lille, 1994.

Édouard Glissant, *Mahagony*, Paris: Gallimard, 1997.

Édouard Glissant, *Poétique de la Relation*, Paris: Gallimard, 1990.

Édouard Glissant, *Traité du Tout-Monde*, Paris: Gallimard, 1997.

Edward W. Said, *Culture et impérialisme*, trad. Paul Chemla, Paris: Fayard, 2000.

Elizabeth Harney, In Senghor's shadow: art, politics, and the avant-garde in Senegal, 1960—1995, Duke University Press, 2004.

Françoise Vergès, *Nègre je suis, nègre je resterai*, Paris: Albin Michel, 2005.

Franck Fischbach, *Manifeste pour une philosophie sociale*, Paris: La Découverte, 2009.

Frantz Fanon, *Peau noire, masques blancs*, Seuil, 1952.

Frantz Fanon, *Pour la révolution africaine*, Paris: La Découverte, 2001.

Frantz Fanon, *L'An V de la révolution algérienne*, Paris: La Découverte & Syros, 2001.

Homi K. Bhabha, *The location of culture*, London, New York: Routlegde, 1994.

G. W. F. Hegel, *Phénoménologie de l'Esprit*, trad. Bernard Bourgeois, Paris: Vrin, 2006.

Gabriel Entiope, *Nègres, danse et résistance* , Paris: L'Harmattan, 1996.

Gaston Bachelard, *La terre et les rêveries de la volonté*, Paris: José Corti, 1948.

Gaston Bachelard, *L'air est les songes*, Paris: José Corti, 1944.

Gayatri Chakravorty Spivak, *In other Worlds: Essays in Cultural Politics*, London: verso, 1987.

George Lamming, *The Pleasures of Exile*, London: Allison & Busby, 1960.

Gilles Deleuze et Félix Guattari, *Kafka: pour une littérature mineure*,

Paris: Editions de Minuit, 1975.

Guillaume Sibertin-Blanc, *Deleuze et l'Anti-Œdipe. La production du désir*, Paris: PUF, 2010.

Homi K. Bhabha, *The Location of Culture*, London & New York: Routledge Press, 1994.

Jacqueline Leiner: *Négritude et antillanité, Entretien avec Aimé Césaire*, in *Notre librairie*, No. 74, 1984.

Jacques Chevrier, *Un écrivain fondateur Camara Laye*, in *Notre Librairie*, No. 88/89, 1987.

Jacques Lacan, *Le stade du miroir comme formateur de la fonction du Je* (1949), *Ecrits I*, Paris: Seuil, 1966.

Janet G. Vaillant, *Black, French, and African: A Life of Léopold Sédar Senghor /Janet G. Vaillant*, ebook Harvard University Press, HUP, 1990.

Janice S. Spleth, *Léopold Sédar Senghor*, Twayne Publishers, 1985.

Jean Bernabé: *Solibo Magnifique ou le charme de l'oiseau-lyre*, in *Antilla Special*, No. 11, 1989.

Jean Genet, *Les Nègres*, Paris: Gallimard, 2005.

Jean Bernabé, Patrick Chamoiseau et Raphaél Confiant, *Éloge de la créolité*, Paris: Gallimard, 1989.

Jean-Paul Sartre, *Préface à Frantz Fanon*, *Les Damnés de la terre*, Paris: Gallimard, 1991.

Jean-Paul Sartre, *Réflexions sur la question juive*, Paris: Gallimard, 1956.

Jean-Paul Sartre, '*Orphée noir*', préface de *l'Anthologie de la nouvelle poésie nègre et malgache de langue française*, ed. Léopold Sédar Senghor, Paris: Presses universitaires de France, 1948.

Joan Riviere, *La féminité en tant que mascarade*, trad. Victor Smirnoff, *Féminité mascarade*, Paris: Seuil, 1994.

Joby Fanon, *Frantz Fanon, De la Martinique à l'Algérie et à l'Afrique*, Paris: L'Harmattan, 2004.

Joël Dor, *Introduction à la lecture de Lacan*, Paris: Denoël, 2002.

Jones Enrico, *Social class and psychotherapy: A critical review of research*, In *Psychiatry*, 1974, 37(4).

Joseph Zobel, *La rue* Cases-Nègres, Paris: Présence Africaine, 1950.

Judith Butler, *Trouble dans le genre, le féminisme et la subversion de l'identité* (1990), trad. Cynthia Kraus, Paris: La Découverte, 2006.

Keith Louis Walker, *La cohésion poétique de l'oeuvre césairienne*, Tübingen: Gunter Narr Verlag, 1979.

Kevin Frank, *Censuring the Praise of Alienation: Interstices of Ante-Alienation in Things Fall Apart, No Longer At Ease, and Arrow of God*, The Johns Hopkins University Press, Vol. 34, No. 4, 2011.

Léonard Sainville, *Revue de La révolte des romanciers noirs de langue française»*, in *Présence Africaine*, nouvelle série, No. 91, 1974.

Léopold Sédar Senghor, *Selected poems of Léopold Sédar Senghor*, Cambridge University Press, 1977.

Léopold Sédar Senghor, *Œuvres poétique*, Paris: Seuil, 1964.

Léopold Sédar Senghor, *Chants d'ombre, suivi de Hosties noires, poèmes*, Paris: Éditions du Seuil, 1956.

Léopold Sédar Senghor, *Anthologie de la nouvelle poésie nègre et malgache de langue française*, précédée de *Orphée noir* par Jean-Paul Sartre, PUF, 1948.

Lilyan Kesteloot, *Aimé Césaire: L'homme et l'œuvre*, Paris: Présence

Africaine, 1993.

Margaret Badum Melady, *Leopold Sedar Senghor/rhythm and reconciliation*, Seton Hall University Press, 1971.

Maryse Condé, *Pourquoi la négritude? Négritude ou révolution?* in *Les littératures d'expression française: Négritude africaine, négritude caraïbe*, Paris: Francité, 1973.

Michael Hardt et Antonio Negri, *Empire*, Cambridge, Mass: Harvard University Press, 2000.

Michel Leuris, Contact de civilisations en Martinique et en Guadeloupe, Paris: Gallimard/UNESCO, 1955.

Nadra Lajri, *Des maux et des mots: Une lecture de La statue de sel d'Albert Memmi*, in *Études littéraires*, volume 40, No. 3, 2009.

Nick Nesbitt, *Voicing Memory: History and Subjectivity* in *French Caribean Literature*, Charlottesville/London: University of Virginia Press, 2003.

Nigel Gibson, *Fanon: The Postcolonial Imagination*, Cambridge: Polity, 2003.

Orphan Narratives: *The postplantation Literature of Faulkner, Glissant, Morrison, and Saint-John Perse*, Charlotteville/London, University of Virginia Press, 2007.

Patrick Chamoiseau, *Texaco*, Paris: Gallimard, 1992.

Patrick Chamoiseau, Solibo Magnifique, Paris: Gallimard, 1992.

Patrick Ehlen, *Frantz Fanon: A Spiritual Biography*, New York: Crossroad 8th Avenue, 2001.

Paul R. Bernard, *Individuality and Collectivity: A Duality in Camara Laye's L'Enfant noir*, in *The French Review*, Vol. 52, No. 2, 1978.

Robert Chaudenson, *Des Îles, des Hommes, des Langues*, Paris:

L'Harmattan, 1992.

Roberto Fernández Retamar, *Caliban cannibal*, trad. J.-F. Bonaldi, Paris: Maspero, 1973.

Sam Haigh, *L'écriture féminine aux Antilles: une tradition féministe*? in LittéRéalité, Vol. 13, No. 1, 2001.

Shakespeare, *The Tempest/La Tempête*, trad. Pierre Leyris, Paris: Flammnarion, 1991.

Souleymane Bachir Diagne, *African art as philosophy: Senghor, Bergson, and the idea of negritude*, Seagull Books, 2011.

Susan Buck-Morss, *Hegel, Haiti and Universal History*, Pittsburgh: University of Pittsburgh Press, 2009.

Sylvain Lazarus, *L'Intelligence de la politique*, Paris: Al Dante, 2013.

Thierno Diop, *Léopold Sédar Senghor, Majhemout Diop et le marxisme*, L'Harmattan, 2010.

Alden T. Vaughan and Virginia Mason Vaughan, *Shakespeare's Caliban: A Cultural History*, Cambridge: Cambridge University Press, 1991.

Yambo Ouologuem, *Le Devoir de violence*, Paris: Seuil, 1969.

二、中文书目

阿贝尔·库乌阿玛:《法语非洲文学中文本意图的来源》,汤明洁译,《社会科学战线》2017 年第 10 期。

陈公元、唐大盾、原牧主编:《非洲风云人物》,北京:世界知识出版社,1989 年。

程抱一:《法国当代诗人亨利·米修》,《外国文学研究》1982 年第 4 期。

黑格尔:《精神现象学》,贺麟、王玖兴译,北京:商务印书馆,1979 年。

卡马拉·莱伊:《黑孩子》,黄新成译,重庆:重庆出版社,1984 年。

拉康:《拉康选集》,褚孝泉译,上海:上海三联书店,2001 年。

黎跃进:《“黑人性”运动与桑戈尔》,《衡阳师范学院学报》2012 年第 2 期。

刘成富:《法国海外文学概观》,《译林》1995 年第 5 期。

刘成富:《加勒比海法语文学镜像中的文化身份》,《上海交通大学学报(哲学社会科学版)》2023 年第 1 期。

刘成富、刘一戈:《卡泰布·亚辛:阿拉伯文化和世界主义的捍卫者》,《学海》2022 年第 5 期。

刘成富:《文化身份与现当代法国文学》,南京:南京大学出版社,2017 年。

伦纳德·S. 克莱因:《20 世纪非洲文学》,李永彩译,北京:北京语言学院出版社,1991 年。

罗伯特·扬:《后殖民主义与世界格局》,容新芳译,南京:译林出版社,2008 年。

尼古拉·邦塞尔、帕斯卡尔·布朗沙赫、弗朗索瓦茨·维尔热:《殖民共和国》,巴黎:阿歇特出版社,2003 年。

帕特里克·夏穆瓦佐:《梦魔的后代》,陈耐秋、凌晨译,北京:中国文学出版社,1997 年。

桑戈尔:《桑戈尔诗选》,曹松豪、吴奈译,北京:外国文学出版社,1983 年。

生安锋:《霍米·巴巴的后殖民理论研究》,北京:北京大学出版社,2011 年。

树才:《灵魂的两面》,桂林:漓江出版社,2007 年。

塔哈尔·本·杰隆:《圣夜》,刘琳译,《外国文学》1989 年第 1 期。

泰居莫拉·奥拉尼央、阿托·奎森主编:《非洲文学批评史稿》,姚峰、孙晓萌、汪琳译,上海:华东师范大学出版社,2020 年。

陶家俊:《忧郁的范农,忧郁的种族——论范农的种族创伤理论》,《外国文学》2014 年第 5 期。

陶家骏:《文化身份的嬗变——E. M. 福斯特小说和思想研究》,北京:中国社会科学出版社,2003 年。

王旭峰:《革命与解放——围绕法农的争论及其意义》,《外国文学》2010 年第 1 期。

辛禄高:《桑戈尔:直觉地呈示非洲部落的节奏》,《大连海事大学学报》2010 年第 4 期。

徐贲:《后殖民文化研究中的经典法农》,《中国比较文学》2006 年第 3 期。

俞灏东:《被"同化"还是保持了"黑人性"? ——试论桑戈尔其人及其诗歌创作》,《宁夏大学学报》1990 年第 4 期。

张宏明:《弗罗贝纽斯的非洲学观点及其对桑戈尔黑人精神学说的影响》,《西亚非洲》2005 年第 5 期。